LE POIDS DE L'EAU

Anita Shreve est née à Boston en 1946. Elle vit actuellement dans l'État de New York avec son mari et ses deux enfants. Après avoir été journaliste aux magazines *U.S.* et *Newsweek*, elle se consacre à l'écriture. En 1975, elle commence par écrire des nouvelles pour lesquelles elle reçoit plusieurs prix. Ses romans et essais d'inspiration féministe ont été des best-sellers aux États-Unis et ont été traduits dans de nombreux pays. Elle est notamment l'auteur de *Nostalgie d'amour*, *La Longue Nuit d'Eden Close*, *Étrange passion* et *Le Poids de l'eau*.

ANITA SHREVE

Le Poids de l'eau

TRADUIT DE L'AMÉRICAIN PAR MARIE-CLAUDE PEUGEOT

BELFOND

Titre original :

THE WEIGHT OF WATER
publié par Little, Brown and Company, New York

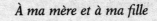

À ma mère et à ma fille

NOTE DE L'AUTEUR

Dans la nuit du 5 mars 1873, deux femmes, deux immigrantes norvégiennes, furent assassinées dans les îles de Shoals, archipel situé à une dizaine de miles de la côte du New Hampshire. Une troisième femme, qui resta cachée dans une grotte marine jusqu'à l'aube, survécut au drame.

Les fragments des dépositions en justice sont tirés textuellement des minutes du procès de l'État du Maine contre Louis H. F. Wagner.

Les faits historiques attestés mis à part, tous les personnages de ce livre sont imaginaires, et toute ressemblance avec des personnages réels, du présent ou du passé, relève de pures coïncidences.

La question de savoir qui a tué Anethe et Karen Christensen a été tranchée par un tribunal, mais elle ne cesse de faire l'objet de controverses depuis plus d'un siècle.

Il faut que je me déleste de cette histoire. Elle ne me quitte plus désormais, elle me pèse affreusement.

Je suis au milieu du port, et je regarde Smuttynose devant moi. Une lumière rose, comme une tache, passe sur l'île. Je coupe le moteur du petit bateau que j'ai loué, et je trempe mes doigts dans l'eau, laissant le froid soudain m'avaler la main. J'agite ma main dans l'eau, et je me dis que l'océan, que ce port recèlent bien des secrets et sont leur propre élégie.

Je suis déjà venue ici. Il y a un an. J'ai pris des photos de l'île, de cette végétation qui résiste à toutes les intempéries : laîche et cirier, oseille sauvage et nielle marine. Ce n'est pas une terre stérile, mais tout y est desséché et désolé. Le sol est granitique, avec, partout, des rochers déchiquetés et coupants. Il a fallu à ces gens une ténacité particulière pour vivre à Smuttynose, et je les imagine luttant contre les éléments, s'enracinant dans les fissures des rochers comme les plantes qui y poussent encore.

La maison dans laquelle les deux femmes ont été assassinées a brûlé en 1885, mais quand je suis venue il y a un an, j'ai photographié ses traces au sol, les marques de son pourtour. Je suis allée en bateau prendre des photos des récifs blanchis et des mouettes à dos noir qui s'élançaient à tire-d'aile au-dessus de l'île, en quête de poissons qu'elles étaient seules à voir. Quand je suis venue cette première fois, il y avait des roses jaunes et des mûres.

Il se préparait alors quelque chose d'effroyable, mais je ne le savais pas encore.

Je retire ma main de l'eau et je la laisse dégouliner

sur les papiers, dans le carton dont les bords sont déjà tout mouillés par les éclaboussures. La lumière rose vire au violet.

Parfois, je me dis que si, en racontant l'histoire assez souvent, j'arrivais à faire taire ma douleur, si je pouvais laisser couler les mots le long de mes bras comme de l'eau, cette histoire, je la raconterais un millier de fois.

C'est moi qui suis censée prévenir dès que je verrai une forme, un récif, une île. Debout à l'avant, je scrute le brouillard. À regarder aussi attentivement, je finis par voir des choses qui n'existent pas. D'abord de tout petits points lumineux en mouvement, et puis des dégradés de gris infiniment subtils. Qu'était-ce ? Une ombre ? Une forme ? Et puis, si brutalement que, l'espace de quelques secondes capitales, je suis incapable d'émettre le moindre son, tout apparaît soudain : Appledore et Londoners, Star et Smuttynose — des récifs surgissent de la brume. Smuttynose, tout d'une pièce, plate, avec ses roches blanchies, menaçante, silencieuse.

Terre ! Oui, c'est sans doute ce que je crie.

Parfois, sur ce bateau, j'ai une sensation de claustrophobie, même quand je suis seule à l'avant. C'est quelque chose que je n'avais pas prévu. Nous sommes quatre adultes et un enfant, contraints de vivre ensemble du mieux que nous pouvons dans un espace pas plus grand qu'une petite chambre, et où l'on est presque constamment à l'humidité. Les draps sont humides, mon linge aussi. Rich, qui possède ce bateau depuis des années, prétend que c'est inévitable en mer. On croirait, à l'entendre, qu'accepter cette humidité permanente, et même y prendre un certain plaisir, est une marque de caractère.

Rich a amené sa nouvelle amie, dont le nom est Adaline.

C'est lui qui donne les consignes. Le voilier, un Morgan 41, est un vieux modèle, mais bien entretenu : le tek vient d'être reverni. Rich demande

11

la gaffe, il crie à Thomas d'accrocher la bouée. Il ralentit, passe en marche arrière, fait un peu ronfler le moteur, et manœuvre le long du mouillage son long bateau effilé — cette surface flottante qui avance sur l'eau. Thomas se penche et attrape la bouée. Adaline lève les yeux de son livre, et Billie, en se tortillant, se dégage de mes bras pour aider à jeter l'ancre. C'est notre troisième jour à bord du sloop : Hull, Marblehead, Annisquam, et à présent les îles de Shoals.

Cet archipel est situé dans l'Atlantique, à une dizaine de miles au large de la côte du New Hampshire, au sud-est de Portsmouth. Les îles mesurent trois miles et demi du nord au sud, et un mile et demi d'est en ouest. Il y en a neuf à marée haute, et huit à marée basse. Smuttynose et Malaga sont reliées l'une à l'autre. La plus grande, parce qu'elle évoquait à ses premiers habitants un cochon gros et gras vautré dans la mer, fut appelée Hog. Smuttynose, notre destination, fut ainsi nommée à cause des algues accrochées à la pointe d'un rocher qui s'avance dans l'océan[1]. Ce nom a toujours inspiré une certaine répugnance, alors que les autres résonnent de toute la poésie d'un journal de bord : « Aujourd'hui nous avons navigué au large de Star et de Malaga, de Seavey et de Londoners ; et avons passé sans encombre les traîtres récifs de Shag et d'Eastern, de Babb's et de Mingo. »

En 1635, les îles de Shoals furent officiellement partagées entre la colonie de la baie du Massachusetts, dont le Maine faisait partie, et le territoire qui allait devenir le New Hampshire. Duck, Hog, Malaga, Smuttynose et Cedar furent rattachées au Maine. Star, Londoners, White et Seavey au New Hampshire. Cette répartition est restée inchangée depuis. Quand l'ordonnance fut passée en 1635, presque tous les habitants de Star allèrent s'établir sur Smuttynose car, dans le Maine, il n'était pas encore interdit de consommer de l'alcool.

1. *Smuttynose* signifie « nez morveux ».

Mon mari est un poète de premier ordre qui, à quarante-sept ans seulement, a déjà atteint, en quelque sorte, le sommet de la gloire universitaire. Adaline n'est pas poète, mais apparemment elle a une grande admiration pour l'œuvre de Thomas. Je me demande si elle connaissait déjà ses poèmes, ou si elle en a appris quelques-uns pour l'occasion.

Quand j'ai du temps, je lis toutes sortes de choses sur les îles. Dans mon sac à appareil-photo, je transporte des kilos de papier — des guides, des récits des deux meurtres, les minutes d'un procès —, des documents fournis par *Research*, comme si c'était moi qui devais écrire l'article. Quand les meurtres ont eu lieu, en 1873, il a été question du crime dans les journaux, et plus tard ces mêmes journaux en ont parlé comme du « procès du siècle ». C'est une expression qui revient souvent cet été, où l'on assiste à des séances de tribunal qui font frémir d'horreur même les observateurs les plus avides de sensations. Le rédacteur de mon journal voit un rapprochement à faire entre les deux événements : un double meurtre au couteau, un procès retentissant, des preuves reposant sur des faits minimes. Personnellement, je ne trouve guère de ressemblances à ces deux affaires, mais un magazine exploite les choses comme il peut. Je suis payée pour faire les photos.

On m'accorde une note de frais très large, mais Rich, qui publie des revues techniques, ne veut pas entendre parler d'argent. Je suis bien contente que Thomas ait pensé au bateau de son frère : je supporterais mal une telle promiscuité avec un capitaine ou un équipage inconnu.

Je me demande depuis combien de temps Rich fréquente Adaline.

Je lis de nombreux récits des deux meurtres. Ce qui me frappe surtout, c'est la relativité des faits.

Quand je pense à ces meurtres, j'essaie de me représenter ce qui a pu se passer cette nuit-là. J'imagine que le vent soufflait de la mer en tempête et battait contre les vitres. Ce vent, il m'arrive de l'entendre, et de voir la maison de bois sous un ciel

Dans les guides, je lis des choses étonnantes : sur l'île de Star, en 1724, une certaine Betty Moody se cacha dans une grotte avec ses trois enfants pour échapper aux Indiens. Elle s'accroupit au ras du sol en tenant la plus jeune, encore bébé, serrée contre sa poitrine. Elle voulait l'empêcher de crier afin de ne pas révéler l'endroit où elle se trouvait. Or, après le départ des Indiens, elle s'aperçut qu'elle avait étouffé l'enfant.

Rich a l'air d'un lutteur : il est tout en muscles. Il a le crâne rasé, une denture parfaite. Il ne ressemble pas du tout à Thomas, je trouve — bizarrerie génétique. Ils ont dix ans de différence. Rich chatouille Billie impitoyablement, même à bord du Zodiac. Elle pousse des hurlements comme s'il la torturait, mais elle proteste quand il arrête. Il évolue sur le bateau avec une grâce d'athlète et donne l'impression d'un homme pour qui tout a toujours été simple.

Nous ne venons que d'Annisquam, et arrivons en début de matinée. J'observe Thomas qui se penche par-dessus bord à l'arrière pour lâcher l'ancre. Il a les jambes toutes pâles, avec des touffes de poils bruns derrière les genoux, au-dessus de la jointure. Sur son maillot de bain, il porte une chemise bleue habillée, les poignets retroussés jusqu'au coude. C'est étrange de voir Thomas, mon mari depuis quinze ans, accomplir des tâches sur ce bateau en tant que second de son frère cadet. Sans son stylo et ses livres, il paraît désarmé, déconcerté par le travail manuel. À le voir là, je me dis, comme souvent, qu'il est trop grand pour ce qui est autour de lui. On croirait toujours qu'il est obligé de se pencher, même lorsqu'il est assis. Ses cheveux, assez longs, et à peu près sans couleur à présent, lui retombent sur le front. Il les renvoie en arrière d'un geste que j'aime bien et que je lui ai vu faire mille fois. Bien qu'il soit l'aîné, ou peut-être justement parce qu'il est l'aîné, je sens bien par moments qu'il est perturbé par la présence de Rich et d'Adaline, comme pourrait l'être un père en compagnie d'un fils adulte avec une femme.

Que pense Adaline quand elle observe Thomas ?

stature. Cette croix attire le regard sur le petit creux lisse et bronzé au-dessus de la clavicule. On a l'impression que cette croix, elle devait la porter quand elle était enfant, et qu'elle a simplement oublié de l'enlever.

Rich m'apprend qu'elle est employée à la Banque de Boston, dans une branche internationale. Elle ne parle jamais de son travail. Je l'imagine en tailleur, attendant devant une porte d'embarquement dans un aéroport. Elle a des cicatrices aux poignets, deux filets verticaux et légèrement obliques sur sa peau lisse, comme si un jour elle avait voulu s'ouvrir les veines avec un rasoir ou un couteau. Sa bouche est saisissante, avec ses lèvres rondes et pulpeuses d'égale épaisseur, à la courbure à peine marquée.

Par moments, je crois voir Maren Hontvedt à la fin de sa vie. Dans la pièce où elle se tient, le papier peint est décoloré mais intact. Une coiffe couvre ses cheveux. Je remarque le drapé alangui du châle croisé sur ses genoux, et l'attitude paisible de son corps. Le plancher est nu, et sur la table de toilette il y a une cuvette d'eau. La lumière de la fenêtre éclaire son visage et ses yeux. Des yeux gris, pas encore éteints, et qui conservent une expression que ceux qui l'approchèrent souvent reconnaîtraient sans doute.

Il me semble qu'elle est mourante. Elle n'en a plus pour longtemps. Il y a des pensées, des souvenirs, qu'elle garde précieusement et qu'elle savoure, comme on tiendrait la photo jaunie d'un enfant. Elle a la peau du visage qui pend et fait des plis, une peau semblable à de la panne de velours couleur d'hortensia séché. Elle n'a jamais été une beauté dans sa jeunesse, mais elle avait un beau visage, et de la vigueur. La structure du visage n'a pas changé, et on en voit l'ossature comme on distinguerait la forme d'un fauteuil sous l'étoffe lâche dont il est recouvert.

Voici la question que je me pose : prenons une femme que l'on pousse à bout — de quoi sera-t-elle capable ?

Une fois le bateau à l'ancre, Rich propose de m'emmener à Smuttynose avec le Zodiac. Billie demande à venir avec nous. Je prends mes photos accroupie dans le canot, en m'appuyant sur le bord pour garder l'équilibre. J'utilise mon Hasselblad et un filtre polarisant. De temps en temps, je crie à Rich d'arrêter le moteur pour réduire les vibrations, ou bien, au contraire, d'un signe de la main je lui fais comprendre qu'il peut remettre les gaz.

Il y a deux maisons sur l'île. L'une, petite et tout en bois, dite la maison Haley, n'est pas habitable, mais elle a un intérêt historique, et elle est d'une grande pureté esthétique. L'autre est une simple cabane contenant quelques provisions de secours pour les marins naufragés. La maison de Maren Hontvedt a été détruite par le feu douze ans après les meurtres.

Avec habileté, Rich nous fait aborder à l'abri de la digue éboulée de Smuttynose. La grève est minuscule, étroite, assombrie par des rochers noirs et des morceaux de bois calcinés. L'air est vif, et je comprends pourquoi, autrefois, on recommandait l'air marin pour vivifier le corps. Billie retire son gilet de sauvetage et s'assied en tailleur sur le sable avec son tee-shirt bleu lavande qui ne lui couvre pas vraiment le ventre. Rich est déjà tout bronzé, il a même les bras, les jambes et le visage couleur d'or rouge, avec une démarcation au niveau du cou. Nous avons laissé Thomas et Adaline sur le Morgan.

En hiver, dans les îles de Shoals, on n'ouvrait jamais les fenêtres et on ne laissait pas sortir les enfants, de sorte qu'en mars, dans les maisons, l'air était confiné, putride et enfumé, et les enfants pouvaient à peine respirer.

Rich prend Billie par la main et l'emmène à la pêche aux moules au-delà de la digue, dans les rochers, avec son seau. Je passe mon sac sur mon épaule et pars vers la pointe de Smuttynose, avec l'idée, une fois là-bas, de faire demi-tour et de photographier l'île dans toute sa longueur. Arrivée au bout, à l'extrémité nord, je trouve un rocher en forme de boulet de cheval. Au milieu des gros blocs quadrangulaires, il y a un espace abrité, une grotte marine, que la mer envahit à marée haute. La roche est glissante, mais, après avoir laissé mon sac au sec sur un rocher et l'avoir ancré dans une fissure pour que le vent ne l'emporte pas, je me faufile comme un crabe jusqu'à la grotte et, là, je m'accroupis. Sur trois côtés, je suis entourée de rochers et d'une mer agitée, et en face de moi, à l'est, à perte de vue, c'est l'Atlantique. À l'inverse du port et de l'endroit où nous avons accosté, ce côté-ci de l'île n'est pas protégé. Le rocher est couvert de lichens, et chaque vague qui vient s'y écraser en écumant soulève un nuage de moucherons affolés.

Là, en ce lieu, dit le Rocher de Maren, je ferme les yeux et j'essaie de m'imaginer blottie dans cette grotte toute une nuit en plein hiver, dans le noir, dans la neige, par une température glaciale, n'ayant pour me tenir chaud que ma chemise de nuit et un petit chien noir.

Je m'extirpe de la caverne en m'égratignant le tibia. Je récupère mon sac, qui n'a pas bougé de sa niche, et je prends un rouleau de trente-six poses couleur du Rocher de Maren. J'arpente l'île dans toute sa longueur, en progressant lentement à travers les broussailles épaisses et piquantes.

Le 14 janvier 1813, quatorze marins espagnols naufragés, poussés vers Smuttynose en plein hiver par un coup de vent, essayèrent d'atteindre une fenêtre éclairée par la flamme d'une bougie au premier étage de la petite maison du capitaine Haley. Ils périrent dans la tempête à moins de quarante pieds du but, et ils sont enterrés dans l'île sous des rochers. Un des hommes parvint jusqu'à la digue, mais ne réussit pas à aller plus loin. Le capitaine Haley découvrit son corps le lendemain. On trouva six autres corps le 17 janvier, cinq autres le 21, et le dernier fut découvert « accroché dans la passe de Hog » le 27. D'après la *Boston Gazette* du 18 janvier, le tonnage du navire, le *Conception*, était de trois à quatre cents tonnes, et il était chargé de sel. Personne en Amérique n'a jamais su le nom des marins morts.

Je retrouve Rich et Billie assis sur la plage, les orteils enfouis dans le sable. Je m'assieds à côté d'eux, les genoux en l'air, les bras autour des jambes. Billie se lève, regarde longuement le contenu de son seau, et se met à sautiller autour de nous, jambes tendues.

« J'ai les doigts qui saignent, annonce-t-elle fièrement. On en a eu un million. Au moins un million. Pas vrai, oncle Rich ?

— Parfaitement. Au moins un million.

— Quand on retournera sur le bateau, on les fera cuire pour le dîner. » Elle se penche de nouveau au-dessus du seau pour l'examiner avec le plus grand sérieux. Puis elle le traîne au bord de l'eau.

« Qu'est-ce qu'elle fait ? demande Rich.

— Je crois qu'elle donne à boire à ses moules. »

Il sourit. « Un jour j'ai lu le récit d'un pilote, qui disait que la plus belle vue aérienne qu'il ait jamais contemplée était celle des îles de Shoals. » Il se passe la main sur la tête. Son crâne rasé est d'une forme parfaite, sans la moindre bosse, ni le moindre creux. Je me demande s'il craint les coups de soleil.

« Adaline paraît très sympathique, dis-je.

— Oui.

— Elle admire l'œuvre de Thomas. »

Rich regarde ailleurs et lance un caillou.

Son visage n'a pas la finesse de celui de son frère. Il a d'épais sourcils noirs qui se rejoignent presque au milieu. Quelquefois, je me dis qu'il a la bouche de Thomas, mais c'est faux. Le dessin de sa bouche est plus ferme, plus accusé de profil. « Childe Hassam est venu peindre ici, dit-il. Tu savais ça ?

— Je n'aurais pas pensé que quelqu'un qui travaille pour Citibank serait si calé en poésie.

— C'est la Banque de Boston, en fait. » Il penche la tête et me regarde. « La poésie est quelque chose d'assez universel, il me semble, tu ne trouves pas ? Aimer la poésie, j'entends.

— Sans doute.

— Comment va Thomas ?

— Je ne sais pas. Il s'est persuadé, je crois, que chaque poète a droit à un nombre limité de mots et que, quant à lui, il a épuisé sa part.

— Je remarque qu'il boit davantage », dit Rich. Il

a les jambes brunes, couvertes de poils noirs. En les regardant, je médite sur cette farce de la nature qui a fait que Thomas et Rich ont apparemment reçu des gènes complètement différents. Je jette un coup d'œil du côté du sloop, qui flotte dans le port à quatre cents pieds de nous. Le mât vacille avec le clapotis des vagues.

« Adaline a été mariée. Avec un médecin. Ils ont eu un enfant. »

Je me tourne vers Rich. Il doit lire la surprise sur mon visage.

« La petite fille doit avoir trois ou quatre ans à présent, je crois. Elle est avec le père. Ils vivent en Californie.

— J'ignorais cela.

— Adaline ne voit pas sa fille. C'est elle qui en a décidé ainsi. »

Je reste muette. J'essaie d'assimiler cette information, de la faire coïncider avec la croix en or et la voix chantante.

« C'est pour lui qu'Adaline a quitté l'Irlande. Pour ce médecin. »

Rich se penche et enlève une traînée de boue qui a séché sur mon mollet. Il passe doucement le bout de ses doigts sur ma jambe. Je me dis que le mollet n'est pas une partie du corps que l'on caresse générale-ment. Je me demande s'il se rase le crâne tous les jours, et quel effet ça ferait de le toucher.

« Ce n'est pas quelqu'un qui s'attache, dit-il en retirant sa main. Elle ne reste pas longtemps avec la même personne.

— Depuis combien de temps êtes-vous ensemble ?

— Cinq mois environ. En fait, je crois que j'ai pra-tiquement fait mon temps. »

J'ai envie de lui dire qu'à en juger par les bruits qui émanent de la cabine avant je n'arrive pas à le croire.

Devant nous, Billie se couche au bord de l'eau, essentiellement, je crois, pour se mettre du sable plein les cheveux. Je m'inquiète et me lève à demi. Rich pose la main sur mon poignet pour m'en empêcher.

« Il n'y a pas de danger. Je la surveille. »

Je me détends un peu et me rassieds.

Je lui demande : « Tu aurais voulu qu'elle te donne davantage ? Adaline, j'entends. »

Il hausse les épaules.

« Elle est très belle. »

Rich acquiesce et il ajoute : « Je vous ai toujours enviés, toi et Thomas. »

Il porte la main à son visage pour se protéger les yeux et lorgner le bateau.

« Je ne vois personne dans le cockpit », dis-je.

Quelques minutes plus tard, je prends une photo de Rich et de Billie avec son seau de moules. Rich est allongé sur ce bout de plage rocailleux, les genoux en l'air, et les jambes béantes de son short kaki forment deux cercles foncés qui attirent le regard. Il a les bras étendus le long du corps dans une attitude de soumission. Sa tête est tombée dans un creux dans le sable, de sorte que son corps a l'air de se terminer à son cou. Billie est debout au-dessus de lui, penchée en avant à angle droit, les bras tendus en arrière pour garder l'équilibre, comme deux petites ailes. Elle parle à Rich, ou lui pose une question. Il paraît vulnérable sous le regard de Billie. Elle a son seau de moules en plastique vert à côté d'elle — de quoi faire des zakouski pour deux personnes. Derrière eux, au fond, on voit la maison Haley, petite et ancienne, avec ses garnitures joliment peintes en rouge brique mat.

Quand je regarde les photos, je ne peux pas m'empêcher de penser : À ce moment-là, il ne nous restait plus que dix-sept heures, ou douze, ou trois.

Sitôt la photo prise, Rich se redresse. Il se souvient, dit-il à Billie, qu'autrefois un pirate nommé Barbenoire a enterré son trésor dans l'île. Il se lève et fouille les broussailles, cherchant dans les fourrés de quoi faire deux baguettes fourchues. Il se met en route avec Billie, et j'attends sur la plage. Au bout d'un moment — un quart d'heure, vingt minutes ? —, j'entends Billie pousser un cri. Elle m'appelle. Je me lève pour voir, et je vais les rejoindre, à quelque deux cents pieds de la plage. Ils sont penchés au-dessus d'un trou qu'ils ont creusé dans le sable. Le trou contient un trésor : cinq pièces d'un quarter, deux billets de un dollar, un cure-dent doré, une chaîne à laquelle est attachée une clef, un bracelet en fil de cuivre et une bague argentée. Rich fait semblant de lire une inscription sur l'anneau de la bague. « Pour E, à son E, avec son amour éternel. »

« Qu'est-ce que ça veut dire, "Pour E à son E" ? demande Billie.

— Le vrai nom de Barbenoire était Edward, dont la première lettre est un E. Et le nom de sa femme était Esmeralda, dont la première lettre est aussi un E. »

Billie réfléchit à la chose. Rich lui dit que la bague en argent appartenait à la quinzième femme de Barbenoire, que celui-ci a assassinée de ses propres mains. D'excitation et d'épouvante, Billie décolle presque de terre.

Le pourtour de la maison Hontvedt, qu'on appelait aussi tout simplement la « maison rouge » avant le double meurtre, est indiqué par des pieux. Il est d'environ vingt pieds sur trente. Sur cette petite surface, il y avait deux logements, séparés par une cloison sans porte. Le pignon nord-ouest de la maison avait deux portes d'entrée.

Après la courte traversée sur le Zodiac, je remonte à bord du Morgan en m'aidant de la main que me tend Rich. Thomas et Adaline sont assis face à face dans le cockpit sur des coussins de toile, le corps dégoulinant, et des flaques se forment à leurs pieds. Ils viennent d'aller nager, dit Adaline, et Thomas paraît légèrement essoufflé.

Adaline a les mains en l'air derrière la tête, elle s'essore les cheveux. Son maillot de bain est rouge, deux touches vives d'un rouge feu sur une peau luisante. Elle a un beau ventre plat de jeune fille, couleur de pain grillé. Ses longues cuisses sont mouillées, et il y a des gouttelettes d'eau de mer en suspension dans ses poils châtain clair.

Elle tord ses cheveux et me sourit. Quand elle sourit, son visage est la candeur même. J'essaie d'accorder ce sourire aux bruits gutturaux et frénétiques qui, le matin, émanent de la cabine avant.

Je n'évoque pas seulement ces moments pour eux-mêmes, mais parce que je sais qu'au-delà de ces souvenirs il est un instant qui ne peut être effacé. Chacune de ces images m'y conduit en toute innocence, ou du moins dans une sorte d'oubli insouciant.

Rich va immédiatement rejoindre Adaline et pose une main de propriétaire sur son ventre. Il l'embrasse sur la joue. Billie aussi fait un pas vers elle, attirée par la beauté comme tout un chacun. Je vois bien que Billie va trouver une bonne raison de s'étaler sur ces longues jambes. Thomas fait un effort pour m'accorder son regard et m'interroger sur notre petite expédition. Je suis gênée pour lui, à cause de l'extraordinaire blancheur de sa peau et de son buste qui paraît tout mou. J'ai envie de le couvrir de sa chemise bleue, qui traîne par terre dans une flaque.

Le 5 mars 1873, une soixantaine de personnes vivaient sur l'ensemble des îles de Shoals : le gardien du phare et sa famille à White, des ouvriers qui construisaient un hôtel à Star, deux familles, les Laighton et les Ingerbretson, à Appledore, et une famille, les Hontvedt, à Smuttynose.

Nous allons à Portsmouth avec le Zodiac. Nous avons faim, nous voulons déjeuner, et nous n'avons guère de provisions à bord. Nous nous installons dans un restaurant avec terrasse et auvent, situé presque au bord de l'eau, ce qui, apparemment, est plutôt rare à Portsmouth, encore qu'à mon avis il n'y ait pas grand-chose à voir en dehors des remorqueurs et des bateaux de pêche. Une forte bourrasque s'engouffre sous l'auvent et le soulève brutalement, de sorte que les piquets qui le fixent au sol lâchent aussi. Un coin de l'auvent est arraché et flotte. La toile claque dans le vent.

« *Le ciel s'est déchiré* », dit Thomas.

Adaline le regarde et lui sourit. « *Astres et âmes à découvert.* »

Thomas paraît surpris. « *Flots hérissés*, dit-il.

Murmures affûtés.

24

Grâce foreclose.
Soleil enchaîné. »

Je crois entendre un échange serré de balles de ping-pong.

Adaline prend son souffle. « *Mer lancée à l'assaut*, dit-elle.

— Oui », répond tranquillement Thomas.

Billie prend un croque-monsieur, comme presque toujours. Il est difficile de la faire tenir tranquille au restaurant : elle bouillonne intérieurement — des bulles qui remontent à la surface et veulent s'échapper par le goulot de la bouteille. Je bois une bière qui s'appelle Smuttynose — marque qui semble exploiter à son profit les meurtres commis dans l'île. Après tout, pourquoi pas une bière qui s'appellerait Appledore ou Londoners. Le breuvage, couleur de chêne, est plus fort que ce dont j'ai l'habitude, et j'ai l'impression qu'il me monte un peu à la tête. Mais ce n'est pas forcément cela. Le bateau vous met dans un état proche de l'ivresse, qui dure des heures. Après avoir mis pied à terre, on continue à tanguer et à sentir les vagues battre contre la coque.

En lisant les guides, j'apprends que c'est aux îles de Shoals que les Vikings ont découvert l'Amérique.

Dans l'île de Star, il y a un cimetière qui porte le nom de Beebe. Sont enterrées là les trois petites filles de George Beebe, qui moururent toutes les trois de la diphtérie à quelques jours d'intervalle en 1863.

Je prends une part de homard. Thomas, des palourdes frites. La conversation tombe, comme si la tension de cette traversée en Zodiac jusqu'au port nous avait tous privés de parole. Adaline mange une salade et boit un verre d'eau. Je remarque qu'elle se tient très droite à table. Rich, en revanche, a tendance à s'avachir, il a les jambes étendues devant lui. Il rapproche légèrement sa chaise de celle d'Adaline et se met à lui caresser le bras négligemment.

Le capitaine Samuel Haley est arrivé à Smuttynose un peu avant la Révolution américaine. En rassemblant des pierres pour construire une digue qui relierait Malaga à Smuttynose, il retourna un rocher et découvrit quatre lingots d'argent. Avec cet argent, il acheva la digue et construisit la jetée. La digue a été détruite en février 1978.

Edward Teach, alias le pirate Barbenoire, a passé sa lune de miel avec sa quinzième et dernière femme sur les îles de Shoals en 1720. On dit qu'il a enfoui son trésor à Smuttynose.

« Ne déchire pas ta serviette. »

Thomas a la voix défaite, semblable à la charpie sur notre table.

Adaline retire gentiment la boule de papier de la main de Billie et ramasse les débris autour de son assiette.

« D'où tiens-tu ce nom de Billie ? demande-t-elle.

— C'est Willemina, répond Billie, ses lèvres dévidant le mot avec aisance et satisfaction.

— Je lui ai donné le nom de ma mère, dis-je en jetant un coup d'œil à Thomas qui vide son verre de vin et le repose sur la table.

— Ma maman m'appelle Billie parce que Willemina, c'est trop vieux, continue-t-elle.

— Démodé, dis-je.

— C'est un joli nom, Willemina, je trouve », dit Adaline.

Elle a les cheveux roulés sur les côtés et retenus en arrière par une pince. Billie se met debout sur sa chaise et penche la tête pour observer de près ces rouleaux qui vont se rejoindre insensiblement sur la nuque d'Adaline.

Smuttynose mesure deux mille huit cents pieds d'est en ouest, et mille pieds du nord au sud. Sa superficie est de vingt-sept arpents, presque tout en rocher. Elle s'élève à trente pieds au-dessus du niveau de la mer.

Thomas est maigre et tout en hauteur et il a l'air, physiquement, de manquer de force dans la vie. Il sera probablement ainsi jusqu'à sa mort. Peut-être se voûtera-t-il en vieillissant, comme certains hommes très grands. Mais il se voûtera avec élégance, je le sais. De cela je suis sûre.

Est-il aussi triste que moi le matin au réveil quand il entend Adaline et Rich dans la cabine avant ?

Nous attendons l'addition. Billie est debout à côté de moi, occupée à colorier un set de table. Je demande à Adaline : « Vous êtes née en Irlande ?

— En Irlande du Sud. »

La serveuse apporte l'addition. Thomas et Rich tendent le bras tous les deux, mais Thomas, distraitement, laisse Rich la prendre.

« Ce doit être horrible pour vous de travailler sur un tel sujet », dit Adaline. Elle se met à masser la nuque de Billie.

« Oui et non. Ça semble si loin de nous. En fait, ce que je voudrais, c'est mettre la main sur de vieilles photos.

— Tu ne manques pourtant pas de documentation, apparemment.

— Mais ce sont des choses qui m'ont été fournies, dis-je en me demandant pourquoi j'ai l'air de vouloir me défendre. Je dois avouer, pourtant, qu'il y a, dans les récits de ces meurtres, des choses qui m'intriguent. »

Adaline lève le bras pour ôter la pince qui lui retient les cheveux sur la nuque. Ils sont de plusieurs teintes et frisent légèrement à l'humidité, comme ceux de Billie. Sur le bateau, elle les porte relevés en arrière ou sur la nuque, en torsades ou en chignons compliqués qui ne tiennent que par une épingle. Aujourd'hui, quand elle retire la pince, ils retombent dans son dos en ondes successives. Le déploiement de cette chevelure, l'étonnante abondance de cheveux sortant d'un chignon de la grosseur d'une pêche, nous donnent l'impression, à cet instant, d'assister à un tour de magie ou de passe-passe.

Je regarde Thomas. Il respire lentement. Son visage, généralement très coloré, a pâli. Il paraît abasourdi à la vue de ces cheveux qui tombent d'un chignon défait — comme s'il voulait chasser cette image et les souvenirs qu'elle évoque.

Je n'ai que quelques photos personnelles de Thomas. Il y a des dizaines d'autres photos de lui, à caractère public : des portraits pour les jaquettes de ses livres, par exemple, et des photos de circonstance parues dans des magazines et des journaux. Mais, sur celles de ma collection personnelle, il s'est presque toujours arrangé pour détourner les yeux, ou même pour tourner la tête complètement, comme s'il ne voulait pas qu'on le saisisse à quelque moment ou dans quelque lieu que ce soit. Par exemple, j'ai une photo de lui prise pendant une soirée chez nous après la naissance de Billie : il est un peu courbé, il parle avec une femme, poète comme lui, et qui est aussi une amie. Il m'a vue arriver avec mon appareil, il a penché la tête et levé un verre devant sa joue, ce qui cache presque entièrement son profil. Sur une autre photo, il tient Billie sur un banc dans un jardin public. Perchée sur son genou, Billie, qui semble déjà avoir compris, fait un large sourire et joint ses petites mains, ravie de cette nouvelle activité et de la curieuse grimace que fait sa mère, avec cet œil qui bouge et qui cligne tout d'un coup. Mais Thomas, lui, a baissé la tête pour la cacher dans le cou de Billie. Seule la pose indique qu'il est le père de l'enfant.

Pendant des années, j'ai cru qu'il ne voulait pas être photographié parce qu'il a une cicatrice qui part du coin de l'œil gauche et descend jusqu'au menton — conséquence d'un accident de voiture quand il avait dix-sept ans. Elle ne le défigure pas, comme certaines cicatrices, qui abîment complètement un visage au point qu'on n'a plus envie de le regarder. Chez Thomas, au contraire, la cicatrice semble suivre la forme du visage — comme une courbe parfaite tracée au pinceau d'un coup rapide. On a peine à se retenir de la toucher, de passer le bout du doigt sur son arête rugueuse. Mais ce n'est pas à cause de sa cicatrice que Thomas tourne le dos à l'objectif. C'est, je crois, parce qu'il ne supporte pas d'être observé de près par l'objectif. De la même façon qu'il ne peut pas se regarder en face dans une glace.

J'ai une photo de lui sur laquelle il ne se cache pas. C'est une photo que j'ai prise le lendemain du jour où nous nous sommes rencontrés. Il est devant son

28

immeuble à Cambridge, debout, les mains dans les poches de son pantalon. Il porte une chemise blanche froissée à col boutonné. Même sur cette photo-là, on voit bien qu'il a envie de s'en aller et qu'il a fait un immense effort pour maintenir les yeux fixés sur l'appareil. Sur cette photo, il est sans âge, et c'est seulement parce que je sais qu'il a trente-deux ans que je ne me dis pas qu'il en a quarante-sept ou vingt-cinq. On voit que ses cheveux, qui sont naturellement fins et d'une couleur indéfinie, viennent d'être coupés court. J'ai pris la photo vers neuf heures du matin. Ce matin-là, il a l'air de quelqu'un que je connais depuis longtemps — depuis mon enfance peut-être.

Nous nous sommes rencontrés pour la première fois, comme il se doit, dans un bar de Cambridge. J'avais vingt-quatre ans et je travaillais pour un journal de Boston, où j'étais affectée depuis peu à la rubrique sportive locale. Je rentrais chez moi, je revenais de Somerville, où j'étais allée photographier l'équipe de basket-ball d'un lycée de filles, mais il fallait absolument que je trouve des toilettes et un téléphone public.

J'ai entendu sa voix avant de voir son visage. Une voix basse et mesurée, pleine d'autorité, et sans accent particulier.

La lecture terminée, il s'est tourné légèrement pour répondre à un salut, et c'est à ce moment-là que j'ai vu son visage à la lumière. J'ai été frappée par sa bouche — une bouche molle et généreuse, incongrue dans ce visage sec. Il avait les yeux rapprochés, et je ne l'ai pas trouvé beau au sens habituel, mais j'ai remarqué ses iris bleu foncé avec des taches dorées, et ses pupilles très ouvertes, comme des ronds noirs qui semblaient sans protection.

Je suis allée au bar commander une Rolling Rock. J'avais la tête vide et l'estomac creux, car je n'avais pas mangé de la journée. Ce jour-là, chaque fois que j'avais voulu me restaurer, j'avais été appelée ailleurs pour un autre reportage. Je me suis appuyée au bar pour consulter la carte. Je m'étais aperçue que Thomas était à côté de moi.

« J'ai bien aimé ce que vous avez lu », lui ai-je dit.

Il a jeté un rapide coup d'œil vers moi. « Merci », m'a-t-il répondu vivement, à la manière de quelqu'un qui ne sait guère manier les compliments.

« Ce poème que vous avez lu, c'est très fort. »

Son regard s'est éclairé au-dessus de mon visage. « Ce n'est pas une chose récente », a-t-il dit.

Le barman m'a apporté ma bière, et j'ai payé. Thomas a pris son verre, laissant un rond mouillé sur le vernis du bar. Il a avalé une grande gorgée et a reposé le verre.

« C'est une lecture publique ? ai-je demandé.

— La soirée poésie du mardi soir.

— Je ne savais pas.

— Vous n'êtes pas la seule. »

J'ai essayé de faire signe au barman pour commander quelque chose à manger.

« Thomas Janes », a-t-il dit en me tendant la main. J'ai remarqué ses doigts longs, vigoureux et pâles.

Il a dû voir mon air gêné.

« Vous n'avez jamais entendu parler de moi, a-t-il dit avec un sourire.

— Je n'y connais pas grand-chose en poésie, ai-je répliqué maladroitement.

— Ne vous excusez pas. »

Il portait une chemise blanche et un pull à torsades compliquées. Un pantalon habillé. Gris. Des boots. Je me suis présentée et je lui ai dit que j'étais photographe au *Globe*.

« Comment êtes-vous devenue photographe ?

— Un jour, j'ai vu une exposition de photos de l'Associated Press. En sortant, je suis allée m'acheter un appareil.

— Le bébé qui tombe par la fenêtre du deuxième étage.

— Quelque chose comme ça, oui.

— Et c'est depuis ce moment-là que vous faites de la photo.

— Ça m'a aidée à finir mes études.

— Vous avez vu beaucoup de choses terribles.

— Certaines, oui. Mais j'ai vu des choses merveilleuses aussi. Une fois, j'ai saisi l'instant où un père s'est mis à plat ventre pour sortir son fils d'un trou dans la glace. On voit le père et le fils agrippés par le bras, et les deux visages, le regard rivé l'un à l'autre.

— Où était-ce ?

— À Woburn.

— Ça me dit quelque chose. Est-ce que j'ai pu voir ça quelque part ?

— Peut-être. Le *Globe* a acheté la photo. »

Il a hoché la tête lentement et il a bu encore une grande gorgée. « En fait, c'est un peu la même chose, ce que nous faisons, vous et moi.

— C'est-à-dire ?

— On essaie d'arrêter le temps. »

Le barman lui a fait signe, et il s'est dirigé vers une petite estrade à une extrémité de la salle. Il s'est appuyé à un pilier. À ma surprise, les gens se sont tus. On n'entendait même plus le tintement des verres. Il a sorti un morceau de papier de la poche de son pantalon et il a dit qu'il voulait lire quelque chose qu'il venait d'écrire le jour même. J'ai retenu certains mots : *lambris, odorant, blessé jusqu'au cœur.*

Plus tard, la table s'est couverte de verres, des chopes à facettes qui réfractaient ce qui restait au fond. Comme une infinité de ronds de chêne liquides. Je me suis dit que la moitié des auditeurs, ou presque, étaient venus à cette table offrir un verre à Thomas. Il buvait trop. Je m'en suis rendu compte dès ce moment-là. Il s'est levé en titubant un peu et en se tenant à la table. Je lui ai touché le coude. Il était sans pudeur dans son ivresse. Il m'a demandé de l'aider à aller jusqu'à sa voiture. J'avais compris que j'allais devoir le reconduire chez lui.

Un évier avec une tache de rouille le long d'un des murs. Au milieu, un lit affaissé sur lequel était jetée une couverture beige. Thomas était allongé sur le dos, sur ce lit trop court pour lui. Je lui ai retiré ses boots et ses chaussettes, et je me suis assise sur une chaise près du bureau. Il avait les pieds blancs et lisses. Le ventre, concave, faisait un léger creux au-dessous de la ceinture. Une jambe de son pantalon était remontée, découvrant un peu sa peau. Je trouvais que c'était le plus bel homme que j'eusse jamais vu.

Quand j'ai su qu'il dormait, j'ai glissé une main dans la poche de son pantalon pour prendre le bout de papier plié. Je me suis mise près de la fenêtre, à l'endroit où le rideau était déchiré, et j'ai lu le poème à la lueur du réverbère.

Au bout d'un moment, j'ai posé un doigt sur la peau de sa jambe. Puis j'ai suivi la trace de la cicatrice sur son visage, et il a sursauté dans son sommeil. J'ai mis la paume de ma main à l'endroit où son ventre se creusait. J'ai été surprise de sentir la chaleur de sa peau à travers sa chemise, on aurait dit qu'il avait de la fièvre, ou que son organisme brûlait intérieurement en pure perte.

Je me suis glissée dans son lit et me suis couchée à côté de lui. Il s'est tourné sur le côté, face à moi. Il faisait sombre dans la pièce, mais je voyais son visage. Je sentais son souffle sur ma peau.

« Tu m'as ramené chez moi, a-t-il dit.

— Oui.

— Je ne m'en souviens pas.

— Je sais.

— Je bois trop.

— Oui, je sais. » J'ai approché la main comme si j'allais le toucher, mais non. J'ai seulement mis ma main entre nos deux visages.

« D'où es-tu ? m'a-t-il demandé.

— De l'Indiana.

— Une fille de la campagne.

— Oui.

— Sérieusement ?

— Je suis à Boston depuis l'âge de dix-sept ans.

— Les études.

— Et la suite.

— La suite paraît intéressante.

— Pas très.

— Tu ne regrettes pas l'Indiana ?

— Un peu. Mes parents sont morts. C'est surtout eux que je regrette.

— De quoi sont-ils morts ?

32

— Du cancer. Ils étaient vieux. Ma mère avait quarante-six ans quand je suis née. Pourquoi me poses-tu ces questions ?

— Tu es dans mon lit. Tu es une femme séduisante, et tu es dans mon lit. Pourquoi es-tu restée ici cette nuit ?

— J'étais inquiète pour toi. Et tes parents à toi ?

— Ils vivent à Hull. C'est là que j'ai grandi. J'ai un frère.

— Comment t'es-tu fait ça ? », ai-je demandé en tendant la main pour toucher la cicatrice sur son visage.

Il a tressailli, et il s'est retourné sur le dos en s'écartant de moi.

« Pardon, ai-je dit.

— Non, ça n'est rien. Simplement...

— Tu n'es pas obligé de me le dire. Ça ne me regarde pas.

— Non. » Il a levé un bras pour se boucher les yeux. Il est resté immobile pendant un si long moment que j'ai cru qu'il s'était rendormi.

J'ai fait un mouvement pour me lever et m'en aller. Quand il m'a sentie bouger, il a aussitôt ouvert les yeux et m'a saisie par le bras. « Ne pars pas », a-t-il dit.

En se tournant vers moi, il a défait un bouton de mon chemisier, comme si, par ce geste, il allait m'empêcher de partir. Il a déposé un baiser à l'endroit que sa main avait découvert. « Tu es avec quelqu'un ?

— Non », ai-je répondu en posant mes doigts sur son visage, mais en prenant soin de ne pas toucher la cicatrice.

Il a défait les autres boutons et il a ouvert mon chemisier en repoussant l'étoffe blanche contre mes bras. Il m'a embrassée dans le cou et puis est descendu jusqu'à mon ventre. Des baisers légers, de ses lèvres sèches. Il m'a un peu écartée de lui pour dégager mon chemisier sur mes épaules. Il s'est allongé dans mon dos, m'entourant de ses bras, appuyant la paume de ses mains sur mon ventre. J'avais les bras pris sous les siens, et je sentais son haleine sur ma nuque. Il

33

s'est serré contre ma cuisse. J'ai penché la tête en avant légèrement, laissant faire, laissant tout cela m'arriver, nous arriver, et j'ai senti son corps se tendre en même temps que le mien. J'ai senti sa langue en haut de mon dos.

Un peu plus tard, cette nuit-là, j'ai été réveillée par des gémissements saccadés. Thomas était assis sur le bord du lit, nu, enfonçant rageusement le plat de ses mains dans ses orbites. J'ai essayé de l'arrêter avant qu'il ne se fasse du mal. Il est retombé sur le lit. J'ai allumé une lampe.

« Que se passe-t-il ? ai-je demandé. Qu'est-ce qui ne va pas ?

— Ça n'est rien, a-t-il dit tout bas. Ça va passer. »

Il avait les mâchoires serrées, et il était soudain d'une pâleur inquiétante. Ce n'était pas seulement la boisson. Il devait être malade.

Il a décollé la tête de l'oreiller et m'a regardée. On aurait dit qu'il n'arrivait pas à me voir. Son œil droit était bizarre. « Ça va passer. C'est juste une migraine, m'a-t-il dit.

— Qu'est-ce que je peux faire ?

— Ne t'en va pas. Promets-moi que tu ne vas pas t'en aller. » Voulant me prendre la main, il m'a saisie par le poignet. Il m'a serrée si fort que j'en ai eu des marques sur la peau.

Je suis allée lui préparer un sachet de glace à la cuisine et je me suis recouchée près de lui. J'étais nue moi aussi. Il est possible que j'aie dormi pendant qu'il attendait que la douleur se calme. Quelques heures plus tard, il s'est tourné vers moi. Il m'a pris la main et a placé mes doigts sur sa cicatrice. Il avait recouvré ses couleurs, et j'ai vu que sa migraine était passée. J'ai caressé cette longue marque en arc de cercle sur son visage, comme il me le demandait.

« J'ai quelque chose à te dire », s'est-il écrié.

Le lendemain matin, après cette longue nuit passée ensemble, après cette migraine, la première de toutes celles dont je serais témoin par la suite, je l'ai décidé à se lever et à m'emmener prendre un petit déjeuner. Je l'ai fait poser pour une photo devant l'entrée de son immeuble. Au restaurant, il m'a reparlé de cette cicatrice, mais je me suis aperçue que déjà les mots n'étaient plus les mêmes, et la manière de dire avait changé. Je me rendais compte qu'il composait des images, qu'il cherchait certains mots. Je l'ai quitté en lui promettant de revenir en fin d'après-midi. À mon retour, il ne s'était pas encore douché, il ne s'était toujours pas changé, et — on ne pouvait s'y tromper — il était dans une certaine euphorie, le visage empourpré.

« Je t'aime, m'a-t-il dit en se levant de son bureau.

— Non, c'est impossible », ai-je répliqué, prise de panique. Sur le bureau, j'ai vu des feuilles blanches lignées couvertes d'encre noire. Thomas avait les doigts tachés et il y avait de l'encre sur sa chemise.

« Ah, mais si.

— Tu as travaillé », ai-je dit en m'approchant de lui. Il m'a prise dans ses bras et, contre lui, j'ai respiré un parfum qui, en vingt-quatre heures, m'était devenu familier.

« C'est le début de quelque chose », a-t-il soufflé dans mes cheveux.

Au restaurant, à Portsmouth, Thomas, en se tournant à peine, voit que je l'observe.

Il me tend la main par-dessus la table. « Jean, tu veux faire un tour à pied ? Allons à la librairie. Tu trouveras peut-être des vues anciennes de Smuttynose.

— Oui, c'est ça, dit Adaline. Partez tranquillement tous les deux. Rich et moi, nous allons garder Billie. »

Rich se lève. Ma fille prend l'air sérieux, comme si elle voulait passer pour plus âgée qu'elle n'est — huit ou neuf ans par exemple. Je la regarde mettre son tee-shirt bien comme il faut par-dessus son short.

« *Quiétude onctueuse* », dit Thomas. Il parle distinctement, mais il a un peu haussé le ton, et l'on discerne dans sa voix un soupçon d'émotion.

À la table voisine, un couple se retourne pour nous regarder.

Adaline ramasse un pull qu'elle a laissé sur le

dossier de sa chaise. « *Cœurs aplanis* », enchaîne-t-elle.

Elle se lève, mais Thomas ne peut pas s'empêcher de continuer.

« *Serments doublement suaves dans la bouche des amants.* »

Adaline pose son regard sur Thomas, puis sur moi. « *L'heure est aux aveux*, dit-elle tranquillement. *Et il en reste étourdi.* »

Nous remontons Ceres Street, Thomas et moi, en direction du centre. Thomas a l'air anxieux et absent. Nous passons devant de jolies boutiques, une petite brasserie, un magasin d'ameublement. Dans une vitrine, je vois mon reflet, et il me vient soudain à l'esprit que, sur le bateau, nous n'avons pas de miroir. Je suis surprise à la vue de cette femme qui a l'air plus vieille que je ne l'aurais cru. Elle pince les lèvres, comme si elle essayait de se rappeler quelque chose d'important. Elle a la tête dans les épaules, mais c'est peut-être simplement à cause de la façon dont elle se tient, les mains dans les poches de son jean. Elle porte un pull bleu marine tout passé, et elle a au bras un sac à appareil-photo. On pourrait la prendre pour une touriste. Elle a les cheveux courts, passés à la hâte derrière les oreilles. Sur le dessus du crâne, parmi ses cheveux vaguement châtains, court un mince filet argenté. Elle porte des lunettes noires, et je ne vois pas ses yeux.

Je ne suis pas une belle femme, pas plus cet après-midi où nous marchons dans Ceres Street que le soir de ma première rencontre avec Thomas. Je n'ai jamais été jolie. Comme me l'a dit un jour ma mère dans un moment de franchise pour lequel je lui en ai longtemps voulu, mais que j'apprécie à présent, chaque partie de mon visage, prise séparément, est plutôt mignonne ou acceptable en soi, mais n'a jamais formé avec les autres un ensemble vraiment harmonieux. La longueur du visage, la largeur du front, ont quelque chose d'un peu déconcertant. Il n'y a rien de déplaisant dans ce visage, mais il n'attire pas irrésistiblement le regard, comme celui de Thomas, par exemple. Ou celui d'Adaline.

En remontant Ceres Street, nous marchons sans nous toucher, Thomas et moi. « C'est quelqu'un d'agréable, semble-t-il, dis-je.

— C'est vrai.

— Billie l'aime bien.

— Rich aussi.

— Il est formidable avec les enfants.

— Parfait, oui.

— Elle a une jolie voix. C'est curieux cette croix qu'elle porte.

— C'est sa fille qui la lui a donnée. »

Au bout de la rue, Thomas s'arrête un instant et me dit : « On pourrait rentrer. » Je me méprends sur le sens de ses paroles et je lui réponds en regardant ma montre : « Il n'y a que dix minutes que nous sommes partis. »

Mais il veut dire : *On pourrait rentrer à Cambridge.*

Dans la rue, il y a des touristes, des gens qui regardent les vitrines. Nous arrivons au centre : la place du marché, une église, une petite rue piétonne avec des bancs. Nous tournons au coin de la rue et nous nous trouvons devant la façade d'une grande bâtisse en brique, avec de hautes fenêtres cintrées à petits carreaux. Il y a un écriteau discret à la fenêtre.

« Intéressant, ce jeu avec Adaline tout à l'heure, dis-je en examinant l'écriteau un instant.

— Pas vraiment », dit Thomas en se penchant vers la fenêtre pour lorgner l'écriteau.

« *Portsmouth Athenaeum*, lit-il. *Salle de lecture ouverte au public.* » Il regarde les heures indiquées. Il a l'air de lire et de relire l'écriteau comme s'il avait du mal à comprendre.

« Quel poète était-ce ?

— Fallon Pearse. »

Je regarde mes sandales, sur lesquelles j'ai fait des taches d'huile en cuisinant à la maison. Mon jean est détendu et fait des plis en haut de mes cuisses.

« S'il y a des photos d'archives quelque part, ça ne peut être qu'ici, dit Thomas.

« — Et Billie ? » », dis-je. Nous savons bien l'un et l'autre — ce que Rich et Adaline ne sauraient imaginer —, qu'une simple demi-heure avec elle peut être épuisante. Avec toutes ses questions, toute sa curiosité.

Thomas se redresse et considère la hauteur du bâtiment. « Je vais aller retrouver Adaline, je l'aiderai à garder Billie. Vois s'ils ont ce qu'il te faut, et on se retrouve ici dans, disons, une heure ? »

J'ai l'impression que le sol se soulève lentement et se dérobe sous mes pieds, comme dans certains dessins animés pour enfants.

« Comme tu veux », dis-je.

Thomas essaie de voir à l'intérieur à travers la fenêtre, comme s'il allait reconnaître quelque chose derrière les tentures. Avec une désinvolture et une tendresse dont je me méfie soudain, il se penche pour m'embrasser sur la joue.

Quelques semaines après notre rencontre dans ce bar de Cambridge, nous avons garé ma voiture près du front de mer à Boston et nous avons remonté à pied une rue en pente pour aller dans un restaurant cher. C'était peut-être pour célébrer un anniversaire — un mois de vie commune. Le brouillard qui montait du port se répandait dans la rue et tout autour de nos pieds. Je portais des talons hauts, des chaussures italiennes qui me faisaient paraître presque aussi grande que Thomas. Derrière moi, j'entendais une corne de brume et le chuintement rassurant des pneus sur le pavé mouillé. Il pleuvait un peu, et il nous semblait que nous n'arriverions jamais à gravir la côte pour atteindre ce restaurant, nous avions l'impression d'aller aussi lentement que le brouillard.

Thomas se serrait contre moi. Nous nous étions déjà arrêtés dans deux bars, et il me tenait par l'épaule avec plus d'ardeur que de grâce.

« Tu as une tache de vin au creux des reins, juste à droite du milieu. »

J'ai fait claquer mes talons sur le trottoir avec satisfaction. « Si j'ai une tache de vin, je ne l'ai jamais vue.

— Elle a la forme du New Jersey. »

Je l'ai regardé en riant.

« Épouse-moi, a-t-il dit.

— Tu es fou, ai-je répondu en le repoussant comme on repousse un homme ivre.

— Je t'aime. Je t'aime depuis le soir où je t'ai trouvée dans mon lit.

— Comment pourrais-tu épouser une femme qui te fait penser au New Jersey ?

— Je n'ai jamais travaillé aussi bien, tu le sais. »

Je songeai à tout ce qu'il avait produit, aux dizaines de pages alignées, aux doigts continuellement tachés.

« Et c'est entièrement grâce à toi.

— Tu te trompes. Ces poèmes, tu étais prêt à les écrire.

— Grâce à toi, j'ai enfin réussi à me pardonner. Voilà ce que tu as fait pour moi.

— Mais non. »

Il portait un blazer (la seule veste qu'il possédât), d'un bleu marine presque noir. Sa chemise blanche paraissait lumineuse à la lueur des réverbères, et mon regard s'est dirigé machinalement à l'endroit où elle rentrait sous la boucle de sa ceinture. Je savais que, si je mettais le plat de ma main à cet endroit-là, je sentirais la tiédeur du tissu.

« Il n'y a qu'un mois que je te connais, ai-je dit.

— Nous avons été ensemble tous les jours. Nous avons couché ensemble toutes les nuits.

— Est-ce assez ?

— Oui. »

Je savais qu'il avait raison. J'ai mis le plat de ma main contre sa chemise blanche sous la boucle de sa ceinture. C'était tiède.

« Tu es ivre.

— Mais sérieux. »

Il s'est serré contre moi et m'a poussée avec insistance dans une ruelle. J'ai peut-être un peu résisté, sans effet. Dans la ruelle, le macadam luisait sous la pluie. Je me suis aperçue qu'un peu plus loin, dans ce boyau étroit, un couple pas très différent du nôtre marchait bras dessus, bras dessous. Ils nous ont regardés d'un air épouvanté en passant à côté de nous. Thomas s'est appuyé contre moi de tout son poids, et il a enfoncé sa langue dans mon oreille. Ce geste m'a fait trembler, et j'ai tourné la tête. Puis il a posé ses lèvres dans mon cou, en me léchant la peau à longs traits, et j'ai compris tout d'un coup que, dans cette position, il allait jouir, délibérément, pour me démontrer qu'il ne pouvait rien sans moi, que j'étais son alchimiste. Il allait me faire cette offrande de son amour incontinent. Ou bien ne s'agissait-il — je n'ai pas pu m'empêcher de me poser la question — que d'un débordement de reconnaissance ?

J'essaie de me rappeler. J'essaie de toutes mes forces de me rappeler le goût de l'amour.

Je pénètre dans la bâtisse aux grandes fenêtres cintrées et je referme la porte derrière moi. Je monte en suivant les flèches qui indiquent la bibliothèque. Je frappe à une porte métallique qui n'a rien d'attrayant, et j'ouvre. La salle est calme. Les murs sont couverts d'une peinture ivoire et de solides rayonnages en bois. Ce sont les fenêtres, je crois, qui donnent une impression de sérénité.

Il y a deux tables de travail et un bureau où est assis le bibliothécaire. Il me fait un signe de tête quand je me dirige vers lui. Je ne sais pas très bien quoi dire.

« Je peux vous aider ? » me demande-t-il. C'est un homme petit, brun, au crâne un peu dégarni, avec des lunettes à monture d'acier. Il porte une chemise écossaise à manches courtes et raides qui décollent aux épaules comme des ailes de papillon.

« J'ai vu l'écriteau à l'entrée. Je cherche des documents sur les meurtres qui ont eu lieu dans les îles de Shoals en 1873.

— À Smuttynose.

— Oui.

— Eh bien... nous avons les archives.

— Les archives ?

— Les archives des îles de Shoals, m'explique-t-il. Elles nous ont été envoyées de la bibliothèque de Portsmouth il y a quelque temps. Mais c'est un vrai fatras. Il y a un grand nombre de documents, mais très peu ont été catalogués, hélas ! Je pourrais vous en montrer quelques-uns si vous voulez. Ici, nous ne prêtons pas les documents.

— Ce serait...

— Il faudrait que vous m'indiquiez un thème de recherche. Un sujet.

— Des photos anciennes, s'il en existe. Des photos de personnes, et de l'île. Et puis des témoignages de gens de l'époque.

— On trouverait ça dans des journaux intimes et dans des lettres. C'est justement ce qui vient de nous parvenir.

— Oui, eh bien, des lettres. Et des photos.

— Asseyez-vous là à cette table. Je vais voir ce que je peux faire. C'est un grand événement pour nous, l'arrivée de ces archives, mais, comme vous voyez, le personnel ici est assez réduit. »

Soudain je me représente Thomas avec Adaline et Billie. Ils ont chacun un cornet de glace à la vanille. Ils sont tous les trois en train de lécher leur glace, en essayant de ne pas en faire couler partout.

Thomas m'a dit : « Je vais aller retrouver Adaline. » Il n'a pas dit qu'il allait retrouver Adaline et Billie, ou Adaline et Rich.

Le bibliothécaire revient avec plusieurs livres et des dossiers pleins de documents. Je le remercie et je prends un des livres. C'est un vieux volume fatigué dont la reliure en soie brune est toute fendillée. Les pages ont jauni sur les bords, et certaines se sont détachées. Je suis assaillie par des images qui, en se déployant devant moi, forment autant de nouvelles couvertures sur le livre. Je ferme les yeux et porte le volume à mon front.

Je consulte une vieille géographie des îles de Shoals. Je parcours deux guides publiés au début du siècle. Je prends des notes. J'ouvre encore un autre livre que je feuillette rapidement. Ce sont des recettes de cuisine, *Le Livre de cuisine d'Appledore*, publié en 1873. Ces recettes m'intriguent : pudding tremblant, hachis de tête de veau et de fressure, *whitpot pudding*, levure de houblon. Qu'est-ce que la fressure ? je me demande.

Divers papiers ont glissé des dossiers que l'on m'a apportés et, en les voyant sur la table, je m'aperçois qu'ils ne sont pas classés du tout. Certains sont des documents municipaux officiels, des licences ou des titres divers, tandis que d'autres sont très nettement des actes de vente. D'autres encore semblent être des lettres écrites sur des feuilles si fragiles que j'ai presque peur de les toucher. Je regarde de plus près pour déchiffrer cette écriture d'autrefois et, avec consternation, je constate qu'elles sont écrites dans une langue étrangère. Je lis les dates : 17 avril 1873, 4 novembre 1868, 24 décembre 1856, 5 janvier 1867.

Les dossiers contiennent quelques photos. L'une d'elles est un portrait de famille. Sept personnes. Le père, qui a une barbe et une abondante chevelure, porte un gilet et un costume de drap épais, comme pourrait en porter un capitaine de bateau. Son épouse, vêtue d'une robe noire ornée d'un col de dentelle blanche et d'une multitude de petits boutons blancs, est assez rondelette, et ses cheveux sont tirés en arrière en une coiffure sévère. Sur cette photo, tout le monde a l'air sinistre, y compris les cinq enfants, avec des yeux à fleur de tête. C'est que le photographe a été obligé de laisser l'obturateur ouvert pendant au moins une minute, pendant laquelle personne n'avait le droit de fermer les paupières. Il est plus facile de garder l'air sérieux que de sourire pendant soixante secondes.

Dans un des dossiers, divers documents semblent mêlés à des dissertations d'étudiants et, à en juger d'après les titres, à des sermons. Il y a aussi une boîte toute défraîchie, couleur chair, peut-être une ancienne boîte de papier à lettres coûteux. Elle contient des pages et des pages couvertes d'écriture — une écriture en pattes de mouche à l'encre brune. La calligraphie est très ornée, rendant le texte presque impossible à déchiffrer, même s'il était en anglais, ce qui n'est pas le cas. Le papier est rose sur les bords, légèrement taché dans un coin.

Une tache d'eau, je crois. Ou peut-être même une brûlure. Il sent le moisi. Je contemple cette écriture fleurie, qui forme de jolis motifs quand on la considère dans son ensemble, et, en sortant les feuilles de la boîte, je découvre, au fond, un autre lot de feuillets agrafés ensemble. Ceux-ci sont rédigés au crayon, sur du papier blanc, et il est visible qu'en de nombreux endroits les mots ont été effacés et corrigés. Il y a aussi un tampon violet indiquant une date, et quelques annotations : Arr. 4 septembre 1939, bibliothèque du collège St. Olaf. Arr. Oslo, 14.2.40, fait suivre à Marit Gullestad. Arr. 7 avril 1942, bibliothèque de Portsmouth, Portsmouth, New Hampshire.

J'examine successivement le premier, puis le deuxième ensemble de feuillets. Je note la date en tête de chacun des documents. J'étudie la signature à la fin du texte en langue étrangère et je la compare au nom qui figure à la fin du texte en anglais.

Maren Christensen Hontvedt

Je lis deux pages de la traduction au crayon et les pose sur mes genoux. Je m'attarde sur la date du tampon et les annotations, qui semblent donner la clef de l'histoire : on découvre un document écrit en norvégien ; quelqu'un en demande la traduction au collège St. Olaf ; on fait suivre le document à une traductrice à Oslo ; la guerre éclate ; le document et sa traduction sont renvoyés en Amérique tardivement, puis relégués dans un dossier longtemps délaissé à la bibliothèque de Portsmouth. Je respire à fond et je ferme les yeux.

Maren Hontvedt. La survivante du double meurtre de Smuttynose.

LE DOCUMENT DE MAREN HONTVEDT

(Traduit du norvégien par Marit Gullestad)

Laurvik, 19 septembre 1899

S'il plaît à Notre-Seigneur, je vais, de tout mon cœur, de toute mon âme, et en toute lucidité d'esprit, écrire la véritable histoire du drame qui continue à poursuivre mes humbles pas jusque dans ce pays de ma naissance, loin de ces îles de granit sinistres sur lesquelles un crime des plus impardonnables fut commis contre les êtres qui m'étaient le plus chers au monde. J'écris ce document non pas pour me justifier, car quelle justification ont ceux qui sont encore de ce monde, qui respirent, mangent et jouissent des bienfaits du Seigneur auprès de ceux qui ont été si cruellement frappés, et d'une façon dont la mémoire m'est à peine supportable ? Il n'est pas de justification, et je ne désire pas me défendre. Mais je dois pourtant mentionner ici que, tout au long de ces vingt-six années, ce fut pour moi une constante et continuelle épreuve que d'être impliquée, et cela avec un manque de scrupules extrême, dans le moindre détail des horreurs du 5 mars 1873. Ces horreurs m'ont poursuivie à travers l'océan jusqu'à mon village bien-aimé de Laurvik, qui, avant que je n'y revienne, en femme stérile et brisée, n'avait jamais connu de scandale, et restait pour moi le lieu merveilleux et pur de mes souvenirs d'enfance les plus précieux, entourée des miens, et qui est le lieu où je mourrai bientôt. Ainsi donc, en écrivant ces pages de ma propre main pendant qu'il reste encore quelque esprit dans ce corps décrépit et faiblissant, j'entends faire connaître la vérité. Je laisse des instructions pour que ce document soit envoyé et confié après ma mort à John Hontvedt, qui fut mon époux et le demeure aux yeux du Seigneur, et qui réside dans Sagamore Street, à Portsmouth, dans l'État du New Hampshire, en Amérique.

Le lecteur devra parfois avoir quelque indulgence pour cette épreuve que je m'impose, car je m'aperçois que les événements auxquels je pense par moments sont étranges et lointains, et que je ne suis pas toujours maîtresse de mes facultés ni de mon langage, faiblesses qui sont dues, pour la première, au fait que j'ai cinquante-deux ans et que je suis souffrante, et pour la seconde, au fait que je n'ai pas pu suivre régulièrement mes dernières années d'école.

J'ai hâte de raconter les événements du 5 mars 1873 (et pourtant je ne voudrais pour rien au monde revivre cette nuit-là, sinon pour recevoir les admonestations du Seigneur), mais je crains que ces événements dont il me faut parler ne soient inconcevables pour quelqu'un qui n'aurait pas compris ce qui s'est passé avant. Par là, j'entends non seulement mon enfance et ma vie de femme, mais aussi la vie de l'émigrant au pays d'Amérique, et en particulier de l'émigrant norvégien, et plus précisément de l'émigrant norvégien qui gagne sa vie en posant ses filets en mer. On connaît mieux la vie de ceux qui ont quitté la Norvège au milieu du siècle parce que, malgré ses fjords abondants et ses forêts extraordinaires, le pays, dans bien des régions inhospitalières, ne nourrissait plus une population qui ne cessait de croître. Nombreux étaient ceux qui, à cette époque, à cause de la pauvreté du sol, ne pouvaient plus vivre, même modestement, de la culture de l'avoine, du seigle, du maïs et des pommes de terre. Ce sont ces gens-là qui, laissant derrière eux tout ce qu'ils avaient, s'embarquèrent bravement sur l'océan, et qui, au lieu de s'arrêter sur la côte atlantique, continuèrent à l'intérieur de l'État de New York et, de là, pénétrèrent au cœur de la prairie des États-Unis d'Amérique. Ce sont là les émigrants de notre Norvège qui étaient fermiers dans nos provinces de Stavanger, de Bergen et de Nedenes, et qui abandonnèrent tout ce qui leur était cher pour commencer une vie nouvelle près du lac Michigan, dans le Minnesota, le Wisconsin et d'autres États. Je dois dire qu'hélas ils n'eurent pas toujours la vie qu'ils s'étaient imaginé trouver, et j'ai lu des lettres de ces pauvres gens et entendu parler des terribles souffrances qu'ils durent subir, y compris, pour certains d'entre eux, l'épreuve la pire de toutes, la mort des êtres auxquels ils tenaient le plus, parmi lesquels des enfants.

Comme je n'ai jamais eu d'enfant, une telle perte, la plus impensable de toutes, m'a été épargnée.

Dans notre village de Laurvik, où, en maints endroits, la côte est si belle et la vue si plaisante sur le fjord de Laurvik et le détroit de Skaggerak, quelques familles qui vivaient de la mer étaient parties en Amérique avant nous. On les appelait « ceux des sloops », parce qu'ils s'étaient embarqués sur des sloops qui mettaient de un à trois mois à faire la traversée, durant laquelle beaucoup de malheureux périssaient tandis que d'autres venaient au monde. John et moi, qui étions mariés depuis un an seulement, avions entendu parler de ces gens-là, mais nous ne connaissions aucune de ces personnes intimement, jusqu'à ce jour du septième mois de 1867 où un cousin de John, dont le nom était Torwad Holde et qui est décédé depuis, fit voile vers de nouveaux lieux de pêche près de la ville de Gloucester, au large de la côte du Massachusetts en Amérique, des lieux de pêche que l'on disait réserver de grandes richesses à quiconque y poserait ses filets. Je dois dire à ce point que je ne croyais pas à ces promesses extravagantes et fallacieuses, et que je n'aurais jamais quitté Laurvik si John n'avait pas été, il faut bien le dire, séduit par les lettres de son cousin Torwad, et en particulier par une lettre que je n'ai plus en ma possession mais dont

46

je me souviens par cœur, ayant eu à la lire tant de fois à mon mari, qui n'avait pas reçu d'instruction à cause de la nécessité de partir en mer dès l'âge de huit ans. Je reproduis ici cette lettre aussi fidèlement que je le peux.

Iles de Shoals, 20 septembre 1867

Mon cher cousin,

Tu seras surpris de recevoir de mes nouvelles d'un lieu autre que celui d'où je t'ai écrit la dernière fois. J'ai quitté la ville de Gloucester pour aller plus au nord. Axel Nordahl qui, tu t'en souviens, nous a rendu visite l'an dernier, est venu à Gloucester nous parler, à Erling Hansen et à moi-même, de la colonie de pêcheurs dont il fait partie en un lieu dit les îles de Shoals. C'est un petit groupe d'îles à neuf miles à l'est de Portsmouth, dans le New Hampshire, non loin de Gloucester, vers le nord. J'habite à présent chez Nordahl, avec sa famille, dans l'île d'Appledore, et je t'apprendrai qu'il possède un chalutier et qu'il a trouvé ici une quantité de poisson telle que je n'en ai jamais vu nulle part en mer. Assurément, je crois qu'il n'existe pas d'eaux plus poissonneuses au monde que celles où il a posé ses filets. On peut, en plongeant la main dans l'eau, attraper, à main nue tout bonnement, plus de poisson que le bateau n'en peut contenir. Je suis fermement décidé à rester ici tout l'hiver chez Nordahl, après quoi je cesserai d'être une charge pour sa famille, car je vais me construire une petite maison dans l'île de Smutty Nose, qui a un nom étrange et que l'on appelle aussi parfois l'île de Haley. Au printemps, j'aurai mis de côté une somme suffisante, sur l'argent que je gagne avec Nordahl, pour entreprendre mon projet. On vit mieux ici qu'à Laurvik, Hontvedt, ou qu'à Gloucester, où j'habitais avec une équipe de cinquante autres pêcheurs, et où mes gages ne dépassaient pas un dollar par jour.

John, viens partager cette abondance avec moi, je

t'en prie. Amène, je t'en prie, ton frère Matthew, qui sera sans doute aussi heureux que moi de pêcher dans des eaux si fécondes. Sur cette île dite de Smutty Nose, j'ai trouvé une maison que tu pourras louer. C'est une bonne maison, solidement construite pour résister aux tempêtes de l'Atlantique, et je m'y serais installé moi-même si j'avais déjà une famille. Au printemps, si le Seigneur m'accorde de pouvoir prendre femme, je quitterai Appledore afin que nous soyons tous réunis en famille sous l'œil du Seigneur.

Si tu viens, comme je l'espère, tu devras te rendre à Stavanger par le bac, et de là à Shields, en Angleterre. Là, tu prendras le chemin de fer pour Liverpool, où tu rejoindras le flot d'émigrants qui feront la traversée avec toi en paquebot jusqu'au Québec, où les bateaux viennent désormais débarquer pour ne pas payer les tarifs douaniers plus élevés qu'on leur demande à Boston et à New York. Pour la traversée, tu devras te munir de vin de fruit pour changer le mauvais goût de l'eau, et de poisson séché. Emporte du café moulu dans une boîte. Fais du pain et mets-le dans des caques rondes comme tu en as vu sur les quais, et fais aussi sécher du fromage. Si tu es marié et que ta femme attende un enfant, viens avant le temps de ses couches, car les nouveau-nés survivent difficilement à la traversée. À bord du bateau que j'ai pris moi-même, sept petits ont péri à cause d'une épidémie de croup. Je dois te dire en toute honnêteté, Hontvedt, que les conditions sanitaires à bord de ces bateaux sont très mauvaises, hélas, mais, pendant le voyage, je me suis réfugié dans la prière, et j'ai voulu voir ce voyage comme une délivrance. J'ai eu le mal de mer sauf pendant les deux derniers jours, et malgré ma mine creuse et ma maigreur quand je suis arrivé en Amérique et tout le temps où je suis resté à Gloucester, j'ai maintenant retrouvé mon embonpoint, grâce à la cuisine d'Adda, la femme de Nordahl, qui me nourrit de bon porridge et de galettes de pommes de terre et de tout le poisson frais que tu peux imaginer.

Quand tu seras là, nous pourrons acheter un cha-

lutier ensemble dans la ville de Portsmouth. Donne-
moi de tes nouvelles, et salue de ma part tous mes
amis, ma mère et ma famille.

   Ton cousin, à ton service jusqu'à la mort,
               Torwad Holde

Dieu me pardonne, mais j'avoue que j'ai haï le
contenu de cette lettre et Torwad Holde lui-même,
tant j'aurais voulu que cette lettre maudite n'arrivât
jamais chez nous. C'était une missive de malheur en
vérité, qui a privé mon époux du sens commun, nous
a arrachés à notre pays, et nous a finalement menés
à cette nuit terrible du 5 mars. Si seulement cette
lettre et ses récits auxquels je ne pouvais accorder le
moindre crédit, son enveloppe, qui portait des
cachets étranges et effrayants, ses histoires si fabu-
leuses que je savais bien qu'il ne pouvait s'agir que de
mensonges, si seulement cette lettre avait pu tomber
dans l'océan Atlantique entre l'Amérique et la Norvège !

Mais je m'égare. Même avec le recul de ces trente
et une années, il m'arrive de m'emporter, sachant ce
qui est arrivé plus tard, ce qui devait s'ensuivre, et
comment cette missive nous a menés à notre perte.
Quel que soit mon malheur, je dois bien reconnaître
cependant qu'un simple morceau de papier ne peut
pas suffire à causer la ruine de quelqu'un. John, mon
mari, avait en lui un goût d'aventure, le besoin d'autre
chose que ce que Laurvik pouvait lui apporter, des
désirs que je ne partageais pas avec lui, moi qui me
satisfaisais pleinement de rester toujours auprès des
miens. Et puis, je dois admettre que cet été-là, dans
le Skaggerak et même dans le Christianiafjord, la
quantité de maquereau à pêcher avait beaucoup
diminué à cause d'une maladie qui frappait le
poisson, avec pour conséquence — encore que ce fût
aussi le résultat de l'importation de poisson du
Danemark — la baisse simultanée du prix du hareng
à Christiania, ce qui poussait mon mari, pour des
raisons pratiques, à chercher de nouveaux lieux de
pêche.

Mais quant à attraper un poisson vivant à mains nues ? Comment pouvait-on blasphémer au point de proférer des propos mensongers aussi contraires aux lois de la nature ?

« Je n'irai pas en Amérique », ai-je dit à Evan, sur le quai de Laurvik, le 10 avril 1868.

J'ai dû parler d'une voix tremblante, submergée que j'étais par un flot d'émotions, et surtout par la douleur extrême de devoir quitter mon frère, Evan Christensen, sans savoir si je le reverrais jamais, ni lui ni ma Norvège bien-aimée. Tout autour de nous sur le quai, on sentait l'odeur du poisson dans les barriques, et l'on voyait aussi le porc salé dans des caisses de bois. Nous avions dû nous avancer avec beaucoup de précautions, car partout il y avait des barres de fer prêtes à être chargées sur le bateau, et il me semblait que tout cela avait été posé là en désordre par une grande main, la main de Dieu, qui avait jonché le quai de ces longues barres rouillées. Je pense que, si j'ai gardé un souvenir aussi net de ce chargement, c'est que ce jour-là j'avais les yeux rivés au sol pour ne pas voir le vaisseau qui allait m'emmener loin de chez moi.

Je dois dire qu'aujourd'hui encore je reste persuadée que des âmes enracinées dans une certaine terre ne peuvent pas être transplantées avec succès. Je suis sûre que, dans un sol nouveau, ces racines, ces fibres minuscules, se dessécheront et se racorniront presque inévitablement, ou bien qu'elles donneront une plante vouée à un accident soudain et irrémédiable.

Evan et moi nous sommes arrêtés parmi ce bruit et ce tumulte effroyables. Tout autour de nous, des fils prenaient congé de leur mère, des sœurs se quittaient, des maris faisaient leurs adieux à leur femme. Est-il un lieu sur terre plus débordant de tendres tourments que le quai d'embarquement d'un bateau ? Pendant un moment, Evan et moi sommes restés côte à côte sans prononcer une parole. Les eaux de la baie me faisaient mal aux yeux, et une bourrasque s'est abattue sur nous, s'engouffrant sous ma jupe, dont le bas s'était taché de boue sur le chemin qui menait à l'embarcadère. Je me suis mise à taper des poings ma robe de soie brune, joliment ceinturée à la taille, jusqu'à ce qu'Evan, qui était beaucoup plus grand que moi, prenne mes mains dans les siennes pour m'en empêcher.

« Allons, Maren, calme-toi », m'a-t-il dit.

J'ai inspiré profondément, au bord des larmes, et je me serais mise à pleurer si je n'avais eu l'exemple de mon frère, qui était inébranlable et d'une grande volonté, et qui ne voulait pour rien au monde laisser paraître les émotions violentes qui faisaient rage dans son cœur. Ma robe, j'ai omis de le dire, était ma robe de mariage, et elle avait un joli col de frivolité que m'avait confectionné ma sœur Karen. Je devrais mentionner aussi que Karen n'était pas venue me faire ses adieux sur le quai, car elle ne se sentait pas bien ce matin-là.

Après cette bourrasque qui avait soulevé ma jupe, d'autres, plus rudes, ont emporté des casquettes et rabattu les coiffes à larges bords des femmes. J'entendais les cordages des sloops fouetter les mâts et, bien que la journée fût belle et que le ciel fût d'un bleu vif et profond, je me disais que ces rafales de vent annonçaient sans doute une tempête et que j'aurais peut-être une heure ou une journée de sursis, car le capitaine ne prendrait certainement pas la mer par un vent pareil. En quoi je me trompais, car John, mon mari, qui me cherchait, m'a fait signe de la tête de m'approcher du bateau. Même de loin, j'ai lu le soulagement dans son regard. Il craignait en effet, je le sais, que je ne vienne même pas jusqu'à l'embarcadère. Notre traversée était déjà payée — soixante dollars — pourtant, l'espace d'un instant, j'ai eu devant les yeux l'aimable et apaisante vision de deux couchettes vides superposées qui partaient sans nous.

À mon côté, sentant que mes bras n'étaient plus agités de mouvements furieux, Evan m'a lâché les mains. Mais, si mon désarroi s'était momentanément calmé, mon chagrin demeurait.

« Il faut que tu partes avec John, m'a-t-il dit. C'est ton mari. »

Ici, je m'arrête un peu, comme pour reprendre souffle. Il m'est très difficile, même trois décennies plus tard, de parler de ma famille, que le sort a traitée si cruellement.

C'est Karen qui est née la première ; elle était mon aînée de quelque douze années. Elle avait, il faut bien le dire, un physique quelconque et un air mélancolique dont j'ai toujours su qu'ils plaisent parfois aux hommes, car ils ne veulent pas d'une épouse belle et vive qui soit un souci constant pour le mari, mais notre Karen était une femme robuste, une fille obéissante, et aussi une couturière experte.

Je nous revois à la table de mon père, dans cette pièce simple mais nette qui était à la fois celle où nous nous tenions, où nous prenions nos repas et faisions la cuisine, où nous dormions, Karen et moi, derrière un rideau, et où il y avait un poêle qui dégageait beaucoup de chaleur, auprès duquel il faisait toujours bon (encore que parfois, en hiver, il arrivât que le lait gèle dans le buffet), et je suis de nouveau frappée de voir à quel point j'étais différente de ma sœur, pour qui j'éprouvais de l'estime, mais sans affection immodérée, je dois l'avouer. Karen avait des yeux brun foncé dont la couleur ne variait guère. La malchance avait voulu qu'elle ait dès son jeune âge des cheveux fauves, d'un brun terne qui ne se teintait jamais de reflets dorés et ne s'éclairait jamais au soleil, et je me souviens qu'elle les coiffait exactement de la même façon chaque jour, à savoir tirés derrière les oreilles d'une manière austère, avec une frange sur le front, et enroulés en chignon sur la nuque. Je crois que je n'ai jamais vu ma sœur les cheveux défaits et flottants, sauf quand il m'est arrivé de l'observer se préparant pour la nuit. Généralement, comme elle avait du mal à trouver le sommeil, elle se couchait tard et se levait tôt, et j'en suis venue à penser qu'elle faisait plus ou moins le guet dans la maison. Elle avait par ailleurs une excellente silhouette, elle était large d'épaules et se tenait bien droite. Elle était grande, me dépassant bien de cinq pouces. Je n'étais pas très petite, mais pas très grande non plus. J'avais, comme Karen, les épaules larges, mais, à vingt ans, un visage moins ordinaire que le sien. Je n'étais ni obéissante comme elle, ni une couturière accomplie, ce dont j'étais très fière quand j'étais enfant, sans m'en vanter toutefois, car je préférais l'univers de la nature et de l'imagination à celui des travaux d'aiguille, et je sais qu'au fond de mon cœur je me considérais comme la plus chanceuse de nous deux, et j'étais sûre alors que, si je devais un jour avoir un mari, ce serait un homme qui ne serait pas uniquement attiré chez une femme par ses talents domestiques, par quoi on semble toujours prendre sa mesure, mais aussi par sa conversation.

Dans notre famille, il n'y avait qu'un seul autre enfant, mon frère Evan, qui n'avait que deux ans de plus que moi, et il se trouve que nous avons été élevés ensemble, étant à peu près du même âge, et étant venus longtemps après Karen. À cette époque-là, la disette régnait parmi les gens qui vivaient de la mer. Comme la saison de la pêche était très courte dans notre région, notre père, pour nourrir sa famille, devait parfois nous quitter pendant des mois d'affilée en hiver, non plus pour aller pêcher seul avec sa yole, ce qu'il préférait et qui convenait mieux à sa nature indépendante, mais pour s'engager sur un de ces bateaux qui longeaient la côte ouest et remontaient vers le nord pour la pêche à la morue et au hareng. Quand la situation était très mauvaise, ou que l'hiver avait été particulièrement dur, ma mère, et parfois ma sœur, était obligée de se louer pour faire la lessive et la cuisine dans les pensions pour marins du Storgata à Laurvik.

Mais il me faut chasser cette image de la famille Christensen dans une situation aussi rude, souffrant de la faim et de la pauvreté, car en vérité, même si, dans ma petite enfance, nous n'étions pas riches en biens matériels, nous avions notre religion, qui était un réconfort, et aussi l'école, quand nous pouvions aller jusqu'à Laurvik par la route de la côte, et nous étions unis par des liens que rien n'a pu remplacer pendant toutes mes années sur cette terre.

La petite maison que nous habitions était modeste mais coquette. Elle était en bois, peinte en blanc, et couverte d'un toit de tuiles rouges comme c'était l'usage. Sur la façade, il y avait une petite véranda à balustrade et, au sud, une fenêtre en verre de couleur. À l'arrière se trouvait un appentis où notre père rangeait ses filets et ses barriques et, sur le devant, s'étendait une grève étroite où il amarrait ses yoles quand nous étions enfants.

Combien de fois m'est revenue à l'esprit la vision que j'ai eue du port de Laurvik à mon départ ! Le long de la route de la côte, je voyais notre petite maison basse, et d'autres toutes semblables, avec leur jardin plein d'arbres en fleurs. Cette région de Norvège, au sud-est du pays, face à la Suède et au Danemark, jouit d'un climat doux, et le sol est propice aux arbres fruitiers et à des plantes comme le myrte et le fuchsia, qui poussaient alors en abondance, tout comme maintenant. Le pêcher de notre jardin nous donnait ses fruits, et si, durant des mois, je n'avais qu'une seule robe de lainage et une seule paire de chaussettes de laine à me mettre, nous avions des fruits à manger, et du poisson frais ou séché, et tout ce qu'on peut faire avec de la farine et de l'eau — du porridge, des crêpes et des *lefse*.

Il me reste tant de souvenirs merveilleux de ces jours de ma tendre enfance que parfois ils me paraissent plus réels que les événements de l'an dernier ou même de la veille. Un enfant qui a la chance de grandir près de la mer, au milieu de la forêt et des vergers, peut assurément s'estimer très heureux.

Avant d'atteindre l'âge auquel nous avons pu aller à l'école, Evan et moi avons eu tout loisir de passer beaucoup de temps ensemble, et c'est, je crois, ce qui nous a amenés l'un et l'autre à comprendre que, d'une façon indéfinissable, nos deux âmes, et donc la voie que nous allions suivre, seraient liées inextricablement, et peut-être avais-je déjà la certitude que le sort de l'un serait aussi le sort de l'autre. Dans le monde extérieur, c'est-à-dire le monde tangible de la nature (avec les individus, les esprits et les animaux qui le peuplent), nous étions l'un pour l'autre comme un filtre. Je me souviens, avec une clarté qui pourrait paraître extraordinaire au bout de tant d'années (ces événements remontant à notre petite enfance), que nous parlions ensemble tout au long de la journée, qui se prolongeait dans la nuit (car les jours ne sont-ils pas plus longs quand on est enfant, à cause de la nature illusoire et trompeuse du temps ?), interprétant en somme l'un pour l'autre, et pour nous-mêmes, les secrets et les mystères de la vie.

Nous prenions notre bain dans un tub en cuivre que l'on installait sur un socle une fois par semaine dans la cuisine près du poêle. Mon père prenait son bain le premier, puis c'était le tour de ma mère, et celui de Karen, et enfin Evan et moi nous baignions ensemble. L'un comme l'autre, nous n'osions pas regarder notre père dans sa nudité, et nous respections la pudeur de notre mère, aussi nous occupions-nous dans une autre pièce pendant que nos parents utilisaient le tub. Mais il ne nous venait pas encore à l'esprit d'observer une telle discrétion vis-à-vis de notre sœur Karen qui, lorsque j'avais cinq ans, en avait dix-sept, et possédait déjà presque tous les attributs d'une femme adulte, attributs qui m'effrayaient et m'étonnaient tout à la fois, et pourtant c'était sans le moindre ménagement que nous écartions le rideau pour l'observer et faisions des bruits indécents pour la faire enrager. Elle se défendait en poussant des cris et, bien souvent, finissait la soirée en pleurs. Ainsi donc, il me faut bien admettre ici qu'Evan et moi, qui n'étions ni cruels ni méchants de nature, et qui ne l'étions pas avec notre entourage, nous étions parfois pris de l'envie de tourmenter et de faire enrager notre sœur, parce que c'était chose si facile, sans doute, et qui nous procurait un plaisir si grand, mais certes impardonnable.

Quand venait notre tour, on nous donnait de l'eau propre que notre mère avait fait chauffer dans de grands chaudrons et qu'on versait dans le tub, et mon frère et moi qui, pendant longtemps n'avons connu aucune pudeur entre nous, nous ôtions nos habits et nous jouions dans l'eau chaude et savonneuse comme dans une mare au milieu des bois, et je me souviens de la tiédeur de ce rituel à la lueur de la chandelle avec une tendresse qui ne m'a pas quittée aujourd'hui.

Chaque matin pendant l'année scolaire, quand nous étions encore très jeunes et qu'on n'avait pas besoin de louer nos services au-dehors, Evan et moi montions ensemble dans la charrette de notre plus proche voisin, Torjen Helgessen, qui allait tous les jours à Laurvik porter son lait et ses produits au marché, et rentrait chez lui l'après-midi après l'heure du repas. La journée d'école durait cinq heures, et l'on y apprenait comme partout la religion, l'histoire biblique, le catéchisme, la lecture et l'écriture, l'arithmétique et le chant. Nos livres étaient *L'Explication de Pontoppidan*, *L'Histoire de la Bible* de Vogt et une anthologie de Jensen. C'était une école moderne à bien des égards. Elle comprenait deux grandes salles, l'une au-dessus de l'autre, équipées de pupitres en bois et d'un tableau noir tout le long d'un des murs. Les filles étaient dans la salle du bas, les garçons dans celle du haut. Le manque de discipline n'était pas toléré, et les élèves recevaient des coups de bâton quand c'était nécessaire. Ce fut le cas de mon frère par deux fois, l'une pour avoir lancé des chiffons à effacer le tableau à un autre élève, et l'autre pour avoir été impoli avec M. Hjorth, qui était piétiste et donc un homme extrêmement strict et parfois irritant, qui a trouvé la mort plus tard au cours de la traversée de l'Atlantique lors d'une épidémie de dysenterie à bord.

Au printemps, quand il faisait jour tôt le matin et que la lumière avait cette qualité inconnue en Amérique, une lumière nacrée qui dure pendant des heures avant que le soleil ne se lève vraiment, et qui a quelque chose de diffus et de magique, Evan et moi nous réveillions à l'aube et nous faisions à pied tout le chemin jusqu'à Laurvik pour aller à l'école.

C'est à peine si je peux décrire le bonheur de ces promenades matinales à deux. Tant il est vrai qu'à cet âge tendre nous avons la capacité de voir plus clairement et d'absorber plus intensément la beauté qui s'offre à nous, alors qu'ensuite, et à l'âge adulte, nous sommes marqués par la souillure du péché, où notre œil s'obscurcit, notre regard n'a plus la même pureté, et nous n'aimons plus aussi bien.

Par endroits, la route de la côte épousait le bord de la falaise et dominait la baie, de sorte que, par une belle journée, nous voyions le port, à l'est, avec ses goélettes et ses bacs, et plus loin la mer qui scintillait d'une lumière si aveuglante que nous étions presque obligés de détourner notre regard.

Evan était vêtu d'un pantalon, d'une chemise sans col et d'une veste, et il était coiffé d'une casquette. Il avait des bas tricotés par Karen ou par ma mère, des bas merveilleux avec toutes sortes de motifs compliqués, et il portait ses livres et son sac de cantine, et le mien aussi parfois, attachés par une lanière de cuir faite dans une rêne de cheval. Quant à moi, toute petite fille que j'étais, j'avais une de ces lourdes robes de l'époque, tissée et faite à la maison, et j'accueillais toujours avec plaisir le moment, à la fin du printemps, où notre mère me permettait d'échanger ma robe de laine contre une robe de coton plus légère et plus claire qui me donnait l'impression que je venais de prendre un bain après une longue réclusion. À cette époque-là, j'avais les cheveux flous dans le dos, relevés en toupet sur les côtés. Je peux dire que, quand j'étais jeune, j'avais les cheveux d'une jolie couleur, d'un châtain clair très doux qui accrochait la lumière en été et, en août, devenait parfois doré sur le devant, et j'avais aussi de beaux yeux limpides, d'un gris clair. Comme je l'ai déjà dit, je n'étais pas grande, mais j'avais un port gracieux et une bonne silhouette et, si je n'ai jamais été une véritable beauté, comme Anethe, je crois que j'ai été agréable à regarder et peut-être même jolie pendant plusieurs années de ma jeunesse, avant que mes vraies responsabilités au cours de ce voyage sur terre ne viennent, comme chez tant d'autres femmes, altérer le caractère de mon visage.

Je me souviens d'un certain matin, alors qu'Evan et moi devions avoir respectivement huit et six ans. Nous avions fait à peu près les trois quarts du chemin qui va au village quand soudain mon frère a posé ses livres et son sac de cantine et a jeté à terre sa veste et sa casquette et, en chemise et pantalon court, il a levé les bras et fait un bond pour attraper la branche d'un pommier qui était tout en fleur, et je suppose que c'est la perspective de disparaître dans ce nuage de fleurs blanches qui l'a poussé de plus en plus haut, de telle sorte que quelques secondes plus tard il m'appelait du faîte de l'arbre. « Coucou, Maren, tu me vois ? » Pour des raisons que je ne peux pas énoncer exactement, je n'ai pas supporté de rester toute seule par terre, et c'est avec une détermination frénétique que j'ai essayé d'imiter les acrobaties d'Evan et de grimper comme lui tout en haut de l'arbre. Mais je me suis aperçue que j'étais encombrée par mes jupes qui m'alourdissaient et qui m'empêchaient de m'accrocher aux branches avec les jambes en me tournant d'un côté et de l'autre, comme je venais de voir Evan le faire. C'est donc dans un geste d'agacement et peut-être de rage d'être une fille que j'ai ôté ma robe, au bord d'un des chemins publics les plus fréquentés qui mènent à Laurvik, ne gardant que mes dessous, qui consistaient en une chemise de laine sans manches et une culotte bouffante toute simple tissée à la maison, et c'est ainsi que j'ai pu en quelques instants rejoindre mon frère au faîte de l'arbre, d'où la vue s'étendait le long de la côte, et j'en ai été remplie d'un sentiment de liberté et d'accomplissement que je n'ai guère éprouvé à nouveau dans ma jeunesse. Je me rappelle qu'Evan m'a souri et m'a dit « Bravo », et que, peu après avoir atteint son perchoir, je me suis penchée en avant, dans mon exubérance inconsidérée, pour voir le fjord de Laurvik vers le nord, et, ce faisant, j'ai perdu l'équilibre et j'ai failli tomber de l'arbre, ce qui n'aurait pas manqué d'arriver si Evan ne m'avait saisie par le poignet et remise en bonne position. Et je me souviens qu'il n'a pas retiré sa main, mais au contraire l'a laissée sur mon poignet encore quelques instants, car nous ne supportions pas de troubler cette sensation de paix et de plénitude qui nous avait envahis. Et c'est ainsi que ce jour-là nous sommes tous les deux arrivés en retard en classe, ce qui nous a valu la punition de rester en retenue à l'école cinq jours de suite, mais cela ne nous a guère affectés, et nous ne nous sommes plaints ni l'un ni l'autre, car nous avions tous deux le sentiment, je crois, que le châtiment était bien mince pour un délit si plein de charme et si exaltant. Nous avions assurément eu la chance que, pendant tout le temps où nous étions dans l'arbre, personne ne soit passé sur la route et n'ait vu ma robe par terre, spectacle scandaleux en soi, qui aurait sûrement eu pour résultat de nous faire prendre et de nous attirer une punition plus sévère et d'une autre nature.

À l'école, Evan était aimé, mais, s'il prenait part aux jeux des autres, ses efforts pour soigner sa popularité s'arrêtaient là, contrairement à certains garçons du village. Je ne l'ai jamais vu, pas plus dans son enfance qu'à l'âge adulte, plein de colère et de ressentiment, comme certains, et, si un tort lui était fait, il souhaitait seulement le redresser, sans exiger que la faute fût punie. (Mais je dois dire, hélas, qu'Evan allait apprendre, comme nous tous, qu'il n'est pas de redressement possible du tort ultime qui lui a été fait.) Ainsi, je ne crois pas l'avoir égalé pour ce qui est de la force de caractère, car je me suis souvent sentie sous l'emprise d'émotions intenses dont l'origine est coupable, parmi lesquelles la colère et la haine.

Evan a toujours été plus grand que moi, et pendant un temps il a été le plus grand de l'école de Laurvik. Malgré des dents de devant légèrement de travers, il avait un beau visage qui, je crois, ressemblait à celui de notre père, mais bien sûr je n'ai jamais connu mon père jeune et, quand j'ai été en âge de garder de tels souvenirs, mon père avait les joues creuses et le visage couvert de rides, ce qui était dû aux intempéries qu'il rencontrait en mer, et qui était le fait de presque tous les pêcheurs à cette époque.

Quand l'année scolaire était finie, nous avions souvent de longues journées à passer ensemble, et c'était la plus grande de nos joies, car au cœur de l'été il faisait jour presque jusqu'à minuit.

Je nous revois tous les deux comme si je me regardais moi-même. Dans les bois, un peu à l'ouest de l'endroit où se trouvait notre maison, il y avait un site naturel étrange et peu fréquenté dit la crique de Hakon — un bassin où l'eau de mer semblait presque noire, à la fois à cause de sa profondeur extraordinaire et de la couleur noire de la roche qui en formait les bords et s'élevait abruptement à une hauteur d'une trentaine de pieds sur tous les côtés, de sorte que, à l'exception d'une faille étroite par où entrait la mer, ce bassin était un haut cylindre obscur. On le disait profond de vingt brasses, et le long de ses parois il y avait de petites vires, qu'avec une certaine habitude on pouvait emprunter pour atteindre le bord de l'eau, et s'y baigner, pêcher, ou même lancer une embarcation et s'aventurer à la surface. Des plantes de rocaille jaunes poussaient dans les fissures du rocher, et c'était un lieu absolument magique.

Au bord de ce bassin, par un matin de juin, je vois une fillette de huit ans debout sur une petite vire, la robe relevée au-dessus de l'eau, montrant ses genoux sans vergogne, car entre son frère et elle règne encore l'innocence, et point n'est besoin de fausse pudeur entre eux, et, un peu plus loin, perché sur le replat d'un rocher, une canne à pêche rudimentaire à la main, son frère, Evan. Il lui sourit, car elle vient de le taquiner gentiment à propos de son pantalon, auquel, tant il a grandi, il manque un bon pouce au-dessus des chevilles. Sur son rocher, il apparaît comme le modèle auquel les parents norvégiens voudraient voir leur fils ressembler : il est grand et fort, il a ces cheveux fins et clairs que l'on prise tant dans ce pays, et les yeux couleur d'aigue-marine. Bientôt, l'enfant pose sa canne à pêche et sort de son sac un petit objet sombre qu'il lance vivement au-dessus de l'eau et qui se révèle être un filet tissé du fil le plus fin, semblable à du tulle ou à un voile arachnéen, accrochant les rayons de soleil qui caressent la surface de l'eau et semblent s'y arrêter. Intriguée, la fillette va rejoindre le garçon sur le replat où il est posté et, voyant combien le filet est grand, elle en fait la remarque, sur quoi le garçon lui explique que, s'il l'a fabriqué ainsi, c'est pour pouvoir le faire descendre tout au fond du trou d'eau et ramener de ses profondeurs toutes sortes de créatures marines. Fascinée, la fillette observe le garçon, dont l'expérience des filets de pêche n'est pas négligeable, et qui a confectionné celui-ci avec des fils pris dans le coffret à couture de sa mère ; elle le regarde déployer habilement le filet à la surface de l'eau noire et le laisser s'enfoncer, avec son lest, jusqu'à ce que seuls les bouchons restent visibles aux quatre coins. Puis, d'un mouvement agile, et faisant signe à la fillette de le suivre, il saute d'une vire à l'autre, tirant le filet derrière lui pour le ramasser. Un peu plus tard, il laisse les bouchons s'approcher de la paroi rocheuse où il les accroche, puis il remonte lentement le filet. Il hisse sa prise sur le replat et l'ouvre pour voir. À l'intérieur du filet, il y a des petites choses grouillantes et des poches de couleur telles que la fillette n'en a encore jamais vu. Beaucoup de ces créatures marines ont de jolies teintes iridescentes, mais il y en a aussi qu'elle trouve grotesques, semblables à des mollusques sans coquille. Certaines ont des formes transparentes à travers lesquelles on voit fonctionner les entrailles ; d'autres ne sont que des ouïes tachetées d'or qui palpitent, ou de gros poissons tout ronds aux yeux globuleux, ou de simples lamelles foncées de la couleur du plomb. La fillette reconnaît certains des poissons : un bar, une morue, plusieurs maquereaux.

Mais tout cet étalage de créatures grotesques lui fait peur, elle craint que le garçon n'ait transgressé la frontière du monde naturel, qu'il n'ait fait sortir du trou noir des choses vivantes qu'on n'est pas censé voir, ou qui ne doivent pas voir la lumière du jour, et, assurément, il y a là de petites boules gélatineuses bleu paon qui déjà éclatent et périssent sur le rocher.

« Tu vois cela, Maren ? », s'écrie le garçon tout exalté, montrant tel poisson, puis tel autre, mais la fillette éprouve à la fois de l'attirance et de la répulsion devant cette prise, elle a envie de détourner la tête, mais elle ne peut pas, et voilà que soudain le garçon attrape les quatre coins du filet et rejette toute la prise dans l'eau, sans s'apercevoir que la fillette a mis le pied sur le filet ; sur quoi le tulle se déchire et s'accroche à sa cheville nue. Elle plonge aussitôt dans l'eau, pensant qu'elle va pouvoir se défaire du filet comme elle voudra, mais elle s'aperçoit bientôt avec panique (j'ai toujours un arrière-goût de cette panique au fond de la gorge) que ses deux pieds se sont emmêlés dans les fils et que l'eau alourdit sa jupe. De plus, dans sa frayeur, elle se voit entourée de toutes ces créatures marines prisonnières à l'intérieur du filet, dont certaines s'échappent et d'autres flottent tout près de son visage. Elle fait de grands gestes des bras et essaie de nager, mais elle ne trouve pas de prise à laquelle s'accrocher au rocher. Alors, voyant sa sœur en grande détresse, Evan saute dans l'eau à son secours, se souciant beaucoup moins du danger pour lui-même que pour elle. J'entends encore ma voix hurler plusieurs fois *Au secours !* dans ma terreur extrême, et celle d'Evan, qui n'avait pas encore mué — sa voix mélodieuse, qu'on était toujours heureux d'entendre au moment des cantiques de Noël chaque année —, me crier *J'arrive, Maren.* Je me souviens encore de la force avec laquelle sa main, placée sous mon menton, me maintenait la bouche hors de l'eau pour que je puisse respirer, tandis qu'il gesticulait comme un fou et avalait lui aussi une grande quantité d'eau, aussi affolé que je l'étais, quoique n'ayant jamais voulu l'avouer par la suite. C'est miracle que, dans cette agitation, nous ayons finalement rejoint le bord à un endroit où il y avait un replat à un mètre au-dessus de l'eau, et qu' Evan, par la grâce de Dieu, et grâce à une force peu commune chez les enfants de cet âge, se soit agrippé à ce replat de sa main libre et nous ait ainsi sauvé la vie à tous les deux.

Je me souviens que nous sommes restés un grand moment allongés sur le rocher, dans les bras l'un de l'autre, et je n'ai cessé de trembler qu'après être demeurée ainsi un long moment.

À présent, en repensant à ce jour-là, j'imagine une autre fin : un forestier venant à passer au bord du trou d'eau aurait vu deux enfants, enlacés dans les bras l'un de l'autre, flotter juste au-dessous de la surface de cette eau noire, à jamais libres et en paix, et maintenant je me demande si ce n'aurait pas été là une fin plus souhaitable pour nous deux.

Dans notre petite maison près de la mer, notre mère avait accroché aux fenêtres de gais rideaux de tissu à carreaux rouges, et sur notre table il y avait toujours, à la belle saison, un petit pichet à lait en verre plein de fleurs du jardin, et pendant de nombreuses années après la mort de ma mère, je ne pouvais pas voir un vase de fleurs sur une table sans penser à elle. Je suis troublée de m'apercevoir qu'il ne me reste plus guère à présent que de vagues souvenirs de ma mère, que j'aimais, mais qui avait les traits tirés et souffrait souvent d'une grande fatigue. C'était une femme petite, comme moi, qui devait accomplir de nombreuses tâches physiques et qui, je crois, n'avait pas la force d'âme nécessaire pour supporter tant de fardeaux. Je crois aussi qu'elle éprouvait malgré elle pour son fils tout l'amour qu'elle ne portait pas à son mari.

Le soir, il arrivait qu'on m'envoie me coucher tandis que ma mère parlait à Evan à voix basse. Au cours de ces conversations, prétendait Evan, il ne s'agissait le plus souvent que d'histoires ou de sermons sur les vertus et les défauts de caractère, et il disait que notre mère ne se montrait guère croyante, ce qui me surprenait, car on nous obligeait, Evan et moi, et même Karen, à passer presque tout le dimanche à l'église.

Quant à savoir pourquoi j'étais tenue à l'écart, sans

doute ma mère trouvait-elle que mon caractère était déjà formé et que je n'avais donc pas besoin de tels sermons, ou bien que ces paroles du soir ne serviraient à rien chez une fille qui, par nature et par tradition, se soumettrait aux principes et au caractère de son époux quand elle se marierait. Je suis heureuse de dire que, si le mariage a souvent restreint ma liberté d'action, mon caractère et mes croyances, façonnés par des influences beaucoup plus fortes que celle du pêcheur qui est devenu mon époux, sont restés intacts et incontestés pendant toutes les années que j'ai passées avec John Hontvedt. J'ajouterai malgré tout que ces conversations privées entre ma mère et mon frère ont eu pour fâcheuse conséquence de me laisser entendre que, de nous deux, c'était Evan qu'elle aimait le plus, et, pour une raison que je ne pouvais m'expliquer, que c'était lui qui méritait le plus d'être aimé, si bien que mon affection pour mon frère, loin d'en être compromise, a au contraire été renforcée par l'existence de cet amour exclusif que j'aurais tant voulu partager.

Le soir, quand elle n'était pas demandée au village, ma mère s'asseyait près de la table pour coudre ou faire du pain pour le lendemain. Quand je me la représente en de tels moments, je la vois accablée d'une misère silencieuse, très différente de la sinistre mélancolie ou même de la rancœur qui habitaient parfois Karen — quelque chose qui pesait sur son esprit et qu'elle supportait sans se plaindre, discrètement. C'est peut-être qu'elle ne se sentait jamais vraiment bien et que, tout simplement, elle ne nous le disait pas. Quand notre père était à la maison, il s'asseyait auprès d'elle et réparait ses filets, ou fumait simplement sa pipe en silence, et, s'ils se parlaient rarement, je le surprenais malgré tout quelquefois à la regarder avec admiration, mais l'idée qu'il pût exister entre mon père et ma mère un sentiment amoureux ne m'est apparue que le jour où j'ai vu comment se comportait mon père après la mort de ma mère.

J'avais treize ans, et Evan juste quinze, quand notre

mère est morte en mettant au monde un enfant mort-
né qui a été enterré avec elle. C'était pendant le plus
mauvais mois de l'hiver 1860, et les environs de
Laurvik — toute la région côtière, en fait — étaient
ensevelis sous la neige. Le jour où ma mère est morte,
aux premières heures du matin, alors qu'elle commençait à être en travail, une tempête de neige a fait
rage, si violente qu'on ne voyait plus rien par les
fenêtres. Mon père, qui n'avait pas assisté à la naissance de ses trois autres enfants, étant alors en mer,
ne se sentait pas qualifié pour secourir ma mère en
une telle circonstance, et il s'empressa donc, malgré
la terrible tempête, d'aller quérir la sage-femme qui
habitait entre notre maison et le village, sachant qu'il
n'arriverait jusque-là que s'il pouvait aller chercher le
traîneau de notre voisin, M. Helgessen, et si le
passage était possible. Karen, qui aurait pu être de
quelque secours, était restée cette nuit-là à la pension
pour marins, où l'on pensait qu'elle devait attendre la
fin de la tempête. Ainsi, Evan et moi, qui étions trop
jeunes pour être d'aucune aide en la matière, sauf à
mettre de la glace sur le front de notre mère, à lui
essuyer la tête et les bras quand il le fallait, et à lui
tenir la main quand elle nous laissait la prendre,
nous sommes restés à ses côtés à écouter ses cris
effroyables. Je n'avais encore jamais assisté à une
naissance, et je n'avais jamais vu quelqu'un subir un
tel supplice. Je me souviens qu'à la lueur de la bougie,
en chemise de nuit, Evan tremblait de peur, persuadé
que ce martyre que souffrait notre mère était le signe
infaillible qu'elle allait mourir. Il a éclaté en sanglots
épouvantables, qu'il aurait voulu réprimer, et j'ai été
affolée de le voir pleurer ainsi, car il s'était toujours
montré courageux et plein de retenue, et je crois à
présent que, sur l'instant du moins, j'ai été plus bouleversée par le bruit de ses sanglots que par les hurlements répétés et indescriptibles que poussait ma
mère, et, si je me suis écartée d'elle, c'était pour m'occuper de lui, le tenant dans mes bras encore trop
petits pour l'enlacer complètement, embrassant son
visage ravagé par les larmes, afin de faire cesser ses

tremblements, de sorte que, quand je me suis retournée vers ma mère, surprise par le silence soudain, j'ai vu qu'elle était morte. Les draps baignaient dans une mare de sang allant du ventre aux genoux, et je n'osais pas les soulever par crainte de ce qui pouvait se trouver dessous. Peut-être lui ai-je fermé les yeux. Mon père, n'ayant pu arriver jusque chez la sage-femme, avait dû faire demi-tour. Quand il fut enfin de retour chez nous, tout était fini.

Je me souviens du cri rauque qu'il a poussé quand il est entré dans la maison et qu'il a vu ce qui était devant lui. Je me souviens aussi que je n'ai pas eu la force de laisser Evan seul, et que j'ai été incapable d'aller consoler mon père dans l'autre pièce. Quand enfin il est venu dans notre chambre, anéanti de voir que son épouse bien-aimée lui était arrachée de façon si violente, il nous a trouvés dans notre lit, Evan et moi, essayant de trouver la consolation dans les bras l'un de l'autre.

Pour rien au monde je n'aurais voulu évoquer des choses aussi horribles, mais je me suis toujours demandé si je n'aurais pas pu mieux assister ma mère et ainsi, peut-être, lui sauver la vie. Et je me suis demandé également si ce ne sont pas ces souvenirs terribles, ou ma façon d'agir cette nuit-là, qui ont fait de moi, plus tard, une femme stérile, comme si Dieu m'avait punie d'avoir empêché qu'il me naisse un frère ou une sœur.

Pendant les quelques mois qui ont suivi cet événement, j'ai gardé l'esprit agité. En fait, mon état a empiré et j'ai été frappée d'une mystérieuse maladie. Je n'ai pas un souvenir très net de cette période, mais j'en ai entendu parler assez souvent par Karen, qui, pendant ces longues journées si sombres, était au désespoir à cause de la mort de ma mère et de ma maladie. Incapable de trouver le sommeil la nuit, ou, si j'arrivais à dormir, en proie à des rêves affreux et des plus insupportables, sans remèdes qui auraient pu me soulager, je me suis affaiblie, et suis tombée malade, et j'ai été peu à peu gagnée par une fièvre qui a semblé à tout mon entourage être plutôt d'origine psychique que physique. C'était en tout cas l'avis du docteur qu'on est allé chercher plus d'une fois à Laurvik et qui a été bien en peine de déceler la cause initiale de mes symptômes. Je me rappelle qu'à un moment je ne pouvais bouger ni bras ni jambes, et on pensait que j'avais peut-être attrapé la méningite, et pourtant aucun autre cas ne s'était déclaré dans notre région cette saison-là. À cause de cette infirmité, il m'était impossible de me nourrir seule. Karen, qui avait déjà tant à faire dans la maison, puisque je ne pouvais pas me lever, avait confié cette tâche à Evan, qui me soignait sans se plaindre, mais je crois que lui aussi était au supplice, à cause de tout ce qui s'était passé la nuit où notre mère était morte.

Il y avait des journées entières où j'étais incapable de parler et où il fallait me maintenir dans une position semi-assise pour me faire avaler une gorgée d'eau de Farris, à laquelle on prêtait des vertus thérapeutiques. Pendant la durée de ma maladie, on m'a transférée dans le lit de mon père près du poêle, dans la pièce principale, et mon père s'est installé dans la chambre que j'avais partagée avec Evan. Mon frère veillait à mon chevet. Je crois que la plupart du temps il restait assis là sans rien dire, mais peut-être aussi me faisait-il la lecture en puisant dans les contes populaires. Pendant toute cette période, Evan n'allait plus à l'école.

Je n'ai pas toujours été lucide pendant ma maladie, mais il y a un incident dont je me souviens avec une netteté parfaite, et qui m'est resté avec tout ce qu'il a de confus et de merveilleux.

Je venais de sortir d'un état de rêve, un certain matin, quelques mois après le début de ma maladie. Karen était dehors dans le jardin, et il y avait des jonquilles dans un pichet sur la table. Ce devait être à la fin du mois d'avril ou au début de mai, peu après la mort de ma mère. Jusqu'alors, quand je me réveillais et que je sortais d'un de mes rêves, j'étais effrayée, car je me sentais envahie par la maladie, et hantée par des visions éveillées des plus étranges, qui me paraissaient très réelles sur le moment, et qui étaient toutes contraires aux principes de Dieu. Mais, ce matin-là, bien que toujours assaillie par ces visions, je n'éprouvais aucune peur, mais plutôt une sorte de clémence générale, non seulement envers mon entourage, mais envers moi-même. C'est ainsi qu'en m'éveillant à la conscience j'ai saisi impulsivement la main d'Evan. Il était assis sur une chaise de bois, le dos très droit, le visage grave. Il était peut-être perdu dans ses pensées quand je m'étais réveillée, ou peut-être avait-il eu envie de sortir lui aussi par une si belle journée. Quand j'ai posé ma main sur la sienne, il a tressailli, car nous ne nous étions pas touchés délibérément depuis la nuit où notre mère avait péri. Je devrais dire, en vérité, que, lorsque je l'ai touché, il a eu l'air de recevoir un choc, mais je crois que c'était dû au souci qu'il se faisait pour ma santé et à la surprise de me voir éveillée.

Je me souviens qu'il portait une chemise bleue que Karen venait de laver et de repasser. Ses cheveux, peignés pour la matinée, avaient encore éclairci au cours de cette dernière année et mettaient en valeur le bleu pâle de ses yeux.

Il n'a pas bougé sa main, et je ne l'ai pas lâchée.

« Tu te sens bien, Maren ? », m'a-t-il demandé.

J'ai réfléchi un instant et je lui ai répondu : « Je me sens tout à fait bien. »

Il a secoué la tête comme pour chasser une pensée intempestive, puis il a regardé nos deux mains.

« Maren, il faut faire quelque chose, a-t-il dit.

— Faire quelque chose ?

— En parler à quelqu'un, je ne sais pas... J'ai essayé d'y réfléchir.

— Je ne sais pas ce que tu veux dire. »

Evan a paru agacé par ma réponse.

« Tu dois bien savoir, pourtant. Je suis sûr que tu sais. » Il a levé les yeux rapidement et nos regards se sont croisés.

Je crois que pendant ces quelques instants, sans prononcer une parole, nous avons échangé beaucoup de choses. Sa main est devenue toute chaude dans la mienne, ou peut-être était-ce seulement ma fièvre : je ne pouvais pas plus retirer ma main qu'il ne pouvait retirer la sienne, alors, pendant quelques instants, peut-être même pendant assez longtemps, nous sommes restés ainsi, et, s'il est possible à deux êtres de se dire, en un temps si court, même sans paroles, tout ce qu'ils ont à se dire, c'est ce qui arriva ce jour-là.

Au bout d'un moment (je ne saurais dire exactement combien de temps), je me suis redressée et, étrangement, encore que cela m'ait paru aussi naturel ce jour-là qu'un baiser sur la joue d'un bébé, j'ai posé mes lèvres à l'intérieur de son poignet, qui était levé et tourné vers moi. Je suis restée dans cette attitude, qui n'était ni le commencement ni la fin d'un baiser, jusqu'à ce que, entendant du bruit à la porte et levant les yeux, nous apercevions notre sœur Karen qui rentrait du jardin.

Je me souviens de son air abasourdi, une expression de surprise qui a soudain assombri son visage au point de me faire peur et de m'arracher un cri, tandis qu'Evan s'écartait de moi et se levait. *Qu'est-ce que vous faites donc ?* a demandé Karen, s'adressant à moi, et pas à Evan, me semble-t-il. Question à laquelle je n'aurais pas su répondre, pas plus que je n'aurais pu expliquer le mystère des saints sacrements. Evan a quitté la pièce, sans rien dire, je crois. Karen s'est approchée de moi et elle a tourné autour de mon lit pour m'observer, avec ses cheveux tirés en arrière et sa robe à boutons de nacre qui lui montait jusqu'au cou, et je me suis dit, je me souviens, que, malgré cette merveilleuse clémence que je venais de ressentir et qui englobait tout mon entourage, je n'aimais vraiment pas beaucoup ma sœur, et j'ai éprouvé pour elle une pitié dont je n'avais encore jamais été consciente. Et puis, j'ai dû fermer les yeux et sombrer à nouveau dans cet état d'où je venais tout juste d'émerger.

Peu de temps après cet incident, j'ai recouvré la santé. Personne n'a jamais été aussi heureux de saluer la splendeur des matins de printemps, mais j'ai bien vite été informée par Karen que je n'étais plus une enfant et que je devrais désormais assumer les responsabilités et adopter le comportement d'une jeune femme. Vers ce moment-là, ou peut-être même immédiatement après ma maladie, il a été décidé que je resterais dormir avec Karen dans la cuisine derrière le rideau, et que notre père reprendrait définitivement le lit que j'avais partagé avec Evan. C'est que, j'avais atteint l'âge de quatorze ans et que, pendant ma maladie, il s'était opéré dans mon corps certaines transformations, dont je ne parlerai pas ici, qui ne me permettaient plus d'occuper une chambre dans laquelle dormait Evan.

Notre mère étant morte, et notre père passant le plus clair de ses journées en mer, j'ai été confiée aux soins de notre sœur, qui m'a surveillée consciencieusement, mais qui, je crois, n'a jamais été faite pour cette tâche. Sentant quelque chose, je ne sais pas bien quoi, peut-être une certaine réticence de sa part, je l'ai parfois fait souffrir, et souvent, dans les années qui se sont écoulées depuis, j'ai regretté de ne pas avoir pu me le faire pardonner. En protestant contre les restrictions qu'elle m'imposait, je la poussais à me garder tellement sous sa coupe que je n'avais plus ma liberté d'autrefois.

Je ne voudrais pas attribuer mon passage à l'état de femme à la perte de cette liberté, de ce bonheur absolu, et je pense qu'il s'agit seulement d'une coïncidence dans le temps, mais néanmoins j'ai été affligée de douleurs menstruelles extrêmement sévères, dont la cause plus probable a dû être, à l'origine, ma stérilité.

Il faut maintenant que je m'arrête, car ces souvenirs me troublent, et les yeux me font mal.

Quand je regarde des photos de Billie, je m'aperçois que, dès le début, elle est là tout entière — avec toute sa personnalité, toute sa force. Son visage de bébé est complexe — grave, mais prêt à se laisser amuser. Bébé, elle a le cheveu épais et noir, ce qui accentue le bleu foncé de ses yeux. Elle a déjà ces cils extraordinairement longs qui me charment au plus profond de l'âme et qui retiennent l'attention des passants dans la rue. Nos amis me félicitent d'avoir donné le jour à une créature aussi séduisante, mais en mon for intérieur, je m'en défends. N'ai-je pas été un simple dépositaire — un gros cocon blanc ?

Les quelques premières semaines qui ont suivi la naissance, Thomas, Billie et moi avons vécu dans un ensemble flou de cercles concentriques qui allaient se resserrant. Sur le pourtour, il y avait Thomas, qui filait parfois vers le monde des étudiants et de l'université. Il faisait des courses alimentaires, il écrivait à des heures bizarres, et il considérait que sa fille venait interrompre de façon étrange et merveilleuse l'ordre de sa vie. Il la portait au creux de son bras et lui parlait continuellement. Il l'initiait au monde extérieur : « Ça, c'est une chaise ; et ça, c'est ma table au restaurant. » Il l'emmenait avec lui, quand il allait faire son tour quotidien dans les rues de la ville, bouclée à l'intérieur de son blouson de cuir, la joue appuyée contre sa poitrine, la tête dépassant sous son menton au-dessus de la fermeture Éclair. Pendant un temps, il n'a plus été, semble-t-il, cet homme exceptionnel, préoccupé ; il a davantage ressemblé au stéréotype du jeune père. De le voir ainsi me rassurait,

71

et le rassurait lui aussi, je crois. Il découvrait en lui une veine nourricière qui l'encourageait, à laquelle il ne pouvait pas porter atteinte et qu'il ne pouvait tenir à distance par des images et par des mots. Pendant un temps après la naissance de Billie, il a cessé de boire autant. Il a eu, un court moment, confiance en l'avenir. Il avait déjà donné le meilleur de son œuvre, mais il ne le savait pas encore.

Dans le cercle du milieu, il y avait nous trois, flottant tout près les uns des autres. Nous occupions une grande maison que nous habitions, Thomas et moi, depuis que nous étions mariés, une maison du XIXe siècle, dans une petite rue de Cambridge. Henry James avait habité la maison voisine, et E. E. Cummings celle d'en face. L'atmosphère du quartier était propice, trouvait Thomas. J'ai installé Billie dans une pièce qui m'avait servi de bureau. Désormais, toutes les photos que je prenais étaient des photos d'elle. Parfois je dormais ; parfois c'était Thomas qui dormait ; et Billie dormait beaucoup. Thomas et moi nous retrouvions dans des étreintes soudaines et ébahies. Nous mangions à des heures bizarres, et le soir je regardais des émissions de télévision tardives que je n'avais jamais vues auparavant. Nous étions une entité protoplasmique qui allait devenir une famille.

Et dans le cercle du milieu, où il faisait sombre, où l'on était comme dans un rêve, il y avait notre nid, à Billie et à moi. Je m'allongeais sur le lit et je me recroquevillais autour d'elle comme dans un drap. Je me mettais à la fenêtre qui donnait sur le jardin de derrière et je la regardais examiner ses mains. Je m'étendais sur le plancher et l'installais sur mon ventre pour observer l'éclat de ses jeunes yeux. Sa présence me frappait avec une telle intensité, qui dévorait tout, que je ne pouvais imaginer qui elle serait le lendemain. Je ne me souvenais même pas de ce qu'elle avait été la veille. Son existence immédiate repoussait toutes les autres réalités, annihilait d'autres images. Finalement, les seules images que je garderais des premiers mois de sa vie étaient celles fixées sur les photos.

À l'Athenaeum, je range les documents dans la boîte couleur chair, que je repose sur la table. Je croise les mains dessus. Le bibliothécaire a quitté la salle. Je me dis qu'il est impossible, si ces matériaux ont été répertoriés, qu'on les ait laissés dans un tel désordre. Ici, ils ne doivent même pas savoir ce qu'ils détiennent. Je vais simplement emporter le document et sa traduction et les rapporter la semaine prochaine après les avoir photocopiés. Personne n'en saura jamais rien. Après tout, c'est à peu de chose près comme si j'empruntais un livre dans une bibliothèque de prêt.

Je remets les lettres, les photos, les sermons et les documents officiels dans le dossier et j'essaie de juger de l'aspect du tout sans la boîte. Je pose les trois livres qu'on m'a donnés sur le dessus pour camoufler le manque. J'examine l'ensemble.

Non, je ne peux pas faire cela.

Je remets la boîte à l'intérieur du dossier et je me lève. *Au revoir*, dis-je, et puis, juste au moment de partir, en haussant le ton, *Merci*. J'ouvre la porte métallique et je descends l'escalier d'un pas régulier.

À la sortie, je ne vois pas Thomas sur le trottoir. J'attends dix minutes, et puis encore cinq minutes.

Je traverse la rue et j'attends dans l'embrasure d'une porte. Vingt minutes se passent, et je commence à me demander si j'ai bien compris ce que m'a dit Thomas.

Je les vois arriver au coin d'une rue. Thomas et Adaline ont Billie entre eux deux. Ils comptent *un*, *deux*, *trois*, et ils soulèvent Billie en l'air à bout de bras — on dirait une passerelle de corde prise dans une rafale de vent. Billie rit aux éclats, grisée d'être enlevée dans les airs, et elle leur demande de recommencer, indéfiniment. Je vois ses petites jambes brunes à l'intérieur de son short, et ses pieds, qu'elle lance en l'air comme pour aller plus haut. Sur le trottoir, les gens s'écartent pour les laisser passer.

Thomas et Adaline sont tellement à leur jeu qu'ils dépassent l'Athenaeum et ne me voient même pas.

Adaline lâche la main de Billie. Thomas regarde sa montre. Adaline attrape Billie d'un bras et la pose à califourchon sur sa hanche, comme je l'ai fait des centaines de fois. Thomas dit quelque chose à Adaline : elle renverse la tête en arrière et rit d'un rire silencieux. Billie lui caresse les cheveux.

Très vite, je traverse la rue avant qu'ils ne fassent demi-tour. Je retourne à la bibliothèque et, à l'intérieur, je grimpe les marches deux à deux. J'ouvre la porte de la salle de lecture, et je vois que ma belle pile de livres et de dossiers est exactement comme je l'ai laissée. Le bibliothécaire n'est toujours pas revenu. Je me dirige vers la grande table, je prends la boîte dans le dossier et je la mets sous mon bras.

C'est tout juste si je ne referme pas la porte sur Thomas, qui est là à regarder la grande bâtisse en essayant de s'assurer qu'il est bien au bon endroit. Adaline ne porte plus Billie sur la hanche, mais elle la tient toujours par la main.

« Désolée, dis-je vivement, j'espère que vous n'avez pas attendu trop longtemps.

— Comment ça a-t-il marché ? », me demande Thomas. Il met ses mains dans ses poches.

« Très bien, dis-je, en me penchant pour donner un baiser à Billie. Et vous ?

— On s'est bien amusés, dit Adaline, le visage un peu empourpré, me semble-t-il. Nous avons trouvé un jardin public avec des balançoires, et nous avons mangé un cornet de glace. » Elle baisse les yeux vers Billie, comme pour avoir sa confirmation.

Je demande : « Où est Rich ?

— Il achète des homards pour le dîner, répond vite Thomas, en jetant à nouveau un coup d'œil à sa montre. Nous sommes censés le rejoindre. À l'instant même, en fait. Mais qu'est-ce que tu as là ?

— Ça ? dis-je en montrant la boîte. Quelque chose qu'on m'a prêté à l'Athenaeum.

— Ça va te servir ?

— J'espère. »

Nous marchons sur le trottoir à quatre de front. Je sens que l'atmosphère est moins enjouée, qu'il y a moins d'exubérance. Adaline se tait. Elle tient Billie par la main. Cela me fait un drôle d'effet, comme si elle ne voulait pas lâcher cette petite main, même en ma présence.

Rich attend sur le trottoir, deux grands sacs en papier dans les bras. Il a les yeux cachés derrière des lunettes noires.

Nous nous dirigeons vers le quai. Le ciel est clair, mais le vent fort.

Rich et Adaline vont préparer le Zodiac et chercher le gilet de sauvetage pour Billie. J'attends à côté de ma fille. Ses cheveux lui fouettent le visage, et elle essaie en vain de les retenir avec ses mains.

Thomas a les yeux fixés sur le port.

Thomas, dis-je.

À l'âge de six semaines, Billie s'est mise à tousser. C'est en lui donnant un bain avant de l'emmener chez le pédiatre que j'ai remarqué — ce que je ne pouvais pas voir tant qu'elle était habillée — qu'elle avait l'air de se débattre horriblement. Son abdomen se creusait à chaque inspiration, comme la poche d'oxygène d'un masque de pilote. Je l'ai prise dans mes bras pour l'emmener dans le bureau de Thomas et la lui montrer. Il a levé les yeux vers moi, surpris de cette intrusion inhabituelle. Il avait ses lunettes sur le nez, et ses doigts étaient tout tachés d'encre bleu foncé. Il avait devant lui des feuilles blanches de papier ligné couvertes de mots incompréhensibles.

« Regarde cela », ai-je dit, en posant Billie sur le bureau.

Ensemble nous avons observé le phénomène alarmant de cette poitrine qui se gonflait et se creusait.

« Bon Dieu, s'est écrié Thomas. Tu as appelé le médecin ?

— Je l'ai appelé pour la toux. J'ai rendez-vous à dix heures et demie.

— J'appelle le 911.

— Tu crois que... ?

— Elle ne peut pas respirer. »

L'ambulancier n'a pas voulu me laisser monter à côté de Billie. Il y avait trop d'appareils, et trop de soins à donner sur-le-champ. Les portières à peine refermées, Billie était prise en main. Je me suis dit : Et si elle meurt, et que je ne sois pas là ?

Nous avons suivi avec notre voiture. Quand quelqu'un voulait nous doubler et nous couper de l'ambulance, Thomas l'injuriait en gesticulant. Je ne l'avais jamais vu aussi déchaîné. L'ambulance s'est arrêtée aux urgences dans ce même hôpital où Billie était née.

« Ciel, on sort tout juste d'ici », s'est-il écrié.

Dans la salle des urgences, on a déshabillé Billie complètement, et on l'a mise dans une caisse métallique ouverte qui, nous sommes-nous dit plus tard, ressemblait à un cercueil. Évidemment, Billie avait très froid, et elle s'est mise à hurler. J'ai supplié le médecin de service de me laisser la prendre et lui donner le sein pour la calmer. Ces cris qu'elle poussait ne pouvaient sûrement qu'aggraver sa toux et sa respiration. Mais le jeune docteur m'a dit qu'à présent j'étais un danger pour ma fille, que je ne pouvais plus la nourrir, qu'il fallait l'alimenter par perfusions et lui injecter des antibiotiques. Il me disait tout cela comme si je ne m'étais pas acquittée de la mission dont on m'avait chargée.

On a installé des dizaines de tuyaux et de fils autour de Billie. Elle pleurait à en perdre le souffle. Je n'ai pas pu supporter de la voir souffrir une seconde de plus, et quand le docteur est parti s'occuper de quelqu'un d'autre, je l'ai prise dans mes bras et je l'ai enveloppée dans ma veste matelassée, en la tenant contre moi, simplement. Elle a cessé immédiatement de pleurer et s'est tournée pour chercher mon sein. Thomas nous a regardées avec une expression de tendresse et de frayeur que je ne lui avais jamais vue jusque-là.

Billie avait une pneumonie. Toute cette nuit-là, nous sommes restés, Thomas et moi, à côté de la caisse de plastique qui servait de lit à Billie, l'œil rivé aux moniteurs qui contrôlaient et enregistraient sa respiration, les aliments qu'elle absorbait, son rythme cardiaque, sa tension, les antibiotiques. L'univers était réduit à cette caisse de plastique, et nous nous demandions comment les autres parents qui se trouvaient dans cette unité de soins intensifs pouvaient revenir de leurs incursions dans le monde extérieur avec des barquettes de McDo et des cartons de Pizza Hut.

« Comment peuvent-ils avaler quoi que ce soit ? », m'a dit Thomas.

Ce soir-là, on est venu le prévenir qu'il était appelé au téléphone, et il a quitté la salle. Je suis restée près de la caisse en plastique à réciter la prière du Seigneur comme une mécanique, un nombre infini de fois, bien que je ne sois pas pratiquante. Je trouvais les paroles apaisantes. Je me disais qu'elles préservaient Billie, que, tant que je réciterais, elle ne mourrait pas. Ces paroles étaient comme un talisman, un charme.

Quand Thomas est revenu, je me suis tournée vers lui machinalement pour lui demander qui avait appelé. Il avait le visage hagard, la peau transparente et parcheminée autour des orbites. Il clignait les yeux, comme s'il se trouvait soudain en pleine lumière à la sortie d'un cinéma.

Il a cité un prix littéraire que tout poète américain rêve de recevoir. C'était pour ses « Poèmes de Magdalène », une série de cinquante-six poèmes que mon mari avait mis huit ans à écrire. Nous étions tous deux assis sur des chaises en plastique orangé, à côté de la caisse en plastique. J'ai posé ma main sur la sienne. J'ai immédiatement pensé à des contrats mirifiques. Comment était-il possible à la fois qu'il nous arrive cette merveilleuse nouvelle, et que Billie reste en vie ?

« Je ne parviens pas à y croire, a dit Thomas.

— Non.

— On fêtera ça plus tard.

— Thomas, si je le pouvais, je serais folle de joie. Mais ce sera pour après.

77

— Il y a une chose qui me tourmente : c'est que tu puisses croire que je ne suis avec toi qu'à cause des poèmes. Que je t'utilise, comme une sorte de muse.

— Plus maintenant, tu le sais bien.

— Mais au début, si.

— Au début peut-être, pendant quelque temps.

— C'est faux. »

Dans mon trouble, j'ai secoué la tête. « En quoi tout cela a-t-il une quelconque importance ? », ai-je dit avec l'exaspération de quelqu'un qui ne veut penser à rien d'autre qu'à l'objet de son angoisse.

« Non, ça n'a pas d'importance, a-t-il dit. Aucune. »

Mais si, manifestement, cela en avait.

J'ai appris ce soir-là que l'amour n'est jamais aussi farouche que lorsqu'on croit qu'il va vous quitter. Il ne nous est pas toujours donné de le savoir, et c'est ainsi que, parfois, on éprouve cet amour à retardement. Mais cette nuit-là, nous avons cru, Thomas et moi, que notre fille allait mourir. En écoutant les bips des appareils tout autour d'elle, leur bourdonnement, leur ronflement, leurs déclics, nous nous tenions la main, ne pouvant pas la toucher. Nous interrogions du regard ses paupières et ses longs cils, ses bras et ses mollets dodus. Nous partagions un étonnant trésor de souvenirs amassés au cours de six semaines seulement. D'une certaine manière, nous avons été plus attentifs à elle cette nuit-là que nous ne devions plus jamais l'être.

Billie s'est remise en une semaine, et on l'a ramenée à la maison. Elle a grandi et prospéré. Et finalement il est venu un jour où nous nous sommes surpris à montrer quelque impatience et à lui parler rudement. Un jour, j'ai pu la quitter pour aller faire des photos à l'extérieur. Thomas écrivait des poèmes et les jetait au panier. Il faisait des cours, il donnait de nombreuses lectures publiques, il répondait aux journalistes, et il a commencé à se demander si les mots n'étaient pas en train de le lâcher. Il s'est mis à boire davantage. Le matin, je le trouvais parfois à la cuisine, sur une chaise, accoudé au plan de travail, une bouteille de vin vide à côté de lui. « Tu n'y es pour rien, me disait-il, en posant une main sur le bas de mon peignoir. Je t'aime. Ce n'est pas toi qui es en cause. »

Il m'est arrivé de penser qu'il y a des instants où tout vous apparaît soudain — sinon l'avenir, du moins le passé. On dit que c'est ce qui se produit chez les mourants, qui revoient leur vie entière ; le cerveau saisissant en un instant, en quelques secondes au plus, l'ensemble du vécu, de la naissance jusqu'à cet instant de connaissance absolue, cet instant lui-même devenant une sorte de miroir sans fin qui reflète la vie à l'infini.

J'imagine que cet instant-là doit être ressenti comme une petite onde de choc perçue dans le corps tout entier, bruit étouffé d'une corde usée que l'on touche. Un choc pas forcément mortel en soi, plutôt une surprise qui vous fait tressauter.

Et c'est ce qui m'arrive, là, sur ce quai. Je revois les années que nous avons vécues ensemble, Thomas et moi, dans toute leur fragilité. Ce mariage, cette famille fondée, non pas parce que le destin l'a voulu ou qu'il devait en être ainsi, mais parce que nous l'avons voulu. Nous avons fait telle chose, puis telle autre, et puis telle autre encore, et j'ai fini par comparer ces années que nous avons vécues ensemble à un filet de pêcheur aux mailles serrées, de facture imparfaite sans doute, mais si solidement nouées que je les croyais impossibles à défaire.

Pendant les quelques heures qui s'écoulent entre notre retour de Portsmouth et le dîner, nous allons chacun de notre côté. Adaline ferme la porte de la cabine avant et se met à lire Celia Thaxter ; Thomas somnole dans le cockpit tandis que Billie, à genoux à côté de lui, fait du coloriage. Rich se retire dans la chambre du moteur pour réparer la pompe ; et moi je m'installe sur la couchette de Billie avec mes guides, mes notes, et tout le dossier étalé autour de moi. J'ouvre la boîte couleur chair et je compulse la traduction rédigée au crayon. Je sais que je la lirai bientôt, mais je ne suis pas tout à fait prête. J'ai le sentiment de me comporter en sournoise sur ma couchette étroite, et j'ai vaguement honte de moi.

Je me dis que la raison de mon larcin est simple : j'ai envie de savoir ce qui s'est passé, de trouver le détail caché qui explique tout le reste. Je veux comprendre cet acte aléatoire, les conséquences d'un bref instant d'abandon. Je suis moins intéressée par les actes commis une certaine nuit que par leurs conséquences au cours des années, et ce qu'il faudrait en retenir.

Je vois que mes guides racontent tous la même histoire à propos de John Hontvedt, le mari de Maren, à Smuttynose, en dehors des événements relatifs aux meurtres du 5 mars 1873. En 1870, par une journée glaciale, trois ans avant le double meurtre, et deux ans après son arrivée en Amérique, John Hontvedt quitta Smuttynose en direction d'un lieu de pêche au nord-ouest de l'île. Le temps, nous dit-on, était particulièrement affreux ce jour-là, de la glace se formait sur les moustaches des hommes et sur leurs cirés, sur les cordages et même sur le pont de la goélette de Hontvedt, dont le nom n'est pas mentionné. Sur la petite plage de Smuttynose aux galets glissants, la neige fondue le frappant de biais, John hésita, ne sachant pas s'il devait se lancer en canot jusqu'à sa goélette. Nous en sommes réduits à des conjectures quant à la raison qui le poussa à partir en mer par une journée pareille. La misère ? La faim ? La crainte de perdre un appât coûteux qui pourrirait s'il n'était pas utilisé tout de suite ? Une sorte de terrible impatience ?

Quand il eut gagné le large et perdu Smuttynose de vue, il fut surpris par un coup de vent et dut subir une mer déchaînée et le blizzard. Au fil des heures, la neige se mit à tomber si dru qu'il ne devait sans doute plus rien voir autour du bateau. Peut-être qu'alors, comprenant son erreur, il tenta de revenir vers Smuttynose, mais les lames étaient si hautes et la visibilité si mauvaise qu'il ne put pas faire route vers l'île. Il n'eut plus qu'à se laisser dériver au hasard et à l'aveuglette dans tout ce blanc opaque. Il était en réel danger d'être submergé, et sa goélette risquait d'aller se fracasser contre des récifs ou des rochers qu'on ne voyait pas.

Certains habitants de l'île, et surtout un homme du nom d'Ephraïm Downs, qui vivait lui-même à Smuttynose, et qui, plus tard, après les meurtres, allait occuper la maison Hontvedt avec sa famille (le propriétaire refusant de nettoyer les taches de sang, car, disait-il, cela lui rapporterait plus d'argent de faire payer les visiteurs curieux que d'augmenter le loyer), ces hommes donc, jugeant que c'était folie d'avoir pris la mer ce jour-là, guettèrent le retour de John. Quand il s'avéra que la goélette de John était perdue en mer, Downs, avec son propre chalutier, qui était plus gros, et s'appelait fort à propos le *White Rover*, partit à la recherche du bateau avarié ou échoué. Downs et ses hommes scrutèrent la mer pendant des heures et finalement, dans la tempête, ils perdirent eux-mêmes leur cap. Longtemps après, ils aperçurent enfin l'autre bateau avec Hontvedt à bord. En franchissant des vagues de quatorze pieds de haut, Downs réussit à recueillir les deux hommes échoués. Une fois John Hontvedt, sain et sauf, à bord du *White Rover*, sa goélette partit à la dérive, et on ne la revit plus jamais.

Des heures durant, le *White Rover* caracola sur les vagues, tandis que les hommes à son bord gelaient et se couvraient de glace au point de ne plus pouvoir bouger. Quand le bateau s'échoua enfin — l'histoire ne dit pas où —, les membres de l'équipage, ayant perdu l'usage de leurs jambes et de leurs bras, se hissèrent par-dessus la proue et déboulèrent sur le sable. Plusieurs des hommes du *White Rover* eurent les pieds gelés et durent être amputés par la suite. Il semble que John Hontvedt ait survécu sans dommage.

« Maman, on va nager ? »

Billie me tire par la manche et roule la tête d'avant en arrière au creux de mon bras. Je pose mon livre et je la prends sur mes genoux. Un petit bout du papier qui entoure ses craies à colorier est resté collé à sa lèvre inférieure, et je le lui enlève. Elle sent le crustacé et la crème solaire.

« Je ne sais pas, Jean, me crie Thomas du cockpit. C'est très profond par ici. Je lui ai dit de te demander. Moi je ne tiens pas particulièrement à retourner à l'eau.

— Avec son gilet de sauvetage, elle ne risque rien, dit Rich, qui émerge de la chambre du moteur. De toute façon, il faut que j'aille me baigner. Je suis dégoûtant. Si nous sommes deux avec elle, il n'y a pas de danger.

— Oh, maman, s'il te plaît. »

Je regarde Rich, qui a les mains couvertes de cambouis, et puis Billie. « Bien sûr. Pourquoi pas ? », lui dis-je.

Je peux enjamber le plat-bord du bateau, mais je suis à peu près certaine que je n'arriverai pas à remonter. Rich a laissé l'échelle de corde, en réparation, dans sa camionnette, au port. Billie saute droit dans l'eau et resurgit aussitôt, les cheveux sur le visage. Je nage tout près de ma fille, la gardant à portée de ma main. Elle bat des bras, et à présent sa bouche fait à peine surface. Au début, l'eau me paraît horriblement froide, mais au bout de quelques minutes je commence à m'y habituer. D'en bas, au ras des flots, l'avant du bateau paraît énorme — on dirait la proue d'un paquebot. Au loin, sans mes lunettes, les îles ne sont que de vagues formes grises et brunes.

Je pousse Billie du côté de Rich, et elle « nage » entre son oncle et moi, comme un poisson frétillant et intrépide. Sa bouche se remplit d'eau salée. Elle l'avale et le goût paraît la surprendre. Elle demande à monter sur le dos de Rich et, quand ils arrivent à ma hauteur, elle se laisse glisser et m'attrape par le cou. Je sens la jambe huileuse de Rich contre la mienne un instant, et je m'accroche à son épaule pour ne pas couler.

« Attention, Billie, lui dis-je en desserrant ses bras autour de mon cou. Moi, je n'ai pas de gilet de sauvetage. Tu vas me faire couler. »

Thomas nous regarde de l'avant du bateau. Il a un verre à la main. Je le vois se tourner en souriant. Il dit quelque chose que je n'entends pas — s'adressant à Adaline sans doute.

Quand je le lâche, Rich plonge sous l'eau et ressort à une trentaine de pieds plus loin. Il se met à nager vigoureusement, ses mouvements de bras accordés à la cadence de ses battements de pieds. Billie et moi, nous barbotons l'une autour de l'autre, et puis je m'aperçois qu'elle commence à se fatiguer. Thomas se penche pour l'attraper et, à nous deux, nous arrivons facilement à la remonter sur le pont. Mais, comme je m'en étais doutée, je n'ai pas la force de me hisser pour remonter à bord, et il faut en passer par l'opération gênante et laborieuse qui consiste à me tirer par les bras et les jambes, après quoi je m'affale dans le cockpit. Billie s'enveloppe dans un drap de bain et va s'asseoir en grelottant à côté d'Adaline. Quand je me lève et chausse mes lunettes, je m'aperçois que Rich est allé jusqu'à Smuttynose à la nage et qu'il est assis sur la grève.

Le nom des îles de Shoals viendrait non pas du terme *shoals* désignant les écueils qui entourent les îles, mais plutôt d'une forme ancienne du mot anglais *school*, tel qu'on le trouve dans l'expression « banc de poissons ».

Pendant la Révolution américaine, les îles furent évacuées. Sous prétexte que les habitants avaient fait du commerce avec les Anglais, l'État du New Hampshire chassa tous les résidents de l'île. Le 5 janvier 1776, quatre-vingts maisons furent démontées, expédiées sur le continent, et reconstruites tout le long de la côte, du Massachusetts au Maine. Certaines de ces maisons existent encore.

« Perte. Abandon. Castration. Chauvinisme...

— Mais pensez à Tom Moore, à son charme.

— Mélancolique. Ce n'est que de la mélancolie, dit Thomas. Kavanaugh, Frost, McNeice.

— Vous oubliez Yeats, le magicien. La célébration de l'imagination humaine.

— Donnelly, Hyde Donnelly. Vous connaissez ?
"Grisaille furtive. La douleur des mères glisse le long des haies..."

— C'est une accusation contre une race entière »,
dit Adaline d'un ton léger.

Thomas prend une grande gorgée de scotch.

Une odeur pénétrante et rustique de poisson et d'ail
se répand dans le cockpit, où nous sommes assis tous
les trois, Adaline, Thomas et moi. Rich apporte une
assiette de moules qu'il vient de faire cuire.

« C'est moi qui les ai ramassées », dit Billie, en se
glissant entre les jambes de Rich. Elle tient à ménager
sa fierté, mais je sens bien qu'elle n'a pas vraiment
réussi à les trouver bonnes. Il y a un instant, quand
je suis descendue chercher les papiers que j'ai rap-
portés de l'Athenaeum, j'ai vu un reste de moule à
moitié mâchée qu'elle avait fourré dans une serviette
en papier chiffonnée. Elle porte une tenue qu'elle
aime particulièrement — un tee-shirt bleu avec Poca-
hontas sur le devant et le short assorti — considérant
que nous sommes réunis là pour une petite fête.
Comme Thomas, au demeurant. Elle s'est apporté un
sac de petits gâteaux pour pouvoir grignoter avec
nous. Elle vient se pelotonner contre moi, et passe la
tête à l'intérieur de mon bras. Thomas et Adaline sont
assis en face de moi. Dans quelques secondes, c'est
sûr, elle va me demander un Coca.

« C'est le départ des fils », dit Thomas.

Rich pose les moules sur une table de fortune au
milieu du cockpit, il se perche sur l'écoutille au-
dessus de l'escalier de la cabine, jambes pendantes.
L'atmosphère s'est purifiée. Smuttynose se découpe
nettement, et le soleil ras la balaie d'une légère touche
d'or. Vues du bateau, les mouettes qui planent au-
dessus de l'île sont des repères sombres dans la poussière bleue. Je me dis que c'est peut-être le plus beau
soir de l'été.

J'ai une photo de nous cinq dans le cockpit du
Morgan le soir où Rich nous prépare des moules et
où Thomas casse un verre. Je prends la photo
pendant que la lumière est encore orangée, de sorte

que nous avons tous l'air exagérément bronzés et bien-portants. Sur cette photo, Billie est assise sur les genoux de Rich et elle vient de tendre le bras pour toucher un large bracelet d'or qu'Adaline a enfilé quelques instants auparavant. Rich sourit bien en face de l'objectif — un large sourire qui lui découvre les dents, des dents qui, dans cette lumière, prennent une teinte saumon. À côté de lui, Adaline vient de secouer ses cheveux en arrière, si bien que l'appareil l'a saisie le menton légèrement en l'air. Elle a mis une robe bain de soleil noire, longue, à bretelles étroites ; sa croix étincelle au soleil. Nous sommes tous un peu gênés par la lumière rase qui nous arrive dans les yeux, et c'est pourquoi Thomas grimace et porte une main à son front, la seule partie de son visage clairement identifiable étant la bouche et le menton. Quant à moi, j'ai réglé le déclencheur pour me donner le temps d'aller me joindre au groupe. Je suis assise à côté de Thomas, mais légèrement penchée, comme si je m'efforçais de faire partie de l'ensemble. J'ai souri, mais, à cet instant, j'ai les paupières fermées. Thomas a voulu passer son bras libre autour de moi, mais l'appareil l'a saisi le bras levé en l'air et tout tordu.

« D'où vient cette cicatrice exactement ? demande Adaline.

— Il faut vraiment qu'on donne quelque chose à manger à Billie », dis-je, m'adressant tout autant à moi-même qu'à autrui. La journée a été épuisante, et je n'ai absolument pas pensé au dîner de Billie. Je sais que Rich a acheté des homards pour nous, mais elle n'en mangera pas.

« Maman, je peux boire un Coca ?

— Un accident de voiture, dit Thomas. Quand j'étais gosse. Le conducteur était ivre. » Rich jette un coup d'œil à Thomas, qui détourne la tête.

« Pas maintenant, mon ange. Il est presque l'heure de dîner.

— Il y a du thon, dit Rich. Je vais lui faire un sandwich.

— Tu en as déjà assez fait, lui dis-je. Je peux tout

85

de même préparer un sandwich. » Je m'apprête à me lever.

« Je ne veux pas de thon, je veux du homard, déclare Billie.

— Billie, je ne crois pas... », mais Rich m'interrompt d'un hochement de tête.

« Tu devrais goûter au homard, dit-il à Billy. Et si tu n'aimes pas ça, on pourra toujours te faire un sandwich. »

Elle pince les lèvres et approuve silencieusement. Je vois bien qu'elle est un peu inquiète, maintenant qu'elle a gagné la partie. Je ne suis pas sûre qu'elle ait vraiment envie de homard.

« D'où êtes-vous ? », me demande Adaline. Au moment où elle croise les jambes, sa robe noire, fendue en bas, s'ouvre, découvrant un mollet fuselé et bronzé. Thomas porte son regard sur la jambe d'Adaline, et puis se détourne. Moi, je suis en jean et en sweat-shirt. Thomas a changé de chemise — il a mis une chemise bleue à petites rayures jaunes — et il s'est rasé.

« Je suis originaire de l'Indiana, dis-je. Mes parents sont morts. Ils m'ont eue très tard, ma mère avait quarante-six ans.

— Maman, qu'est-ce que ça mange une mouette ?

— Des poissons, je crois. Elles plongent dans l'océan pour les attraper. Je parie qu'en regardant bien tu vas les voir faire. » Un peu gênée, je regarde les mouettes plonger dans les airs au-dessus de la côte déchiquetée de Smuttynose.

« Et donc, c'est cela que vous faites ? me demande Adaline en montrant d'un seul geste le bateau, l'île et le port.

— Quand je peux.

— Pour quel magazine travaillez-vous ?

— Pour tous ceux qui me proposent du travail. Mais je ne me déplace plus autant qu'avant. Depuis que j'ai Billie.

— Mais, maman, où est-ce qu'elles dorment ?

— Voilà une bonne question, dis-je en cherchant du renfort auprès de Thomas.

— Je n'en sais fichtre rien, dit-il.

— Elles doivent dormir sur les rochers, suggère Adaline. Elles se mettent la tête sous l'aile, je crois.

— Tu as déjà vu dormir une mouette ? », demande Billie.

Adaline pince les lèvres. « Oui, sûrement. Mais je ne sais plus où.

— À l'arrière d'une barge de déchets au milieu du port de Boston, crie Rich du fond de sa coquerie.

— Les rats de la mer », marmonne Thomas.

Billie s'enfonce un peu plus au creux de mon bras, tournée contre moi, et parle la tête enfouie dans ma poitrine. « Elle est belle, Adaline, chuchote-t-elle timidement, ne sachant pas très bien si c'est le genre de chose à déclarer tout haut

— Oui, je sais, dis-je, en regardant Adaline bien en face, tandis que nos regards se croisent.

— Je t'aime, maman, dit Billie.

— Moi aussi je t'aime. »

Les premiers comptes rendus des deux meurtres furent rédigés à la hâte et sont pleins d'inexactitudes. Le premier communiqué du *Boston Post* disait ceci : « Deux femmes assassinées à Smuttynose, dans les îles de Shoals. Détails de cette horrible boucherie — fuite de l'assassin suivie de son arrestation à Boston — mobile du crime — tentative de tuer une troisième personne — la victime en réchappe miraculeusement — souffrances terribles dues au froid — spectacle abominable dans la maison des femmes assassinées, etc., etc. — (Dépêche spéciale du *Boston Post*) Portsmouth, New Hampshire, le 6 mars. Les habitants de notre ville ont été horrifiés, peu après midi aujourd'hui, quand un pêcheur du nom de Huntress, qui réside dans les îles de Shoals, ayant abordé à Newcastle avec son bateau, et, de là, étant venu dans notre ville, s'est empressé d'informer notre police qu'un meurtre des plus atroces avait été commis dans les Shoals. »

D'après le même communiqué, « une jeune brute

du nom de Lewis Wagner » avait été vue la nuit précédente tandis qu'il descendait vers le quai, une hache à la main. Le lendemain matin à sept heures, pendant que Wagner et Huntress prenaient leur petit déjeuner ensemble à Portsmouth, Wagner aurait dit au malheureux Huntress (qui n'était pas encore rentré chez lui et n'était pas au courant des meurtres) qu'il allait lui arriver quelque chose (à lui, Lewis Wagner). Les victimes étaient Anetta Lawson et Cornelia Christenson. Une troisième femme, Mme Huntress, avait pu s'échapper. Le City Marshall Johnson de Portsmouth était déjà en route pour Boston afin d'essayer d'arrêter l'assassin en cavale, que l'on avait vu monter dans un train à destination de Boston plus tôt dans la journée.

Je descends aider Rich à la cuisine. Il fait cuire un des homards sur le réchaud et un autre sur un Hibachi à l'arrière. Il fait réchauffer du pain au four, et il a préparé une salade.

Je commence à mettre la table. Nous avons un certain mal à évoluer dans cet espace où nous sommes à l'étroit, et nous essayons de ne pas nous cogner l'un dans l'autre ou de ne pas prendre le même ustensile en même temps. Par la montée de cabine, j'aperçois Billie allongée, le visage en l'air sur le coussin que j'ai libéré. Elle examine ses doigts avec beaucoup de sérieux. En face d'elle, s'encadrant dans l'ouverture rectangulaire, je vois les jambes de Thomas, en pantalon, et sa main tendue vers la bouteille, qu'il a posée près de son pied droit. Le bateau bouge à un rythme régulier et, du côté de l'ouest, à travers les hublots, le miroitement de l'eau vient se refléter en dansant sur les cloisons. Je cherche les casse-noix et les curettes dans le tiroir aux couverts, et soudain j'entends trois mots douloureusement familiers : *lambris, odorant, blessé jusqu'au cœur*.

La voix d'Adaline est mélodieuse et profonde, respectueuse des mots et des voyelles — des voyelles parfaites. Elle connaît bien le poème. Par cœur.

Je tends le cou pour voir le visage de Thomas. Il a les yeux baissés, il regarde ses genoux, sans bouger.

Je revois le bar, je me rappelle la façon dont Thomas avait lu ce poème. Je me revois à la fenêtre, le lisant à la lumière des réverbères pendant que Thomas dormait.

J'appelle « Thomas ! » d'un ton tranchant qui n'échappe à personne, pas même à moi.

Billie se redresse et s'appuie sur les coudes, l'air un peu perplexe. Adaline cesse de réciter.

Elle a les poignets légèrement croisés à la hauteur du genou. Dans une main, de ses doigts effilés, elle tient un verre de vin. Je m'aperçois soudain avec surprise que c'est la première fois que je la vois boire.

J'insiste : « Thomas, j'ai besoin de toi », et puis je me retourne.

Je continue à fouiller dans le tiroir aux couverts. Il passe la tête à l'intérieur.

« Qu'est-ce qu'il y a ? demande-t-il.

— Je ne trouve pas les casse-noix et je ne sais pas ce que tu as fait du vin que nous devons boire ce soir. » Mon déplaisir est manifeste — une intonation aigre et équivoque.

« Le vin est ici », dit calmement Rich à côté de moi. Il ouvre la porte du petit réfrigérateur pour bien me le montrer.

Mais c'est trop tard. Thomas a déjà tourné le dos et il est reparti. Debout, il regarde la mer. Il tient son verre d'une main ; l'autre est enfoncée dans la poche de son pantalon. Adaline a opéré un mouvement de torsion, de sorte qu'elle aussi regarde la mer, mais pas du même côté que Thomas.

Rich va mettre le maïs dans la casserole sur le Hibachi. Je vois Thomas s'écarter et lui tenir le couvercle. Quand Rich a fini de plonger les épis dans l'eau bouillante, il s'essuie les mains avec un torchon et il se penche pour se verser un verre, en se servant à une autre bouteille, posée sur le plancher du cockpit. Thomas et Rich, qui me tournent le dos, échangent quelques mots, comme des maris qui surveillent les grillades sur le barbecue du jardin. Je m'appuie au bord du plan de travail et je sirote mon vin avec application.

Billie nous regarde, son père d'abord, et puis moi. Elle roule sur le ventre et met ses mains de chaque côté de son visage, comme si elle voulait observer de près une chose minuscule sur le coussin. Rich se retourne et fait signe à Adaline de se pousser un peu. Il s'assied à côté d'elle et pose la main sur sa cuisse. Il glisse les doigts sous la fente de sa jupe, sous le tissu noir.

Thomas, qui s'est tourné à moitié juste à ce moment-là et se prépare à dire quelque chose, Thomas voit Rich toucher Adaline. Il reste cloué sur place, comme s'il ne savait plus quoi faire de son corps. Il fait un pas maladroit en avant. Il heurte le verre d'Adaline, qu'elle a posé au sol. Le verre tombe et se brise.

« Bon Dieu ! », dit-il.

Louis Wagner fut arrêté à huit heures et demie du soir à Boston, chez une personne de connaissance, le lendemain des meurtres, à la fois par la police de Portsmouth et par celle de Boston. Wagner parut complètement abasourdi quand on l'accusa de meurtre et jura qu'il n'était pas allé à Smuttynose depuis le mois de novembre de l'année précédente. Il dit qu'il n'aurait pas pu faire une chose pareille, car les femmes Hontvedt avaient été bonnes pour lui. Il avait entendu le train siffler à neuf heures ce matin-là, et comme la chance ne lui souriait pas à Portsmouth, il avait pensé qu'il ferait peut-être bien de la tenter à Boston.

Le bruit se répandit que la police ramenait Wagner à Portsmouth par le train de dix heures le vendredi matin. Entre-temps, une sorte d'hystérie s'était emparée du public, et tout le long de l'itinéraire du train, ce n'étaient que foules furieuses et hurlantes. Craignant pour leur prisonnier, les forces de police firent arrêter le train à un quart de mile avant la gare pour faire sortir Wagner, mais la foule le repéra tout de même et se mit à bombarder à la fois le prisonnier et les policiers avec des pierres et des morceaux de glace. La ville retentit des cris de « Lynchez-le » et « Pendez-le ». Les Marines furent appelés en renfort, et les policiers étaient prêts à faire feu. Wagner passa la nuit à la prison de Portsmouth, mais le lendemain on le transféra à Saco, dans le Maine, car en principe Smuttynose ne fait pas partie du New Hampshire mais du Maine. Les policiers furent de nouveau confrontés à des milliers de manifestants qui essayèrent encore une fois de lapider Wagner, qui fut blessé à la tête. Parmi eux se trouvait Ephraïm Downs, le pêcheur qui avait, en son temps, sauvé la vie à John Hontvedt.

Le prisonnier fut traduit en justice à la prison de South Berwick et détenu à la prison de Portland. Il fut transporté à Alfred, dans le Maine, quand s'ouvrit le procès de l'*État du Maine contre Louis H.F. Wagner*, le 16 juin 1873. Louis Wagner était accusé d'avoir porté à Anethe M. Christensen dix coups mortels à la tête, provoquant ainsi sa mort instantanée.

Quand nous avons fini de ramasser les morceaux du verre brisé, Rich sort les homards de la marmite, et nous prenons tous place autour de la table. Thomas, qui a bu encore plus que d'habitude, se débat maladroitement avec sa part, aspergeant la table de petits morceaux de chitine blanche. Billie, comme il fallait s'y attendre, perd tout appétit pour le homard quand elle me voit briser la carapace et extraire avec une curette la chair rose et tachetée. Adaline, contrairement à nous autres, ne prend pas ses morceaux de homard avec les doigts pour les tremper dans le beurre fondu, elle les plonge dans un bol de bouillon chaud et les mange à la fourchette. Elle procède avec méthode pour décortiquer la bête, le laissant pas le moindre morceau de chair mangeable après la carapace rouge vif.

Thomas monte sur le pont après s'être coupé le pouce sur une pince. Au bout d'un moment, Rich, qui sent peut-être que Thomas a besoin de compagnie, monte lui aussi. Billie nous quitte également, trop contente de tourner le dos à toutes ces pinces et tous ces débris rouges amoncelés dans une jatte en inox et qui deviennent plutôt répugnants. Je suis fascinée de voir Adaline, en face de moi, extraire du corps du homard de minuscules morceaux de chair qui m'avaient échappé. Je la regarde aspirer et mâcher, une à une, chacune des pattes grêles, et broyer, la fine carapace entre ses dents.

« Vous avez été élevée dans une ferme ? me demande-t-elle. Vos parents étaient fermiers ?

— Eh bien oui, ils étaient fermiers en effet. Et vous, à quel endroit en Irlande avez-vous grandi ?

— À Cork. C'est dans le Sud.

— Et ensuite vous êtes allée à l'université.

— Oui... Billie est merveilleuse. Vous avez beaucoup de chance de l'avoir.

— C'est vrai. Je trouve aussi que j'ai de la chance. Comment vous êtes-vous retrouvée à Boston ?

— J'étais avec quelqu'un. Quand j'étais à Londres. Il travaillait à Boston, je suis venue pour être avec lui. Je me suis toujours plu à Boston.

— Comment en êtes-vous venue à si bien connaître la poésie de Thomas ? »

Ma question paraît la surprendre.

« Je crois que j'ai toujours lu Thomas. À Dublin déjà, je le trouvais extraordinaire. Je suppose que maintenant, après le prix, tout le monde le lit, non ? C'est ce qui arrive après un prix. Tout le monde se précipite pour vous lire, sûrement.

— Vous avez appris ses poèmes par cœur.

— Ah non, pas vraiment. »

Il y a dans ma voix un ton accusateur qui semble la mettre sur la défensive.

« Seulement je crois qu'il faut que ses poèmes soient lus à haute voix. C'est presque une nécessité, pour les comprendre pleinement.

— Vous savez qu'il a tué une fille », dis-je.

Adaline retire lentement de sa bouche une patte de homard et la tient entre un doigt et le pouce, les mains appuyées au bord de la table. La toile cirée à carreaux bleus est parsemée de morceaux de chair et de coulures jaunes de beurre figé.

« Thomas a tué une fille », reprend-elle, comme si la phrase sonnait faux.

J'avale une gorgée de vin. J'arrache un morceau de

la miche de pain à l'ail. J'essaie de maîtriser mes mains, qui sont toutes tremblantes. Je crois que de nous deux c'est moi la plus choquée par ce que je viens de dire. Par la façon dont je l'ai dit. Par les mots que j'ai utilisés.

« Je ne comprends pas », dit-elle.

Elle pose la patte de homard sur son assiette et s'essuie les doigts sur la serviette qui est sur ses genoux. Elle tient la serviette froissée dans une main.

« L'accident de voiture, dis-je. C'est Thomas qui conduisait. »

Elle n'a toujours pas l'air de comprendre.

« Il y avait une fille avec lui. Dans la voiture. Thomas a quitté la chaussée, sa roue arrière s'est prise dans le fossé et la voiture s'est retournée. »

Adaline lève la main et, d'un doigt, retire distraitement un morceau de homard resté entre ses dents. En baissant les yeux, je m'aperçois que j'ai fait couler du jus de homard sur mon jean.

« Quel âge avait-elle ?

— Le même âge que lui, dix-sept ans.

— Il était ivre ?

— Oui », dis-je.

J'attends.

Et alors, je vois le moment où tout s'éclaire. Je la vois traiter l'information, se réciter les vers, et soudain les comprendre. Son regard se pose sur le réchaud, puis revient à moi.

« "Les poèmes de Magdalène" », dit-elle tranquillement.

J'acquiesce d'un signe de tête. « Mais la fille ne s'appelait pas Magdalène, elle s'appelait Linda. »

Adaline tique un peu à ce nom de *Linda*, comme si ce prénom très commun la ramenait à la réalité.

« Il l'aimait, dit-elle.

— Oui. Beaucoup. Je crois qu'il ne s'est jamais vraiment remis. En un sens, tous ses poèmes se rapportent à cet accident, même s'il n'y paraît pas.

— Et pourtant il vous a épousée.

— Eh bien oui. »

Adaline pose sa serviette sur la table et se lève. Elle

fait quelques pas vers la porte de la cabine avant. Elle me tourne le dos, les bras croisés sur la poitrine.

Rich penche la tête à l'intérieur. « Jean, vous devriez monter, la lumière est parfaite », crie-t-il.

Il s'arrête net. Adaline est toujours devant la porte, le dos tourné. Elle ne bouge pas. Rich me regarde.

« Qu'est-ce qui se passe ? demande-t-il.

— Pas grand-chose », dis-je en décroisant mes jambes sous la table.

Je pose les mains sur mes genoux, accablée par ma trahison. Pendant toutes ces années où j'ai vécu avec Thomas, je n'ai jamais rien dit à qui que ce soit. Lui non plus, autant que je sache. En dépit de nos craintes au moment où il a reçu le prix, personne n'a découvert ce qui s'était passé dans sa jeunesse, car les dossiers ont été tenus bien secrets. Mais maintenant, je sais qu'Adaline va en parler. Elle ne va pas pouvoir garder cette information pour elle.

Ce n'est pas possible que j'aie fait cela, me dis-je.

« Rich, laisse tout ça, dis-je en montrant tout le fouillis sur la table. Je veux monter. Avec Thomas. Pendant que la lumière est encore bonne. Je ferai la vaisselle plus tard. » Je m'écarte de la table. Rich descend par l'échelle et reste un moment les mains au-dessus de la tête en se tenant à l'écoutille. Il a l'air perplexe.

Dans mon dos, Adaline entre dans la cabine avant. Elle ferme la porte.

L'avocat pour la défense de Louis H.F. Wagner était l'honorable R.P. Tapley de Saco, dans le Maine. L'attorney était George C. Yeaton. Le juge était l'honorable William G. Barrows. Les membres du jury étaient Isaac Easton de North Berwick ; George A. Twambly de Shapleigh ; Ivory C. Hatch de Wells ; Horace Piper de Newfield ; Levi G. Hanson de Biddeford ; Nahum Tarbox de Biddeford ; Benajah Hall de North Berwick ; Charles Whitney de Biddeford ; William Bean de Limington ; Robert Littlefield de

Kennebunk ; Isaac Libbey de Parsonfield ; et Calvin Stevens de Wells.

Si les membres du jury, les hommes de loi et le juge étaient tous des Blancs de vieille souche américaine, c'est-à-dire anglaise, ni l'accusé, ni les victimes, ni la femme qui survécut au drame, ni même la plupart des témoins, n'étaient citoyens américains.

Dans le cockpit, Thomas vient s'asseoir à côté de moi. Billie s'appuie contre ses jambes. Mes mains se mettent à trembler. J'ai envie de me pencher en avant, d'enfouir ma tête entre mes genoux.

Tous les trois nous regardons le soleil se coucher sur Newcastle et Portsmouth : sa lumière corail éclaire peu à peu Appledore et Star et décroît régulièrement, laissant derrière elle un tableau sans couleur. Du bas, Rich allume les feux de bord.

J'ai envie de dire à Thomas que j'ai fait quelque chose d'abominable, et que je ne sais pas pourquoi, sinon que, à ce moment précis, je n'ai pas supporté qu'Adaline soit si sûre de bien le connaître — peut-être même, d'une certaine manière, mieux que moi.

Sur l'île de Star, les fenêtres sont illuminées, et l'on voit les gens passer dans des flaques de lumière jaune foncé.

« Tu trembles », dit Thomas.

Les « Poèmes de Magdalène » explorent la vie d'une jeune fille de dix-sept ans pendant les quatre dernières secondes de sa vie. La voix est celle d'un jeune homme de dix-sept ans qui était manifestement son amant, et qui était avec elle quand elle est morte. Les poèmes disent la promesse inaccomplie de cet amour, et l'inévitabilité absolue que cette promesse d'amour demeure inaccomplie. Le lecteur est amené à imaginer la jeune fille en femme mûre, mariée à l'homme qu'est devenu le jeune homme, puis en veuve d'un certain âge, et en adolescente volage de seize ans. Vue à travers le regard du jeune homme, la jeune fille, dont le nom est Magdalène, est d'une extraordinaire beauté. Elle a un corps élancé de danseuse, une abondante chevelure aux multiples reflets qui s'enroule en torsades compliquées sur la nuque, et une croix en or au bout d'une chaîne fine sur la peau blanche et délicate de son cou.

Pour l'État du Maine, le 5 mars 1873, à Smutty-nose, la petite maison rouge de plain-pied et d'un demi-étage était habitée par six personnes, et il n'y avait pas d'autres résidents sur l'île cet hiver-là. John et Maren Hontvedt étaient arrivés en 1868. Karen, la sœur de Maren, et Matthew, le frère de John, étaient arrivés, séparément, en 1871. Karen avait été engagée presque immédiatement à l'hôtel Laighton sur l'île d'Appledore, et Matthew avait commencé à travailler sur le *Clara Bella*, le bateau de pêche de John. Evan, le frère de Maren, et sa femme Anethe, étaient arrivés dans l'île en octobre 1872, cinq mois avant les meurtres.

Le 5 mars, à l'aube, Matthew, Evan et John quittèrent Smuttynose et prirent la mer avec le chalutier pour aller retirer leurs filets, qu'ils avaient posés à quelques miles au nord-est. Les Ingerbretson, d'Appledore, les rejoignirent avec leur propre chalutier. Ils avaient prévu de pêcher pendant la matinée, de rentrer déjeuner, puis d'aller à Portsmouth vendre leur prise et acheter l'appât. Mais, juste avant midi, un coup de vent inattendu et brutal les empêcha de revenir aisément à Smuttynose. Comme ils savaient qu'il leur fallait de l'appât, ils crièrent à Emil Ingerbretson d'aborder dans leur île pour dire aux femmes qu'ils ne rentreraient pas avant la nuit. Les trois femmes, Maren, Karen et Anethe, préparèrent un ragoût et firent du pain pour les hommes, sachant qu'ils auraient faim à leur retour.

À Portsmouth, du quai Rollins, Louis Wagner vit le *Clara Bella* entrer dans le port. Vêtu ce jour-là de deux tricots, d'une chemise blanche habillée, d'une salopette et d'un chapeau à large bord, Wagner aida John, Matthew et Evan à amarrer leur bateau. Louis leur apprit que l'appât dont ils avaient besoin, qui venait de Boston par le train, arriverait en retard et ne serait pas là avant minuit ou presque. Sur ce, Louis demanda à John de lui donner de l'argent pour manger, ce qui fit rire John qui lui répondit qu'aucun d'entre eux n'avait d'argent sur lui, car ils avaient prévu de repasser chez eux avant de venir, et que Mme Johnson, chez qui l'appât devait être livré, allait devoir leur faire crédit pour un repas. Après quoi Wagner demanda à John si la pêche avait été bonne, et John lui répondit qu'il avait pu mettre six cents dollars de côté pour un nouveau bateau. Les trois hommes de Smuttynose dirent bonsoir à Louis et le laissèrent sur le quai, après quoi ils allèrent se restaurer.

La pose de l'appât dans les chaluts était une opération visqueuse qui prenait beaucoup de temps. Il y avait des centaines d'hameçons à amorcer avec des petits morceaux de poisson puant — du hareng qui arrivait de Boston par le train dans des barriques, et qui, ce soir-là, parvint en effet à Portsmouth beaucoup plus tard que prévu, empêchant les hommes de rentrer à Smuttynose. Il fallait démêler tous les hameçons les uns des autres et les enrouler dans un baquet pour pouvoir les lancer tous à la fois par-dessus bord le lendemain, quand le bateau aurait atteint son lieu de pêche. À trois, les hommes mettaient six heures pour appâter les chaluts. Le travail terminé, il n'était pas rare que l'un d'entre eux au moins fût blessé aux hameçons.

Louis Wagner avait émigré de Prusse aux États-Unis sept ans plus tôt. Il avait vingt-huit ans, et ceux qui le connaissaient le disaient grand, très fort, blond, avec des yeux « bleu acier ». D'autres descriptions lui attribuent un regard doux et débonnaire. Beaucoup de femmes le trouvaient beau. Il avait, à plusieurs reprises, travaillé dans les îles de Shoals, à charger et décharger des marchandises, et avec John Hontvedt sur le *Clara Bella* pendant deux mois, de septembre à novembre 1872. Pendant sept mois cette même année (d'avril à novembre), Wagner avait pris pension chez les Hontvedt, mais la plupart du temps il avait été perclus de rhumatismes. Après avoir quitté les Hontvedt, il s'était embarqué sur l'*Addison Gilbert*, qui coula par la suite, laissant Wagner encore une fois sans travail. Juste avant les meurtres, on le voyait errer dans les pensions, sur les quais, dans le port, dans les tavernes, en quête de travail. A quatre personnes différentes, en quatre occasions différentes, il aurait dit ceci : « Ça ne peut plus durer. D'ici trois mois, il faut que j'aie trouvé de l'argent, quitte à tuer pour m'en procurer. » À Portsmouth, il logeait dans une pension pour hommes dont les propriétaires étaient Matthew Johnson et sa femme. Il devait de l'argent à son logeur.

Selon la partie plaignante, ce soir-là, à sept heures et demie, Louis Wagner vola un doris appartenant à James Burke, et qui avait été laissé en bas de Pickering Street. Le jour même, Burke avait remplacé les tolets de son doris par des tolets neufs et coûteux. Wagner voulait atteindre les îles de Shoals à la rame, voler les six cents dollars dont John avait parlé, et revenir aussitôt. Il lui faudrait ramer quelque vingt-cinq miles, ce qui, même dans les conditions les plus favorables, serait pour quiconque une entreprise des plus ardues. Ce jour-là, la marée était haute à six heures du soir, et basse à minuit. La lune était dans son troisième quartier, et se couchait à une heure du matin. Quand la marée était favorable, il fallait une heure quarante pour aller, à la rame, de Pickering Street à l'embouchure de la Piscataqua (qui se jette dans la mer à Portsmouth), et une heure un quart de là à Smuttynose. Quand les conditions sont bonnes, c'est une affaire d'un peu moins de six heures aller-retour. Si le rameur fatiguait, s'il rencontrait quelque obstacle, ou s'il ne bénéficiait pas de conditions entièrement favorables, l'aller-retour pouvait prendre jusqu'à neuf ou dix heures.

L'attorney Yeaton a reconstitué le plan de Wagner comme suit : Maren serait endormie dans la chambre côté sud-ouest, et Anethe serait à l'étage. Wagner bloquerait la porte de communication entre la chambre de Maren et la cuisine en glissant une latte de casier à homard dans la clenche. Comme l'argent devait être à la cuisine dans un coffre, il pensait qu'il n'aurait aucune difficulté. Wagner croyait à tort que Karen serait encore à Appledore. Il n'apporta donc pas d'arme.

Wagner, qui allait dans le sens du courant, descendit très vite la rivière et dépassa Portsmouth. Quand il atteignit les Shoals, il fit le tour de l'île sans bruit pour voir si, par hasard, le *Clara Bella* n'était pas de retour. Quand il fut certain qu'il n'y avait pas d'hommes sur l'île, il entra à la rame dans la crique de Haley. Il était approximativement onze heures du soir. Il attendit que les lumières fussent éteintes dans toutes les maisons de Star et d'Appledore.

Quand il fit nuit partout, il s'avança en bottes de caoutchouc jusqu'à la porte d'entrée de la petite maison, où une hache était appuyée contre la marche de pierrre. Il pénétra dans la cuisine et bloqua la porte de la chambre.

Ringe, le chien, se mit à aboyer.

Louis se retourna brusquement. Dans l'obscurité, une femme se leva de son lit et cria : « C'est toi, John ? »

Je descends Billie pour la mettre au lit. Elle n'est pas encore très habituée à la haute mer, ni surtout à la façon compliquée de tirer la chasse d'eau. Elle se brosse les dents et met son pyjama. Je l'installe dans sa couchette et m'assieds auprès d'elle. Elle m'a demandé de lui lire quelque chose, alors je prends un livre d'images, une histoire où il est question d'une mère et de sa fille qui ramassent des myrtilles dans le Maine. Attentive et ravie, Billie tient dans ses bras un cocker usé jusqu'à la corde qu'elle a depuis sa naissance.

« À nous deux maintenant », dis-je quand j'ai fini de lire. Quand Billie était toute petite, elle apprenait à parler comme la plupart des enfants, en répétant ce que je lui disais. Il se trouve que, parmi les choses que nous répétions ainsi, nous avons gardé cette petite litanie, que nous disons le soir depuis des années :

« Gentille petite fille.
— Gentille maman.
— Dors bien.

« — Dors bien.

— À demain matin.

— À demain matin.

— Pas de piqûres de punaise.

— Pas de piqûres de punaise.

— Fais de beaux rêves.

— Fais de beaux rêves.

— Je t'aime.

— Je t'aime.

— Bonne nuit.

— Bonne nuit. »

Je pose mes lèvres sur sa joue. Elle lève les bras, lâchant son chien, et elle me serre très fort.

« Je t'aime, maman », dit-elle.

Cette nuit-là, sur le matelas humide qui nous sert de lit, nous sommes couchés face à face, Thomas et moi, avec un petit espace entre nous. Il fait assez clair pour que je puisse distinguer ses traits. Ses cheveux lui descendent sur le front et ses yeux paraissent vides de toute expression — deux simples trous d'ombre. Je suis en chemise de nuit, une chemise de nuit blanche avec passepoil rose. Thomas a gardé sa chemise bleue à petites rayures jaunes, et son caleçon.

Il tend le bras et suit le contour de ma bouche avec son doigt. Il m'effleure l'épaule du dos de la main. Je m'approche un peu de lui. Il passe son bras autour de ma taille.

Maintenant, nous avons notre façon de faire l'amour, un langage à nous : tel geste, puis tel autre, des signaux, dont nous usons depuis longtemps, et qui varient très peu d'une fois à l'autre. Sa main qui glisse le long de ma cuisse, ma main qui descend entre ses jambes, un léger mouvement pour ajuster la position, la paume de ma main sous sa chemise. Cette nuit-là, il se glisse sur moi, de sorte qu'il m'étouffe un peu sous son torse et son bras.

Aussitôt, je me fige.

L'odeur du tissu, imperceptible. Mais il n'y a pas à s'y tromper, un parfum étranger. Ce n'est pas une odeur d'air marin, ni de homard, ni d'enfant en sueur.

Il ne faut pas plus d'une seconde pour que le message passe entre deux êtres qui ont fait l'amour ensemble mille fois, deux mille fois.

Il s'écarte de moi et reste sur le dos, les yeux fixés sur la cloison.

Je suis incapable de parler. Lentement, j'inspire l'air dans mes poumons et je le rejette.

Finalement, je me rends compte que le corps de Thomas est parcouru de petits mouvements convulsifs — un bras, une jambe — et je sais qu'il a sombré dans le sommeil.

Pour faire une photo de paysage la nuit, il faut un trépied et un bon clair de lune. Un peu après minuit, quand tout le monde est endormi à bord, je vais à Smuttynose avec le Zodiac. Je me sers de la pagaie, car je ne veux réveiller ni Thomas ni Rich avec le moteur. Au loin, l'île se découpe dans le clair de lune, qui projette un grand cône de lumière sur la mer. J'aborde à l'endroit où Louis Wagner laissa son doris, et je crois marcher sur les traces des pas qu'il aurait faits jusqu'à la petite maison. Dans l'enceinte de la maison, je me joue la scène des meurtres dans ma tête. Je regarde du côté du port, et j'essaie d'imaginer une vie sur cette île, la nuit, dans le silence, avec le vent incessant. Je prends deux rouleaux de Velvia 220, soixante-douze vues de Smuttynose de nuit.

21 septembre 1899

Ce matin, j'ai réfléchi à la question du récit d'une histoire et de la vérité, et à la confiance extrême que nous accordons au dire de qui veut nous la raconter.

Peu après la mort de notre mère et mon rétablissement de cette fameuse maladie, Karen, comme je l'ai dit, est devenue la maîtresse de la maison, et Evan et moi avons été envoyés au-dehors pour travailler — moi dans une ferme voisine, et Evan en mer. La chose n'avait rien d'extraordinaire, surtout dans notre région, et à cette époque-là.

Notre père, qui avait vieilli et était accablé de chagrin par la perte de sa femme, partait en mer moins souvent et pour de moins longues périodes qu'autrefois. De sorte qu'il n'avait pas d'excédent de poisson à vendre ou à faire sécher. En ce temps-là, tout autour de nous, il y avait des familles indigentes, dont certaines étaient dans une situation bien pire que la nôtre — des familles où le père s'était noyé et où la mère et le fils aîné avaient la responsabilité de nourrir les plus jeunes, des familles aussi dont les moyens d'existence avaient diminué à cause des difficultés économiques de la région, et même du pays tout entier, si bien que beaucoup de gens étaient nécessiteux et sans abri. Chez nous, par contre, je n'ai pas le souvenir d'un garde-manger vraiment vide sauf en de très rares occasions, encore que je me rappelle un hiver, peut-être même deux, où je n'avais qu'une robe et une paire de chaussettes à mettre en attendant le printemps, car on ne pouvait pas acheter de laine à filer pour m'en faire une autre paire.

La décision d'envoyer Evan travailler n'a pas été difficile à prendre pour mon père, je crois, car Evan était un garçon de seize ans grand et robuste, et beaucoup de garçons de son âge dans les environs de Laurvik travaillaient déjà depuis un certain temps. On pensait qu'Evan gagnerait davantage au service d'un patron qu'en allant vendre le hareng et la morue qu'il pourrait pêcher avec mon père. Mais comme il y avait alors très peu de travail dans la baie de Laurvik, il a dû partir à Tonsberg, qui est à vingt kilomètres au nord de Laurvik. Là, on lui a indiqué un certain John Hontvedt, qui cherchait un compagnon, et qui habitait une maison avec six autres pêcheurs, dont l'un était son frère Matthew. À partir de ce jour-là, qui était le 12 octobre 1860, jusqu'au moment où Evan et John se sont associés, Evan a travaillé avec John Hontvedt sur son bateau de pêche, le *Malla Fladen*, et il a vécu chez lui six jours par semaine.

Quant à moi, je suis restée encore une année à l'école, puis j'ai été engagée à la ferme des Johannsen. Le moment a été grave pour mon père, et je crois que la décision d'envoyer sa cadette travailler au-dehors a été déchirante pour lui. Karen ne pouvait plus louer ses services à la pension, car on avait besoin d'elle à la maison, et comme je n'avais que quatorze ans et que mon père trouvait que ce travail ne convenait pas à une fille de mon âge, il s'est enquis d'une place ailleurs, où les conditions seraient peut-être moins rudes. En fait, c'est Karen à qui on a recommandé cette place chez Knud Johannsen, qui était veuf depuis peu lui aussi, et c'est elle qui a poussé mon père à m'envoyer chez lui.

La ferme de Knud Johannsen était à six kilomètres dans l'arrière-pays, si bien que je montais la côte le matin pour aller au travail et, bien sûr, je la redescendais le soir, fort heureusement, car j'étais le plus souvent si fatiguée que j'avais bien besoin de la pesanteur pour me propulser jusque chez moi. Les heures que je passais à la ferme des Johannsen étaient longues et dures, mais généralement pas désagréables. Pendant tout le temps où je suis restée dans cette maison, c'est-à-dire deux ans et huit mois, Evan et moi n'avions plus guère d'occasions de nous voir, et presque jamais en tête à tête, ce qui me faisait beaucoup de peine. Cependant, comme Evan travaillait dur et réussissait bien, la situation de notre famille s'est améliorée peu à peu, de sorte que j'ai pu cesser d'aller chez M. Johannsen et reprendre l'école durant une année et sept mois, pendant lesquels j'ai suivi une classe de préparation aux études supérieures, encore que, hélas, je ne devais jamais continuer jusqu'à l'université. J'ai malgré tout eu la chance, pendant que j'étais à l'école, comme je m'intéressais à mes études de tout mon cœur et de toute mon âme, d'attirer sur moi l'attention du professeur Neils Jessen, le directeur, qui s'est chargé personnellement d'accroître mes compétences dans notre langue, de sorte qu'ensuite j'ai pris plaisir à l'étude de la rhétorique et de la rédaction. Je crois que, même si je manquais de certaines connaissances rudimentaires nécessaires pour cette tâche stimulante qu'on me proposait, je m'en acquittais passablement bien, car le professeur Jessen, passait de longues heures avec moi après la classe, dans l'espoir que je serais la première élève fille de l'école de Laurvik à entrer à l'université de Christiania.

Mais il se trouve que je n'ai pas pu poursuivre mes études à l'université faute de moyens pécuniaires suffisants, bien que mon frère nous envoyât régulièrement une grande partie de ses gages, et j'ai donc sollicité et obtenu un poste d'employée aux forges Fritzoe, où j'ai travaillé pendant deux ans. Et puis, pendant l'hiver 1865, John Hontvedt et son frère Matthew sont venus s'installer à Laurvik, après quoi le cours de ma vie a radicalement changé.

Une maison de Jorgine Road s'était libérée, qui devait se louer à bas prix. Or, depuis plusieurs années, Evan vantait la région à John. Travailleur et ingénieux, John Hontvedt avait bien réussi dans le métier de la pêche, et, à son service, Evan avait gagné assez d'argent pour en mettre une partie de côté. Les deux hommes, ainsi que Matthew Hontvedt, se sont associés et ont acheté un sloop, qui s'appelait l'*Agnes C. Nedland*.

John Hontvedt n'était pas particulièrement grand, comparé à notre père et à Evan, qui mesuraient tous deux plus de six pieds, mais il donnait l'impression d'un homme robuste et de bonne taille. Il avait les cheveux bruns, couleur de cannelle, qu'il portait longs et drus, peignés sur le front, et ses yeux semblaient révéler une certaine bonté d'âme. Des yeux noisette, je crois, ou gris peut-être, je ne me rappelle plus à présent. Son visage n'était pas allongé, comme celui d'Evan, mais plutôt carré, avec un beau menton. J'ai idée qu'il avait dû être maigre dans son enfance mais, à l'âge adulte, le corps aussi bien que le visage s'étaient remplis. Il avait le torse bombé, en forme de caque à poisson. À cette époque-là il était tout en muscles.

Hontvedt avait l'habitude de se tenir les mains accrochées à sa ceinture, et de remonter son pantalon de temps en temps tout en parlant. Quand il était assis, il croisait les jambes aux genoux, comme font certaines femmes, mais il n'avait rien de féminin dans aucun autre de ses gestes. Parfois, quand il était crispé ou anxieux, il se tenait un coude d'une main et il balançait le bras libre d'une façon exagérée, geste étrange qui, m'a-t-il toujours semblé, n'appartenait qu'à lui. Il avait perdu un doigt de la main gauche, tranché par un treuil.

Je crois qu'à l'époque où j'ai rencontré John Hontvedt notre père se faisait du souci pour l'avenir de ses deux filles. C'était sûrement vrai concernant ses responsabilités vis-à-vis de Karen qui, à trente-trois ans, avait perdu sa jeunesse et semblait destinée à rester fille. En ce temps-là comme maintenant, c'était un déshonneur pour un père, que de ne pas réussir à marier ses filles, et je frémis en pensant à toutes les jeunes femmes qui ont été données en mariage à des hommes qui ne leur convenaient pas du tout, et ont ainsi été condamnées à une vie fort malheureuse, simplement pour ménager le prestige de leur père.

Pourtant, je n'accuserai pas notre père de désirs aussi bas, car, en vérité, je ne crois pas qu'il en ait été ainsi, mais, voyant que son aînée était devenue vieille fille, il désirait sans doute me savoir bien mariée. De plus, je dois le reconnaître, il y avait longtemps que mon père n'avait pas eu l'occasion de côtoyer un homme qui fût aussi bon pêcheur et aussi prospère que John. Et il avait certes de bonnes raisons d'être reconnaissant envers John Hontvedt, car c'était lui qui avait engagé notre Evan et qui avait ainsi peu à peu changé le sort de notre famille.

Un soir qu'il avait pris le repas à notre table, John Hontvedt a proposé que nous allions faire un tour ensemble, lui et moi.

Je n'avais pas vraiment envie d'aller me promener, et certainement pas avec John Hontvedt, mais je ne voyais pas comment refuser une telle proposition, d'autant plus qu'elle avait été faite en présence de mon père. C'était au début d'octobre, la soirée était douce, avec des ombres longues qui donnaient au paysage une netteté accrue. Nous sommes partis vers la route de la côte, dans la direction du village, John les mains dans les poches de son pantalon, et moi les mains croisées à la taille, comme il convenait alors à une jeune femme. John se chargea de la conversation, parlant, je me rappelle, avec beaucoup d'aisance et de volubilité, mais je n'ai aucun souvenir de ce qu'il a pu dire. Je dois avouer qu'il en a souvent été ainsi entre nous, car, pendant qu'il parlait, je laissais fréquemment libre cours à mes pensées, et, assez curieusement, il semblait rarement remarquer mes absences. Ce soir-là, quand, au bout d'un certain temps, j'ai commencé à faire attention à ce qu'il disait, je me suis aperçue que nous nous étions passablement éloignés de la maison. Nous nous trouvions sur un promontoire qui domine le fjord de Laurvik. Le sol était couvert d'ajoncs qui s'étaient embrasés au soleil couchant et, au-dessous de nous, la mer avait atteint ce bleu saphir intense qu'elle ne prend que tard le soir. Nous admirions la vue, et peut-être John me parlait-il quand je me suis rendu compte qu'il s'était rapproché de moi, beaucoup trop pour mon goût. Je ne m'étais pas plus tôt fait cette réflexion qu'il a posé une main doucement sur ma taille. On ne pouvait se méprendre sur ce geste. Je ne crois pas me tromper en disant que c'était un geste d'appropriation, et je n'ai eu aucun doute sur l'intention. J'ai dû m'écarter légèrement, mais John, obstiné dans son entreprise, a suivi mon mouvement, de sorte qu'il n'a pas eu besoin de retirer sa main. Ses doigts se sont même aventurés plus avant, tant et si bien qu'il a réussi à faire le tour de ma taille. J'ai pensé que, si je ne disais rien, il allait sans doute prendre ma passivité pour une invite à d'autres privautés, ce que je ne voulais pas, alors à ce moment-là je me suis écartée de lui brusquement.

« Maren, a-t-il dit, il faut que je vous parle de certaines choses.

— Je suis très fatiguée, John. Je crois que nous devrions rentrer à la maison.

— Vous savez, a-t-il poursuivi, que j'envisage vaguement d'émigrer en Amérique. J'ai été très impressionné par ce qu'on rapporte des principes et des usages américains, et en particulier de cette idée qu'il n'y a pas de distinction sociale. Qu'on n'y paie qu'un faible impôt sur la terre qui vous appartient, et qu'on n'y remplit pas les poches des oisifs qui ne fournissent aucun travail.

— Mais, ai-je demandé, vous seriez prêt à abandonner tout ce qui vous est familier pour aller dans un pays où, sans argent, vous serez condamné à rester à l'endroit où vous arriverez sur la côte ? On m'a raconté qu'il fallait de grosses sommes d'argent pour se rendre à l'intérieur des terres, et là, même le terrain se revend déjà, de sorte que les premiers propriétaires récoltent des bénéfices énormes, tandis que les immigrants de fraîche date ne peuvent plus obtenir de terres à bas prix. On m'a dit aussi que le prix des denrées ordinaires est très élevé. Un baril de sel coûte presque cinquante orts ! Et le café vaut quarante skillings la livre !

— Mon intention étant de rester sur la côte, m'a-t-il répondu, peu m'importerait de ne pas avoir assez d'argent pour me rendre à l'intérieur des terres. Mais je comprends votre point de vue, Maren. Il faut avoir de quoi commencer une nouvelle vie, de quoi se procurer une maison et des provisions, de quoi payer son transport et ainsi de suite.

— Vraiment, vous voudriez vous installer là-bas, sur la côte d'Amérique ? ai-je demandé.

— Peut-être bien, si je trouvais à me marier », m'a répondu John.

En disant cela, il m'a regardée, et mes yeux se sont tournés vers lui, avant même que je n'aie compris ce qui était sous-entendu dans ces paroles. C'était la première fois que cette idée de mariage m'apparaissait clairement, et j'avoue que cela m'a d'abord donné un coup.

« Je vous demande pardon, Maren, m'a-t-il dit. Je crois que je vous chagrine, et ce n'était pas du tout mon intention. En vérité, je voulais tout le contraire. De toute ma vie sur terre, je n'ai jamais vu une femme plus charmante que vous, Maren.

— Ah, vraiment, John, je me sens mal.

— Que je parte en Amérique ou que je reste en Norvège, je suis maintenant en âge de songer à prendre femme, et j'ai heureusement les moyens suffisants. Je crois être digne de demander... »

Je n'ai jamais apprécié les femmes qui font toutes sortes de drames, ou qui se montrent de constitution si délicate qu'elles ne peuvent supporter la force des images que les mots évoquent parfois, mais je dois reconnaître qu'à cet instant, sur ce promontoire, j'essayais si désespérément de persuader mon compagnon de cesser ses propos et de me raccompagner à la maison que j'ai été tentée de feindre un évanouissement et de m'effondrer dans les ajoncs à ses pieds. Pourtant, j'ai résolu de lui parler fermement. « Je veux absolument rentrer, John, sinon je vais avoir un malaise », lui ai-je dit, et, de cette façon, j'ai pu, pour un temps, écarter ce que je savais être une demande inévitable.

Ce n'est que le lendemain que mon père a lui-même abordé le sujet. Evan était parti se coucher, et Karen était derrière aux cabinets, ainsi étions-nous seuls, mon père et moi. Il souhaitait, m'a-t-il dit, me voir bien établie, avec un mari et des enfants. Il ne voulait pas que je sois dépendante de lui, car il pensait qu'il ne lui restait plus beaucoup d'années à vivre. À ces paroles je me suis récriée, non seulement parce que je ne voulais pas penser à la mort de mon père, mais aussi parce que j'étais furieuse d'avoir, par deux fois dans la même semaine, à repousser cette perspective d'épouser John Hontvedt. Écartant mes protestations d'un geste de la main, mon père s'est mis à parler de John, de son caractère, de sa situation financière florissante, et enfin — ce qui, à mon avis, aurait dû venir en premier — de l'affection qu'il semblait me porter et qui, m'a-t-il dit, avec le temps, deviendrait sans doute un amour profond et durable. J'étais très contrariée d'avoir à me pencher sur ces choses-là, mais je m'empresse de dire qu'en ce temps-là, en Norvège, il n'était guère de mise pour une fille jeune de critiquer son père, et c'est ainsi que j'ai dû l'écouter longuement sur le sujet de mon mariage éventuel. Je lui ai dit respectueusement que je lui étais reconnaissante de se soucier de mon sort, mais qu'il était encore trop tôt pour que je franchisse un pas aussi important et aussi grave dans ma vie, et que je ne le ferais qu'avec la plus grande prudence et beaucoup de réflexion.

Je croyais l'affaire terminée, ou du moins en suspens, quand, sur un geste impulsif de ma part, et que je devais profondément regretter par la suite, j'ai moi-même soulevé à nouveau la question, et l'ai finalement résolue.

C'était environ quatre semaines plus tard, à la mi-novembre, et il faisait un froid de loup, mais en fin d'après-midi, au-dessus de la baie, il se produisait un phénomène étrange et merveilleux. L'eau étant beaucoup plus chaude que l'air, de grandes volutes de brume s'élevaient au-dessus de la mer, comme la vapeur qui monte d'une baignoire. À cause de la lumière et de l'angle du soleil à cette époque de l'année, cette brume se colorait d'une teinte saumon d'une beauté stupéfiante. C'est ainsi que ce dimanche-là, sans l'activité habituelle du port où l'on voit les bateaux de pêche entrer et sortir, la baie avait quelque chose de complètement magique et, je crois, d'unique au monde. C'est un phénomène naturel qu'Evan et moi avions parfois observé au cours de nos promenades le long de la côte quand nous étions enfants, et qui n'avait jamais manqué de nous retenir sur place pour vénérer avec ravissement un prodige de la nature aussi simple et pourtant aussi superbe. Cet après-midi-là, j'ai demandé à Evan s'il voulait bien venir avec moi sur les falaises, afin de mieux voir la baie. Je me disais que ce serait une bonne occasion de nous parler en dehors de la présence des autres, ce que nous pouvions rarement faire. Evan a commencé par hésiter, étant particulièrement épuisé après une semaine très dure, je crois (le grand froid rend toujours le travail du pêcheur plus difficile), mais mon insistance l'a sans doute finalement fait céder à mon invitation.

Nous avons fait un bon bout de chemin sans parler. Mon frère paraissait assez préoccupé, et je ne savais pas comment engager la conversation. Comme nous marchions côte à côte, je ne pouvais pas m'empêcher de l'observer de près. On voyait que déjà, bien qu'il n'eût que vingt-deux ans, le soleil et la mer avaient commencé leurs ravages : il avait de petites rides autour des yeux et de la bouche, et sur le front. Ses sourcils semblaient se rejoindre de façon permanente, à force sans doute de les froncer constamment au-dessus de l'eau. Il avait la peau tannée, avec cette texture particulière aux hommes de la mer qu'on ne saurait mieux comparer à du papier très fin. Sur ses mains, les ampoules et les brûlures dues aux cordages s'étaient depuis longtemps transformées en cals, mais je voyais sur ses doigts les cicatrices de nombreuses blessures d'hameçons. De plus, j'ai remarqué que, pendant son absence, Evan avait atteint sa taille d'adulte, et je dois dire qu'il me dominait de façon imposante. J'ai peut-être déjà mentionné qu'il n'était pas très large de carrure, contrairement à John ; il était plutôt nerveux de constitution, tout en donnant une impression de grande force. Ce qui, je crois, était aussi dû en partie à son caractère, qui était extrêmement réservé et peu enclin aux fantaisies.

Au bout d'un moment, nous avons échangé quelques propos légers, sans parler de rien qui puisse être pénible, au début du moins. Ce jour-là, j'avais mis ma grosse cape de lainage et j'avais la tête enveloppée dans une longue écharpe d'un joli bleu pâle, en laine, que j'avais fait venir de Christiania.

« Te rappelles-tu, lui ai-je demandé une fois arrivés sur les falaises, tandis que nous admirions la baie, d'où montait une sorte de mur vaporeux corail, rouge tendre et rose, te rappelles-tu toutes les promenades que nous faisions le long de cette côte ? »

Il a semblé surpris un instant, puis il m'a dit : « Oui, Maren, je me rappelle.

— Et le jour où tu as grimpé dans l'arbre et où j'ai ôté mes vêtements pour aller te rejoindre ?

— Cela paraît si loin !

— Et quand tu m'as sortie de la crique de Hakon ?

— Tu t'en serais sortie toute seule.

— Non, je me serais noyée. J'en suis sûre.

— C'était un endroit fort dangereux, a-t-il dit. Maintenant, si je voyais des enfants y jouer, je les en chasserais.

— Nous ne pensions jamais au danger.

— Certes non.

— C'était vraiment le bon temps. »

Evan a gardé le silence un moment. J'ai cru que, comme moi, il se contentait d'évoquer les doux souvenirs de notre enfance, quand il a soudain poussé un grand soupir et s'est détourné de moi.

« Evan, qu'y a-t-il ? », ai-je demandé.

Il ne m'a pas répondu. J'allais répéter ma question, mais je suis restée muette à la vue des larmes qui lui étaient montées aux yeux. Il a secoué la tête violemment, ses cheveux s'agitant en tous sens. En fait, il secouait la tête brutalement, comme un homme qui veut se débarrasser, littéralement, des idées qui se sont logées dans sa tête. J'ai été si épouvantée et consternée par cette soudaine manifestation d'émotion et de haine de soi que j'ai poussé, je le crains, des cris désespérés, et me suis jetée à genoux, car je n'ai jamais pu supporter de voir le visage de mon frère marqué par la douleur ou le chagrin — et il est vrai que ces marques faisaient resurgir en moi le souvenir de la nuit où notre mère a péri, de cette nuit où Evan, et moi aussi par conséquent, avions quasiment perdu la tête.

J'ai repris conscience de la présence de mon frère quand il m'a tirée par la manche pour essayer de me faire relever.

« Cesse de faire tout un drame, Maren, m'a-t-il dit d'un ton cassant. Tu vas finir par mourir de froid. » Et il a brossé ma cape pour en ôter les graviers.

Et puis, sans autre échange de paroles entre nous, Evan est parti sur le sentier vers le sud, en direction de la maison. Il était manifeste, d'après sa façon de marcher, qu'il n'avait aucune envie que je le suive.

Je n'avais jamais été abandonnée par lui d'une manière aussi horrible, et j'ai eu beau me ressaisir bien vite, me disant qu'il avait fallu que mon frère fût dans un moment d'égarement pour pleurer ainsi devant moi, et me désolant sincèrement de sa nature inquiète, je me suis sentie toute démunie là, sur la falaise, et j'étais aussi, je dois dire, assez furieuse.

J'ai repris ma route d'un pas furibond et, à un endroit décisif, j'ai pris une direction que je n'ai cessé de regretter depuis. En arrivant sur Jorgine Road, j'ai pris vers l'est, du côté qui menait à la petite maison de John Hontvedt.

J'avais les jambes et les bras tremblants en montant les marches de la véranda, à cause de toutes ces choses troublantes qui s'étaient passées sur la falaise, ou tout simplement à cause de l'incongruité de ma visite, je ne sais pas, mais, comme on peut l'imaginer,

John Hontvedt a été excessivement surpris de me voir. Le premier choc passé, cependant, il n'a pas pu dissimuler son plaisir.

J'ai accepté qu'il me fasse une tasse de thé, qu'il m'a servie dans la pièce du devant, avec des biscuits qu'il avait achetés en ville. Il n'avait pas fini de s'habiller, il n'avait pas encore mis son col et, dans sa hâte à faire le thé, il n'avait pas pris le temps d'en mettre un. Peut-être est-ce simplement cette absence de col et la vue de ses bretelles qui m'ont donné le sentiment de l'inconvenance de ma visite. Il est vrai que je n'aurais guère pu expliquer ma présence dans cette maison si quelqu'un nous avait surpris là. Que faisais-je donc sans chaperon chez un célibataire un dimanche après-midi ? C'est sans doute pour tenter de répondre à cette question, y compris pour moi-même, que je me suis décidée à parler à John.

« Vous souvenez-vous qu'au cours de notre promenade, il y a quelques semaines, vous avez abordé un certain sujet ? », lui ai-je demandé.

Il a posé sa tasse de thé. « Oui. » J'avais dû le surprendre en train de se rafraîchir la barbe, car elle avait une forme étrange.

« Et je vous ai empêché de continuer à m'entretenir de cette affaire.

— Oui.

— J'ai réfléchi à ce que vous m'avez dit, et il me semble que ce sont des choses dont nous pourrions continuer à débattre un peu plus tard. C'est-à-dire que nous pourrions les examiner plus avant.

— Ah, Maren...

— Ceci ne veut pas dire que je trouve l'idée acceptable tout de suite. Je dis simplement que j'accepte d'en discuter.

— Vous ne pouvez pas imaginer...

— Vous comprendrez, bien sûr, qu'il est vraiment trop tôt pour que je songe à quitter la maison de mon père... »

À ma grande horreur, John Hontvedt a quitté son siège pour se jeter à mes pieds. Je lui ai fait signe de se relever, mais il en a profité pour me saisir les deux mains.

« Maren, je ne vous décevrai pas ! s'est-il écrié. Je ferai de vous la femme la plus heureuse de Norvège.

— Non, John, vous vous êtes mépris... »

Il s'est avancé pour me prendre dans ses bras. Il ne devait pas mesurer sa force ni son ardeur, car, en m'étreignant, il a failli m'étouffer. L'instant d'après, il me couvrait le visage et les mains de baisers, et son buste tout entier reposait sur mes genoux. J'ai essayé de me lever, mais j'étais prisonnière de son étreinte. Alors j'ai eu peur, peur d'être écrasée par quelqu'un de plus fort que moi, et j'ai commencé à me sentir très mal d'avoir pris à tort une décision qui risquait d'empoisonner mon âme tout entière.

« John, me suis-je écriée. Arrêtez, je vous en prie ! »

Il s'est levé et il a dit qu'il allait me raccompagner à la maison. J'ai refusé, car je ne voulais pas que Karen ou mon père voient Hontvedt dans un tel état d'excitation, et je ne voulais pas non plus que cette excitation puisse mener à une conversation entre John et mon père.

« Je vous rendrai très heureuse, Maren, m'a-t-il répété.

— Merci », ai-je répondu, tout en doutant sincèrement que cela fût possible.

Et c'est ainsi que John Hontvedt et moi nous sommes fiancés.

Nous nous sommes mariés le 22 décembre 1867, juste après le solstice d'hiver. Je portais la robe de soie marron dont j'ai parlé dans ces pages, et un chapeau à frange avec des brides tressées qui s'attachaient derrière les oreilles et sous le menton. Le professeur Jessen, avec qui j'étais restée amie, nous a prêté sa maison de Laurvik pour une petite réception après la cérémonie à l'église de la ville. J'avoue que je n'étais pas aussi joyeuse que j'aurais pu l'être en cette occasion, car je redoutais quelque peu les lourdes responsabilités qui m'attendaient en tant qu'épouse de John Hontvedt, et aussi parce que mon frère, Evan, n'assistait pas au mariage, étant cloué à la maison par une infection des bronches, à notre grand chagrin, à John et à moi.

Après la réception, pendant laquelle John a bu une grande quantité d'aquavit que le professeur Jessen avait eu la gentillesse de nous fournir, j'ai été obligée de quitter la compagnie, comme il était de mon devoir, et de m'en aller avec John, chez lui, où nous devions passer notre première nuit ensemble. Je dois dire que nos débuts en tant que mari et femme n'ont pas été un grand succès, en partie à cause de l'état d'ébriété où se trouvait John, mais dont j'ai eu de bonnes raisons, en l'occurrence, de me féliciter, et aussi à cause d'une certaine confusion, quand John s'est écrié — fort heureusement j'ai été la seule à l'entendre — que je l'avais abusé. Comme je ne m'étais pas penchée sur les détails pratiques de l'affaire, et que je n'avais pas été initiée à cet aspect du mariage, n'ayant pour m'instruire que ma sœur Karen, qui, bien sûr, n'avait elle-même aucune expérience en la matière, j'ai été alarmée par les cris de John, mais heureusement, comme je l'ai mentionné, la boisson l'avait assommé et, alors que je m'attendais qu'il aborde le sujet le lendemain matin, il n'en a plus été question, et je me demande encore si John Hontvedt a jamais gardé le moindre souvenir de notre nuit de noces, l'aquavit lui ayant, pour ainsi dire, effacé la mémoire.

L'odieuse lettre de Torwad Holde nous est parvenue peu de temps après notre mariage. Pendant tout ce long hiver, sous un ciel sombre, jeune mariée, je me suis affairée à tous les préparatifs pour la traversée de l'Atlantique. John voulait partir au début du printemps, car ainsi nous aurions plusieurs mois de temps doux devant nous pour nous installer dans une colonie de pêcheurs, trouver à nous loger, et faire des provisions pour l'hiver suivant.

Quoique n'ayant moi-même aucune envie de partir, je savais qu'il était capital d'emporter des vivres, car j'avais lu de nombreuses lettres d'Amérique qui témoignaient de la nécessité d'apporter son propre ravitaillement pour la traversée, et en quantité suffisante. Parfois, Karen m'aidait dans mes préparatifs, mais peu souvent, car je ne vivais plus chez mon père. Pendant tout ce long hiver, sous un ciel sombre, jeune mariée, j'ai fait des vêtements pour John et pour moi-même, en laine, et en cotonnade de couleur, quand j'en trouvais. John a fabriqué des barils et des coffres que j'ai remplis de poisson salé, de harengs, de caillé, de bière, de biscottes de seigle, de fromage, de pois cassés, de céréales, de pommes de terre et de sucre. Dans d'autres malles, j'ai mis des chandelles, du savon, une poêle, un grilloir à café, des bouilloires, un fer à repasser, un entonnoir en fer-blanc, des allumettes, du linge de maison et ainsi de suite. À vrai dire, je crois que je me suis tellement activée à tous ces préparatifs que j'ai réussi à chasser de mon esprit, jusqu'à ces derniers instants sur le port avec Evan, l'idée presque impensable du départ lui-même, qui signifiait que je quittais la Norvège à jamais. À cette fin, je n'avais fait mes adieux à personne, ni à ma famille ni à mes quelques amis, pensant que cela risquait d'affaiblir encore mon peu de détermination à m'acquitter de mon devoir, qui était d'accompagner mon époux dans ce voyage.

Notre bateau, qui était gréé en cotre, comprenait quarante couchettes en dessous du pont, chacune étant prévue pour le couchage et les bagages de deux personnes. De sorte que, pendant trente-neuf jours, John et moi avons partagé une paillasse étroite avec la plupart de nos provisions auprès de nous et, comme je n'osais pas retirer mes vêtements en présence de tant de gens, et aussi à cause du roulis et du tangage effroyables du bateau, je n'ai quasiment pas dormi pendant ces nuits interminables. Couchée dans la cale, dans le noir, j'écoutais les autres prier, pleurer ou gémir de leurs maux, sachant que la délivrance ne viendrait que lorsque nous aborderions en Amérique du Nord, à moins que le bateau ne coulât avant, et il y avait des nuits si misérables que, Dieu me pardonne, il m'arrivait d'appeler cette issue de mes vœux.

Nous n'étions pas mal traités par l'équipage,

comme j'ai appris que c'était le cas pendant certaines traversées, en particulier à bord de vaisseaux anglais, mais l'eau était strictement rationnée, et c'était une épreuve pour la plupart d'entre nous de devoir nous contenter d'un litre par jour, encore que John et moi avions notre bière à boire quand la soif devenait presque intolérable. J'ai eu le mal de mer à partir du deuxième jour, et je dois dire que, parmi les maux dont on se remet ensuite, il n'est pas de plus grand supplice que le mal de mer, qui vous atteint jusqu'à l'âme. J'étais si mal en point que j'étais incapable de rien manger, ce qui aurait pu me rendre gravement malade. Cependant, malgré toutes ces misères, je dois me compter parmi les heureux épargnés par le typhus et le choléra — c'est miracle que nous n'ayons pas tous été touchés par cette effroyable épidémie. Au cours de la quatrième semaine de traversée, la pire pour ce qui est des maladies à bord, il y a eu de nombreuses funérailles en mer, les plus éprouvantes étant celles d'un petit garçon qui avait contracté la fièvre qu'on appelle le typhus, et qui avait tant maigri au moment de sa mort (alors qu'il était en bonne forme au moment de l'embarquement) qu'il a fallu mettre du sable dans son cercueil afin que le corps du pauvre enfant coule au fond de la mer au lieu de flotter à la surface de l'eau derrière le bateau, ce qui, en vérité, eût été un supplice intolérable pour la mère, qui déjà était au désespoir. C'est, je crois, le moment de la traversée où nous avons été le plus abattus, et il n'est pas une personne à bord ayant encore tous ses esprits qui n'ait été fortement affectée par cette tragédie.

Le deuxième jour, quand nous avons commencé à trouver la grosse mer qui m'a rendue si malade, j'ai eu mon dernier aperçu de la Norvège : des montagnes aux sommets enneigés flottant dans une brume bleutée qui masquait les vallées. C'était une vision sublime, complètement irréelle, qui allait souvent m'apparaître dans mes rêves, en Amérique.

On me dit que, pendant le voyage, les passagers qui n'étaient pas malades s'occupaient à tricoter et à coudre, et que certains jouaient de la flûte et du violon, et je pense que John, qui a gardé sa santé robuste tout au long, s'est peut-être joint à ceux qui parfois se mettaient spontanément à faire de la musique et à chanter pour chasser l'ennui. Pendant la traversée, nous avons perdu quatorze personnes de maladie, et une femme de Stavern a donné naissance à des jumeaux. J'ai toujours trouvé que cette proportion de décès par rapport aux naissances était grotesque et inacceptable et, si j'avais été plus attentive à ce que l'on racontait des maladies mortelles à bord de ces bateaux, j'aurais peut-être réussi à persuader John Hontvedt de ne pas partir du tout. Mais ces spéculations sont vaines puisque nous avons fait cette traversée, avons abordé au Québec, où nous sommes restés en quarantaine deux jours, et sommes ensuite descendus plus au sud jusqu'à Portland dans l'État du Maine, et de là à Portsmouth dans l'État du New Hampshire, où nous étions attendus par Torwad Holde, qui nous a emmenés dans sa goélette à l'île de Smutty Nose, où je devais résider pendant cinq ans.

Ayant entrepris d'écrire ce document, je m'aperçois que, malheureusement, il me faut revenir sur des moments du passé dont l'évocation est aussi déprimante que celle du voyage transatlantique. Et comme je suis en mauvaise santé au moment où j'écris ceci, la tâche que je m'impose est doublement difficile. Mais ce n'est, je crois, qu'au prix d'une grande persévérance que l'on peut arriver à découvrir soi-même, et donc à expliquer à autrui l'histoire complète et véritable.

On m'avait avertie que nous allions vivre sur une île, mais je doute que quiconque ait pu me préparer à affronter la nature de cette île-là, et de l'archipel tout entier, qui s'appelle les îles de Shoals, et se trouve à dix-huit kilomètres à l'est de la côte américaine, au nord de Gloucester. Comme il y avait de la brume le jour où nous avons quitté Portsmouth pour nous rendre dans les îles, nous n'avons découvert les Shoals qu'à l'arrivée ou presque, et alors j'ai manqué m'évanouir, ne pouvant en croire mes yeux. Jamais je n'avais vu un lieu aussi triste et aussi désolé ! Masses rocheuses ayant tout juste réussi à s'élever au-dessus du niveau de la mer, les îles me sont alors apparues — et j'ai gardé cette impression depuis ce jour — comme un endroit inhabitable pour un être humain quel qu'il soit. Il n'y avait pas un arbre et l'on ne voyait que quelques habitations de bois, vides, et des plus austères. Smutty Nose, en particulier, semblait si dénudée, si stérile, que je me suis tournée vers John pour l'implorer : « Ce n'est pas ici ! Ce n'est pas possible ! »

John, qui, au même moment, s'efforçait de surmonter le choc considérable de sa propre déception, n'a pas pu me répondre. Et pourtant Torwad Holde, l'auteur — le lecteur s'en souviendra peut-être — de cette lettre infâme qui nous avait conduits en Amérique (et à qui je ne témoignais sans doute guère de cordialité), s'est écrié avec enthousiasme : « Mais oui, madame Hontvedt, nous voici aux îles de Shoals. N'est-ce pas merveilleux ? »

Après que nous avons jeté l'ancre dans le petit port et qu'on m'a fait descendre, toute tremblante, sur l'île de Smutty Nose, j'ai eu un grand serrement de cœur, et la peur a commencé à me saisir. Comment pourrais-je vivre sur ce récif inhospitalier au milieu de l'Atlantique, sans rien autour de moi que la mer, sans même, ce jour-là, apercevoir la côte la plus proche ? Comment accepter de passer le reste de mes jours en ce lieu, où bientôt je serais livrée à moi-même, avec pour toute compagnie humaine celle de John Hontvedt ? Je me suis cramponnée à mon mari, ce qui n'était guère dans mes habitudes, en le suppliant, en présence de Torwad Holde, j'ai honte de le dire, de nous remmener sur-le-champ à Portsmouth, où nous pourrions au moins trouver une maison sise sur un sol cultivable, et où nous aurions autour de nous des fleurs et des arbres fruitiers comme nous en avions à Laurvik. Gêné pour moi, et se libérant de mon étreinte, John est allé aider Torwad Holde à transporter nos provisions dans la petite maison qui, sur cette île, avait l'air désespéré d'un enfant qui a été abandonné ou que l'on n'a jamais aimé. Bien que ce fût le printemps, aucune des autres bâtisses de l'île n'était habitée, et il n'y avait pas une fleur dans les fissures des rochers. En me penchant pour tâter le sol, j'ai vu qu'il y avait à peine trois pouces de terre. Que pourrait-on donc récolter dans un pareil désert ? Autour de moi, je n'entendais d'autres bruits humains que les grognements et les soupirs de John et de Torwad Holde qui allaient et venaient avec leur chargement. Mais j'entendais aussi le gémissement constant et irritant du vent, car c'était une froide journée du début de mai, nullement printanière. Je me suis mise à marcher lentement vers l'est, dans une sorte de transe, avec l'impression, sans avoir commis aucun crime, d'être condamnée à l'exil à vie dans la plus sinistre des colonies pénitentiaires. J'ai regardé la ligne d'horizon, m'imaginant que ma Norvège bien-aimée se trouvait dans ma ligne de vision. J'avais le sentiment que nous avions parcouru la moitié du globe ! Et pourquoi ?

Au bout d'un moment, quand enfin j'en ai été capable, j'ai pénétré dans la bâtisse de bois qui allait être ma maison pendant cinq ans. Les murs étaient recouverts de bardeaux, et le tout était d'un dépouillement auquel je n'étais pas accoutumée. Je suppose qu'à l'origine elle avait été construite pour au moins deux familles, car il y avait deux logements séparés, chacun avec sa porte d'entrée du côté nord-ouest. La maison avait été peinte en un rouge terne, et il n'y avait pas de volets aux fenêtres. Il y avait une seule cheminée, dans laquelle on pouvait installer un poêle. Chaque logement comprenait trois petites pièces en bas, et une petite pièce en haut d'un escalier pas très haut. Le poêle était dans la plus grande des pièces du premier logement, et dès lors cette pièce nous a servi de cuisine et de salle de séjour, ainsi que de chambre à coucher en hiver. Mais comme nous étions le 9 mai, John a mis notre lit dans l'angle sud-ouest de ce logement. J'imagine que les locataires précédents, une famille de pêcheurs comme nous sans doute, étaient des gens de bien piètres moyens, car les murs étaient tapissés de vieux journaux jaunis et même déchirés en certains endroits. Il n'y avait pas de rideaux aux fenêtres, et il n'y avait aucune trace de peinture ni d'un effort quelconque pour égayer cette demeure. Tout l'intérieur était nu et lugubre, si j'ose dire, car la cuisine n'avait qu'une petite fenêtre à une extrémité. En plus, tout sentait le moisi, la maison n'ayant pas dû être occupée depuis un certain temps. John a apporté une chaise à l'intérieur, et je m'y suis assise. Il m'a touché l'épaule, mais sans rien dire, et puis il est ressorti.

Je suis restée assise là, dans une attitude de prière, les mains croisées sur les genoux, mais sans pouvoir prier, car j'ai cru alors que Dieu m'avait abandonnée. Je savais que je ne pourrais pas quitter l'île, que notre arrivée en ce lieu était aussi irrévocable que mon mariage avec Hontvedt, et je me souviens que j'ai dû me mordre la joue pour ne pas fondre en larmes, des larmes qui, si je ne les avais retenues aussitôt, n'auraient plus jamais cessé de couler.

Mais peut-être, après tout, Dieu ne m'a-t-il pas abandonnée ce jour-là : tandis que je demeurais paralysée par le plus veule des péchés, le désespoir, c'est sans doute la main de Dieu qui m'a fait comprendre que je devais faire en sorte de survivre à cette épreuve afin qu'un jour mon frère et moi soyons à nouveau réunis. Je me suis levée, je suis allée à la fenêtre et j'ai regardé au loin par-delà les rochers. Je me suis juré de rester aussi calme et aussi muette que possible afin de maîtriser les émotions violentes qui risquaient de me consumer, un peu comme un homme qui se noie, agrippé à son radeau de sauvetage, sait qu'il ne peut pas se permettre de gémir ni d'appeler ni de se frapper la poitrine, et que c'est seulement à force de retenue, d'attention et de patience qu'il pourra résister à cette épreuve. Il n'eût pas été bon non plus que je me lamente constamment auprès de mon époux de tout ce que j'avais perdu, car John se serait vite lassé de mes plaintes, et de plus il en aurait été personnellement chagriné, ce qui ne l'aurait pas aidé à embrasser la vie qu'il avait choisie. J'ai tourné le dos à la fenêtre et j'ai observé à nouveau l'intérieur de la maison. J'allais établir là mon foyer, me suis-je dit. J'allais cesser de regarder vers l'est.

En Afrique, où j'étais partie en reportage, j'ai rencontré des Masai qui croyaient que, si je les photographiais et m'en allais avec la photo, je leur volais leur âme. Est-ce vrai aussi d'un lieu ? Je me suis parfois posé la question. Et, à présent, en regardant mes photos de Smuttynose, je me demande si j'ai saisi l'âme de l'île. Car je suis persuadée que Smuttynose a une âme, distincte de celle d'Appledore ou de Londoners, et de tout autre lieu de la terre. Cette âme, bien sûr, est faite de toutes les histoires qui se rattachent à ce site géographique particulier, et aussi de la somme des moments passés là par ceux qui y ont vécu ou séjourné. L'âme de la petite île se trouve aussi dans ses rochers et ses touffes de vesce, dans l'aigremoine et la scrofulaire, et la quintefeuille apportée de Norvège. Et puis encore dans les pétrels qui planent dans les airs et les raies qui viennent s'échouer, blanches, gluantes et boursouflées, sur sa petite plage noire.

En 1846, Thomas Laighton construisit un hôtel à Smuttynose, le Mid-Ocean House. C'était une construction légère, en bois, couverte de bardeaux, guère plus grande qu'une habitation ordinaire. Elle était montée sur pilotis et entourée d'une véranda sur trois côtés. Une enseigne peinte à la main était accrochée à une fenêtre du second étage, au-dessus du toit métallique de la véranda. Avec des lettres imparfaitement formées, l'enseigne disait simplement : *Mid-Ocean House.*

D'après les photos, il semble que les abords de l'hôtel n'aient guère été aménagés : le sable, le rocher et la salicorne voisinent avec les pilotis sous la véranda. Mais l'histoire nous apprend que, du temps de sa splendeur, l'hôtel était fier de son jardin, de ses quelques arbres fruitiers et de son terrain de boules gazonné. Nathaniel Hawthorne, Henry David Thoreau, Edward Everett Hale et Richard Henry Dana résidèrent au Mid-Ocean. Sur une des photos d'archives, on voit trois personnages non identifiés qui se reposent sur la véranda. L'homme est en costume et porte un chapeau de paille blanc. Une des deux femmes a une robe à col haut et à manches longues, et une capeline de soie noire — tenue victorienne qui semblerait mieux convenir pour un enterrement que pour des vacances à Smuttynose. L'autre femme, qui paraît assez forte, et dont les cheveux sont roulés sur la nuque, est en jupe noire et corsage blanc, et porte un tablier. On imagine que ce devait être la cuisinière. Le Mid-Ocean House a brûlé en 1911. En mars 1873, l'hôtel était inoccupé, car la saison ne commençait qu'en juin.

Je me pose la question : Maren est-elle jamais allée au Mid-Ocean Hotel ? Se pourrait-il que, par un beau soir d'été, parcourant avec elle, parmi les rochers et les fleurs sauvages agitées par le vent, la centaine de mètres qui les sépare de l'hôtel, John ait emmené sa femme prendre une tasse de thé et une part de gâteau sur la véranda du Mid-Ocean ? Ou une part de pudding tremblant ? Ou de *whitpot* ? Se sont-ils assis là, le dos bien droit, dans les vieux fauteuils à bascule tressés, humides et déjà distendus par l'air marin, pour contempler un panorama qu'ils connaissent déjà par cœur ? Peut-être que, vus de là, les îles rocheuses, les embruns et les quelques bateaux de plaisance qui arrivent maintenant du continent leur apparaissent autrement que des fenêtres de la maison rouge ? Maren porte-t-elle une robe venant de Norvège ? Les regarde-t-on avec curiosité, assis sur cette véranda de bois dans la brise légère qui souffle de la mer ? Peut-être sont-ils trahis par leurs chaussures, leur façon de parler, leurs manières qui ne sont pas parfaites ? Auraient-ils approché Childe Hassam

123

à son chevalet ou Celia Thaxter et ses carnets de notes, et auraient-ils échangé avec eux quelques civilités, un signe de tête, un salut discret ? John aurait-il tendu le bras vers le fauteuil de son épouse pour lui toucher la main sur l'accoudoir ? Aimait-il cette femme ?

Ou bien ne pouvaient-ils pénétrer dans l'hôtel que par l'entrée de service — John en ciré, pour apporter des homards à la cuisine ? Maren, vêtue d'une robe tissée à la maison, ses chaussures toutes fendillées, les mains crevassées, pour laver le linge ou balayer les planchers ? Considéraient-ils à leur tour les pensionnaires comme des curiosités, des riches qui faisaient gagner un peu d'argent aux habitants des Shoals pendant la saison d'été ? Des Américains au teint pâle qui avaient souvent le mal de mer dès la sortie de Portsmouth ?

Je me plais à imaginer Hawthorne à Smuttynose, prenant l'air marin, comme on le lui avait prescrit. Arrivant de Boston par le paquebot, peut-être, et apportant dans ses bagages un costume blanc et un canotier pour le soleil ? Sans doute le paysage désolé des Shoals l'inspirait-il, peut-être était-il tenté de se baigner dans les eaux extraordinairement profondes qui séparent Smuttynose d'Appledore et de Star ? Peut-être se sentait-il stimulé par la conversation des intellectuels et des artistes que Celia Thaxter avait rassemblés autour d'elle — Charles Dickens et John Greenleaf Whittier, William Morris Hunt, une sorte de colonie, un salon littéraire ? Mangeait-il le dessert aux myrtilles, la soupe de poisson, la fressure qu'on lui présentait ? Qui le servait à table ? Était-ce une immigrante norvégienne qui ne savait rien de lui et le prenait pour un pensionnaire comme les autres ? Peut-être lui posait-elle quelque question aimable, dans son mauvais anglais, avec son accent charmant, incapable qu'elle était de prononcer les *th* ?

À présent, à voir Smuttynose du bateau, on a peine à penser que Hawthorne ait pu y séjourner. Il n'y a plus trace du Mid-Ocean Hotel. Ce n'est plus qu'un souvenir, il est passé dans l'histoire, il n'existe plus que dans des écrits et des émulsions photographiques. Si tous les écrits et toutes les photos concernant l'hôtel devaient disparaître dans les eaux qui entourent Smuttynose, le Mid-Ocean, ainsi que le séjour qu'y fit Hawthorne et les amabilités bien limitées de l'immigrante norvégienne cesseraient d'exister.

Personne ne peut connaître l'exacte vérité d'une histoire.

Le 2 octobre 1867, il y eut un match de boxe à Smuttynose. Dans les années 1860, les jeux d'argent étant interdits, on recherchait les lieux isolés, où la police ne risquait guère d'intervenir. En l'occurrence, les îles de Shoals, et Smuttynose en particulier, semblaient un endroit idéal. Deux boxeurs combattirent pendant une heure et demie dans la cour de la maison Charles Johnson, précédemment appelée la « maison rouge », et qui devait plus tard prendre le nom de maison Hontvedt. Les spectateurs vinrent en bateau. Un autre combat était prévu, mais il fut annulé à cause du gros temps, le public ne pouvant arriver dans l'île et les deux adversaires souffrant du mal de mer.

À l'aube de notre deuxième jour dans les îles de Shoals, je suis réveillée par des bruits familiers et importuns. Je me glisse hors du lit, aux draps rêches et humides, et je prépare du café dans la petite cuisine. Quand je fais couler l'eau, je n'entends plus ce qui se passe dans la cabine avant. J'attends que le café passe, les bras croisés sur la poitrine, et j'ai l'impression que l'humidité filtre à travers mes chaussettes. Je tends le bras et j'entrouvre l'écoutille pour me donner un peu d'air frais. Je m'aperçois aussitôt que le ciel est d'un rouge noirci, comme s'il y avait eu un incendie sur la côte. J'ouvre l'écoutille en grand et je grimpe en peignoir par la montée de cabine. Une sorte de voûte cramoisie et fumeuse passe au-dessus de l'archipel tout entier, un grand ruban qui s'étend du nord au sud, de Portland à Boston. D'un rouge sombre au centre, et qui se fane progressivement vers les extrémités. Au-dessous de cette bande rouge, les mouettes accrochent la lumière du soleil ras et semblent s'embraser momentanément. Je suis quelque peu inquiète — comme chaque fois qu'il se produit une anomalie dans la nature — et pourtant je veux descendre réveiller Billie pour lui montrer ce phénomène dû au soleil éclairant les particules d'eau en suspension dans l'air. Mais Billie est déjà là, derrière moi.

« Maman, je me suis coupé le pied », dit-elle.

Je me retourne dans le cockpit. Elle a encore le visage moite et bouffi de sommeil, et sa bouche commence à se déformer aux premiers signes de douleur. Elle est en pyjama d'été, un short et un tee-shirt de base-ball, avec l'inscription Red Sox. Elle a les pieds tout petits, tout blancs, tout nus, et le sang commence à couler de son pied droit. Elle s'avance un peu vers moi en faisant une tache sur le plancher blanchi et usé du cockpit. Un petit morceau du verre brisé hier soir a dû tomber sous l'échelle. En ouvrant l'écoutille tout à l'heure, j'ai dû réveiller Billie, qui a ensuite posé un pied dans le petit espace triangulaire sous l'échelle pour attraper un des objets du trésor de Barbenoire, la clef au bout de sa chaîne.

Je descends chercher des serviettes, de l'eau oxygénée et des pansements dans la trousse à pharmacie et, une fois que j'ai lavé et pansé la coupure et que je tiens Billie dans mes bras, je m'aperçois en levant les yeux qu'il n'y a plus trace de cette bande rouge dans le ciel, il n'en reste absolument rien.

Rich monte sur le pont, met les mains à la taille, et examine la couleur et la nature du ciel, qui n'est plus, comme la veille, complètement dégagé. À l'est, juste au-dessous du soleil matinal, une mince couche de nuages s'effiloche sur l'horizon comme un rouleau de coton hydrophile jauni. L'air un peu inquiet, Rich descend écouter la radio. Il revient sur le pont, une grande tasse de café à la main. Il s'assied dans le cockpit en face de nous.

« Qu'est-ce qui est arrivé à son pied ?

— Elle s'est coupée sur un morceau de verre.

— Ça n'est pas trop grave ? »

— Je ne crois pas. Elle ne saigne plus, apparemment.

— La météo annonce l'arrivée d'un front d'air froid plus tard dans la journée. Mais on ne peut pas tout à fait se fier à leurs informations. »

Rich penche la tête pour voir ce qui se passe plus loin dans mon dos. Il y a un bon clapotis de vagues, mais le port est encore bien protégé. On s'active à bord d'une goélette qui est ancrée près de nous. Rich fait un signe à une femme en polo blanc et short kaki.

« On dirait qu'ils s'en vont, dit-il.

— Déjà ? Ils sont arrivés hier soir seulement. »

Un coup de vent soudain ouvre le bas de mon peignoir, et je le referme en le croisant sur les genoux. Je n'aime pas beaucoup me montrer le matin. J'ai l'impression de ne pas être entièrement couverte, d'être encore sans protection. Rich a mis un tee-shirt blanc propre et un maillot de bain bleu marine passé. Il est nu-pieds et il vient de prendre une douche. Il a le dessus du crâne mouillé et il s'est rasé. Je me demande où est Adaline.

« Allez savoir, dit-il, en réfléchissant tout haut. On ne peut pas vraiment dire quelle va être la violence de cette tempête, ni même si elle va arriver sur nous d'ici à ce soir. »

Je change Billie de position sur mes genoux. Je regarde dans la direction de Smuttynose. Rich doit lire une certaine hésitation sur mon visage.

« Il faut que tu retournes sur l'île encore une fois, dit-il.

— Il faudrait.

— Je vais t'emmener.

— Je peux y aller toute seule, dis-je vivement. Je l'ai bien fait hier soir. »

Il est surpris.

« Après que tout le monde a été endormi. Je voulais des photos de nuit. »

Rich m'observe par-dessus le bord de sa tasse. « Tu aurais dû me réveiller. Ce n'est pas prudent de partir toute seule comme ça. Surtout la nuit.

— Tu as eu très peur, maman ?

« — Non. En fait, c'était très beau. Il y avait un tel clair de lune que je n'ai pas eu besoin de la torche électrique pour voir mon chemin. »

Rich ne dit rien. Je prends ma tasse sur le pont. Mon café est froid. Billie se redresse tout d'un coup, et me fait bouger le bras : le café se renverse sur la manche de mon peignoir blanc.

« Maman, je pourrai aller avec toi ce soir ? Dans l'île, quand il fera nuit ? Il y aura peut-être des fantômes.

— Pas ce soir, dit Rich. Personne n'ira là-bas ce soir. On va peut-être avoir une tempête tout à l'heure. Ce ne serait pas prudent.

— Ah, dit-elle, en baissant les épaules d'un air déçu.

— J'ai des photos du paysage vu de la mer, dis-je en faisant le maigre compte de ce que j'ai déjà pris. Et des photos de nuit, et du rocher de Maren. Mais il me faudrait des vues prises de l'île, face à Appledore et à Star, et face au nord, du côté de la haute mer. Et aussi quelques photos de détail.

— Quoi par exemple ?

— Des pins rabougris. Des fruits d'églantier, l'emplacement de la maison Hontvedt. Je suis désolée, j'aurais dû faire tout ça hier pendant que je le pouvais.

— Peu importe. On a le temps.

— Moi aussi j'y vais, dit Billie tout excitée.

— Toi, tu restes ici avec ton papa et Adaline », dit Rich en faisant non de la tête. Il tend les bras pour attraper ma fille sur mes genoux. Il la fait virevolter et la chatouille à la taille. Elle se met à rire, un fou rire unique qui frise l'hystérie. Elle essaie d'échapper à Rich en se tortillant et me crie de venir à son secours. « Maman, sauve-moi ! Sauve-moi ! » Mais quand Rich arrête soudain, elle se tourne vers lui avec un soupir de reconnaissance et se blottit contre lui.

« Ouf, s'écrie-t-elle, c'était une fameuse chatouille. »

George E. Ingerbretson, immigré norvégien qui vivait à la pointe de Hog Island dans l'île d'Appledore,

128

fut appelé à la barre. Comme beaucoup d'autres qui furent amenés à témoigner, il parla dans un anglais hésitant et imparfait qui n'était pas toujours facile à transcrire. L'attorney lui demanda ce qu'il avait observé entre sept et huit heures le 6 mars 1873 au matin. Il répondit qu'il avait deux petits garçons, et que ceux-ci étaient rentrés chez lui en disant : « On nous appelle de Smuttynose. » Après quoi on l'interrogea sur ce qu'il avait vu en arrivant dans l'île.

« J'ai vu une hache couverte de sang. Elle était sur une pierre, devant la porte, la porte de la cuisine, chez John Hontvedt. Le manche était cassé. J'ai fait le tour de la maison. J'ai vu qu'on avait arraché un morceau de la fenêtre. Alors je n'ai pas été plus loin. J'ai vu John arriver. Je n'ai pas regardé par la fenêtre. J'ai juste vu la hache couverte de sang et du sang tout autour. »

Après l'arrivée de John et de plusieurs autres, Ingerbretson est entré dans la maison.

« Evan Christensen est entré juste devant moi ; il a ouvert la porte. Evan est le mari d'Anethe.

— Qui d'autre est entré avec vous à ce moment-là ? lui a demandé Yeaton.

— John Hontvedt, Louis Nelson et James Lee, personne d'autre. Matthew, le frère de John, était avec nous. Je ne sais plus s'il est entré dans la maison ou pas.

— Dites ce que vous avez vu.

— C'était Anethe, étendue sur le dos, la tête vers la porte. Il m'a semblé qu'on l'avait tirée dans la maison par les pieds. J'ai vu les marques.

— De quoi ?

— Depuis l'angle sud-est de la maison jusqu'à la porte.

— Des traces de quoi ?

— De sang.

— Y avait-il un autre corps sur les lieux ?

— Oui. On est ressortis, et on est allés dans une autre pièce du côté nord, au nord-est de la maison. On est entrés et il y avait du sang un peu partout, et dans la chambre on a trouvé un deuxième cadavre.

— Le cadavre de qui était-ce ?

— C'était Karen Christensen.

— Avez-vous remarqué des blessures sur le corps d'Anethe ?

— Oui, il y avait des marques de coups sur la tête.

— Sur quelle partie de la tête ?

— À l'oreille surtout, juste autour de l'oreille droite. Elle avait aussi des marques sur la figure.

— Et sur le dessus du crâne ?

— Après, on n'a plus bien regardé. »

Ensuite Yeaton interrogea Ingerbretson à propos du puits, voulant savoir à quelle distance il se trouvait de la maison. Les corps avaient-ils été déplacés ? Ingerbretson répondit que non. Yeaton demanda au pêcheur s'il avait vu des traces de pas, et Ingerbretson dit que non, il n'en avait pas vu. Avant de congédier le témoin, Yeaton lui demanda encore si ce matin-là, en arrivant à Smuttynose, il avait trouvé sur l'île une personne vivante.

— Oui, répondit le pêcheur.

— Qui était-ce ?

— Mme Hontvedt et un petit chien.

— Décrivez l'état dans lequel vous l'avez trouvée.

— Très mauvais état. En chemise de nuit, elle pleurait, elle poussait des cris, et du sang partout sur ses habits, sur les habits de Mme Hontvedt. Je l'ai emmenée dans le bateau.

— Savez-vous si elle avait les pieds gelés ?

— Oui. J'ai tout de suite tâté ses pieds et ils étaient raides. Je l'ai portée jusque chez moi. »

Avant de prendre des photos, je prépare toujours les appareils — je vérifie la pellicule et les piles, je nettoie l'objectif —, alors, ce matin, je commence mes préparatifs dans le cockpit. Billie est descendue réveiller Thomas. Je les entends qui parlent et rient et jouent sur le lit, mais le bruit du vent, blanc et incessant, me dérobe leurs paroles.

Adaline émerge du bas. Elle fait un sourire et dit « Bonjour ». Elle a les jambes nues, et elle tient un drap de bain autour d'elle, comme si elle sortait de la douche, mais elle n'est pas mouillée. Ses cheveux

130

emmêlés se déploient dans son dos. Je vois un petit bout de rouge sous la serviette, alors je sais qu'elle est en maillot, et je me demande un instant pourquoi elle a cette serviette autour d'elle. Comme c'est étrange, cette pudeur que nous avons le matin, nous les femmes, ce désir de ne pas être vues. Adaline me tourne le dos et pose le pied sur la banquette du cockpit, examinant ses orteils.

« Billie s'est coupée, paraît-il, dit-elle.

— Oui.

— C'est grave ?

— Pas trop.

— Je vais nager. »

Elle laisse tomber sa serviette par terre dans le cockpit. Elle me tourne toujours le dos, et je remarque des choses que je n'avais pas encore vues. Les cuisses légèrement incurvées à l'intérieur. La taille allongée. La touffe de poils qui a échappé à l'épilation juste au-dessus du genou droit, par-derrière. Je me demande si elle a la peau douce. Douloureuse curiosité. Elle monte à l'arrière du bateau, se prépare à plonger. Elle effleure l'eau comme une mouette.

Au lieu de refaire surface en crachotant ou en se plaignant que l'eau est froide, comme je l'aurais sans doute fait, elle tourne sur elle-même en un joli rouleau et nage avec une grande économie de mouvements, les pieds bougeant à peine. J'aperçois des petits bouts de rouge parmi les vagues. Elle nage pendant une dizaine de minutes : elle s'éloigne d'abord du bateau, puis revient. Quand elle a fini, elle grimpe à l'arrière avec aisance, refusant la main que je lui tends. Elle s'assied en face de moi dans le cockpit et prend son drap de bain pour s'essuyer. Elle est légèrement essoufflée, ce qui est rassurant en quelque sorte.

« Vous avez gardé votre nom de jeune fille, me dit-elle.

— Jean Janes : les consonances n'étaient pas très heureuses... »

Je remarque que l'eau perle sur sa peau.

131

« Ce n'est donc pas pour des raisons profession-
nelles ?

— Non, pas exactement. »

Elle pose la serviette à côté d'elle et commence à se
brosser les cheveux.

« Rich a dit qu'on risquait d'avoir une tempête,
non ? demande-t-elle.

— Il va peut-être falloir partir avant l'après-midi. »
À l'idée de quitter ce port, je suis soudain prise de vifs
regrets, comme si je laissais inachevé quelque chose
d'important.

« Où allons-nous ?

— Je ne sais pas. Peut-être à Portsmouth. Ou à
Annisquam. »

Elle penche la tête sur les genoux, laissant tomber
ses cheveux en avant jusqu'au sol. Elle les brosse en
remontant à partir de la nuque. Elle rejette la tête en
arrière et se met à brosser sur les côtés. J'ai dans mon
sac un Polaroïd que j'utilise pour faire des photos-
tests. Souvent, quand une scène me plaît, je commence par prendre une photo avec le Polaroïd pour
pouvoir étudier la composition et la lumière et faire
les réglages nécessaires avant de prendre la vraie
photo. Je sors l'appareil de mon sac et le braque sur
Adaline. Je fais vite. Le déclic la fait cligner des yeux.
J'arrache la pellicule et la garde à la main en
attendant que l'image apparaisse. On voit Adaline
porter une brosse à sa tête. Ses cheveux, qui ont séché
au soleil, se sont zébrés de mèches très blondes, à
moins que ce ne soit une illusion due à la photo. Par
contraste, sa peau paraît foncée, très bronzée. Je lui
tends le cliché.

Elle le prend et l'examine.

« Un simple négatif de mon ancien moi », dit-elle
avec un sourire.

Dans la crique de Haley, il y avait une digue sur
laquelle se trouvait un entrepôt tout en longueur et
une sécherie de poisson. Les hommes de Smuttynose
avaient inventé, pour faire sécher le poisson, un
procédé qui s'appelait le *dunning*. De grands bateaux
s'amarraient à l'intérieur de la digue pour charger et

132

décharger des marchandises et du poisson, qui étaient ensuite entreposés dans le bâtiment connu comme la Long House. La digue, la Long House, la maison du capitaine Haley et l'emplacement de la petite maison Hontvedt forment un ensemble dont la surface n'est guère supérieure à celle d'un modeste jardin de banlieue.

Le poisson séché selon cette méthode du *dunning* se vendait trois ou quatre fois plus cher que le poisson séché ordinaire. La quantité de poisson pêchée autour des îles de Shoals était telle que, en 1822, ce n'était pas Boston qui fixait le prix du poisson pour tout le pays, mais les îles de Shoals.

En montant par l'échelle, Thomas apporte avec lui une odeur de bacon et de crêpes.

« Nous avons préparé le petit déjeuner, Billie et moi, dit-il. Adaline est en train de mettre la table. »

Je relis un de mes guides pour voir si je n'ai pas oublié un lieu marquant, un objet particulier, à ne pas manquer quand je vais retourner prendre mes dernières photos à Smuttynose. J'ai sur les genoux le document de Maren Hontvedt et sa traduction, ainsi qu'une petite brochure, un des comptes rendus des deux meurtres.

« Qu'est-ce que c'est que ça ? », me demande Thomas. Un geste de conciliation. Une marque d'intérêt pour mon travail.

« Ceci ? dis-je en montrant le guide.

— Non, ça. »

Je pose la main sur les feuillets écrits à l'encre brune, comme pour les protéger. « C'est ce que j'ai trouvé à l'Athenaeum.

— Ah bon. Je peux voir ? »

Sans poser mon regard sur lui précisément, je lui tends les feuillets. Je sens que je change de couleur et qu'une bouffée de chaleur me monte à la nuque.

« Ce n'est pas en anglais, dit-il.

— Il y a la traduction.

— C'est un document original, dit-il, un peu surpris. Je suis étonné qu'on t'ait laissé le prendre. »

Il y a un silence.

« On ne m'a pas laissé le prendre, dis-je en renvoyant mes cheveux derrière les oreilles.

— Ah bon. Alors ?

— Je savais bien qu'on ne me le donnerait pas, alors je l'ai emporté. Je le rendrai.

— Qu'est-ce que c'est ?

— Des mémoires. Écrits par Maren Hontvedt.

— C'est-à-dire ?

— La femme qui a eu la vie sauve.

— C'est daté de 1899.

— Je sais. »

Il me rend les papiers, et je lève enfin les yeux sur lui. Il s'est dégagé le front en se passant les doigts dans les cheveux, qui sont tout clairsemés, comme si la moisson était déjà faite. Il a les yeux injectés et, dans cette lumière dure et crue, sa peau a l'air toute marbrée.

« Tu n'as pas besoin de ce truc pour ton reportage, dit-il.

— Non. »

Il est sur le point de redescendre dans la cuisine, mais il hésite un instant en haut des marches. « Qu'est-ce qui te prend ? », me demande-t-il.

Je me protège les yeux avec la main. « Et toi, qu'est-ce qui te prend ? »

Aux Shoals, on a toujours pêché l'aiglefin, le merlu, le pagre et l'alose. En 1614, le capitaine John Smith dressa la première carte des îles et les nomma les îles de Smythe, écrivant qu'il y en avait « tout un tas ensemble ».

Rosamund Thaxter, l'arrière-petite-fille de Celia Thaxter, acheta la moitié de l'île de Smuttynose vers 1950. Sur cette moitié, elle construisit une petite maison qu'elle maintint approvisionnée pour les marins venus s'échouer là tout au long des années soixante et soixante-dix. Avec la maison Haley, c'est une des deux seules bâtisses existant à Smuttynose aujourd'hui.

Les cordages claquent contre le mât, battement insistant que l'on entend du centre de la cabine, à notre table à manger-lit à deux places. Thomas et

134

Billie ont fait des crêpes — en forme de rognons, lui-
santes d'huile, et empilées sur un plat blanc. Il y a
aussi du bacon, qu'Adaline refuse. Elle préfère des
toasts et du jus d'orange. Je la regarde, presque nue,
porter sa tasse de café décaféiné à ses lèvres et
souffler sur le bord. Je ne suis pas sûre que je
pourrais à présent m'asseoir à table en maillot de
bain pour le petit déjeuner, et pourtant j'ai bien dû le
faire quand j'étais plus jeune.

Je me demande si, en vieillissant, nous sommes
récompensés de tous nos gestes d'insouciance.

À côté de moi, Billie est toujours en pyjama des
Red Sox. Elle sent le sommeil. Elle est fière de ses
crêpes informes et elle en mange six. C'est sans doute
le seul moyen sûr de lui faire avaler un repas — ce
doit être vrai de tous les enfants — que de la laisser
le préparer elle-même.

Je suis en peignoir. Rich en maillot de bain.
Thomas a toujours la chemise dans laquelle il a
dormi. Est-ce notre tenue négligée qui crée cette
tension — une tension si forte que j'ai du mal à
avaler ? Rich a le bulletin météo sur la figure, et nous
sommes entièrement axés, dirait-on, sur ce que nous
mangeons et sur Billie, comme des adultes qui
auraient eu bien du mal à entrer en conversation. Ou
qui soudain se méfient de la conversation : « Délicieuses, tes crêpes, Billie. Celle-ci a vraiment la forme
d'un ours. » « Qu'est-ce que c'est ce café ? Il a un goût
d'amande. » « J'adore le bacon. Franchement, il n'y a
rien de meilleur en camping qu'un sandwich au
bacon. »

Par moments, j'observe la façon dont Thomas
m'observe. Et s'il me surprend à cela, il détourne les
yeux avec tant d'habileté que je ne suis pas sûre qu'il
m'ait vue. N'y a-t-il plus que le corps qui demeure
familier ? Désormais, je ne suis plus certaine de
savoir ce qu'il pense.

« Tenez-vous un journal ? », demande Adaline à
Thomas.

Je suis surprise de cette question. Va-t-elle oser réi-
térer avec Pearse ?

Thomas hoche la tête. « Qui dispose de tant de mots qu'il puisse se permettre de les gaspiller à écrire des lettres et un journal ? »

Rich acquiesce du chef. « Tom n'écrit jamais à personne. »

Il y a des années que je n'ai pas entendu ce diminutif.

« Son exécuteur testamentaire aura la tâche facile, ajoute Rich, il n'y aura strictement rien.

— Rien, en dehors de l'œuvre, dis-je tranquillement. Et c'est une œuvre abondante.

— Beaucoup de faux départs, dit Thomas. Surtout ces derniers temps. »

Je regarde Thomas, me demandant si ce visage que je vois est le même que celui que j'ai connu il y a quinze ans. M'apparaît-il de la même façon ? La peau est-elle la même ? Ou bien son expression a-t-elle tellement changé que les muscles se sont replacés autrement et que le visage lui-même est devenu méconnaissable ?

« Est-on sûr que ce soit cet homme-là ? »

La question d'Adaline nous prend tous au dépourvu. Je mets un instant à comprendre de qui elle parle. « Louis Wagner, voulez-vous dire ?

— En a-t-on la certitude absolue ?

— Certains pensent que oui, dis-je en prenant mon temps, et d'autres que non. À l'époque, Wagner a protesté de son innocence. Mais le crime a déclenché une énorme vague d'hystérie. Il y a eu des émeutes et des foules prêtes à lyncher, et il a fallu expédier le procès. »

Adaline fait un signe de tête.

« Même de nos jours, on a encore des doutes. On pense, par exemple, qu'il n'avait guère de raisons de commettre ces meurtres, et puis il aurait fallu une force surhumaine pour venir à la rame de Portsmouth à Smuttynose. Il aurait fallu qu'il fasse presque trente miles à la rame en pleine nuit. Et c'était la première semaine de mars.

— Ça paraît impossible, dit Rich. Moi, je ne

pourrais pas. Même pas sur un plan d'eau, je ne crois pas.

— Mais, par contre, Wagner n'avait apparemment pas d'alibi pour cette nuit-là et, le lendemain matin, il aurait dit à certaines personnes qu'il avait commis un crime.

— Jean n'a pas toujours le choix pour ses reportages, dit Thomas avec l'air de s'excuser.

— Un crime passionnel, dit Rich.

— Un crime passionnel ? réplique Adaline en plissant les yeux. En fin de compte, c'est sordide, un crime passionnel. Foncièrement. On pense que le crime passionnel a sa morale propre — on a toujours pensé cela. L'histoire abonde en jugements qui pardonnent le crime passionnel. Mais ça n'a rien de moral, en fait. C'est du pur égoïsme. C'est juste obtenir ce qu'on veut.

— C'est le couteau qui fait penser à un crime passionnel, dit Thomas. C'était bien un couteau ?

— Une hache.

— C'est pareil. La même intimité avec la victime. Avec une arme à feu, on tue la personne à distance. Mais avec un couteau, il faut toucher la victime — plus que cela même. La malmener. La soumettre. Ce qui requiert, semble-t-il, au moins pendant les quelques instants que prend l'accomplissement de l'acte, un état frénétique ou passionnel prolongé.

— Ou un contrat lucratif, dit Rich.

— Mais malgré cela, rétorque Thomas, il faut qu'il y ait quelque chose dans l'acte lui-même — le fait de tenir la victime, de sentir le couteau contre la chair — qui pousse le meurtrier à choisir cette méthode-là.

— Thomas, dis-je en désignant Billie d'un signe de tête.

— Maman, prends une photo des crêpes, avant qu'il n'y en ait plus. »

J'attrape le Polaroïd dans mon sac derrière moi. Je photographie les crêpes qui restent sur le plat, après quoi j'arrache la pellicule et la tends à Billie. Elle la tient par le coin avec désinvolture, en habituée.

« J'ai appris, dit Adaline, que pour certaines gens,

137

prendre une photo de la personne, c'est lui voler son âme.

— C'est ce que croient les Masai. Et ils exigent qu'on leur paie la photo.

— L'âme est donc à vendre ?

— Ah, je crois que les Masai sont plus astucieux que cela.

— Tu vois, Adaline ? Regarde ! » Billie se met debout sur la banquette pour lui montrer l'image Polaroïd. Ce faisant, elle se cogne la tête dans l'angle vif d'un petit placard en hauteur. Son visage perd ses couleurs et sa bouche s'ouvre, mais ma fille, je le vois, est bien décidée à ne pas pleurer en pareille compagnie.

Je me penche pour la prendre dans mes bras. La photo s'envole sur la table. Billie enfouit son visage contre ma poitrine, et je sens son souffle par l'ouverture de mon peignoir. Adaline saisit le cliché. « Jolie photo, Billie », dit-elle.

Je pose un baiser sur le front de ma fille, qui se retourne et essaie bravement de sourire. Adaline lui tend la photo.

« Courageuse petite fille, me dit-elle.

— Oui, n'est-ce pas ?

— Je vous envie. »

Je lève vivement les yeux vers elle et saisis son regard. Que veut-elle dire ? Billie ? Le fait de l'avoir avec moi ? Ou bien Billie et Thomas, le lot complet ?

« J'ai parfois l'impression de saisir un peu de l'âme de la personne, dis-je avec précaution. Quelquefois, c'est visible. Ou du moins ce que l'on imagine être la véritable personnalité du sujet. Mais, bien sûr, ce n'est qu'une apparence, et cette apparence n'est qu'une image, sur du papier.

— Mais on peut jouer avec l'image. Il me semble avoir lu cela quelque part. On peut la truquer, non ?

— Maintenant, oui. C'est faisable, de façon presque parfaite, avec un ordinateur.

— Alors, théoriquement, on pourrait créer une autre personnalité, une autre âme.

138

— À condition, déjà, de croire que l'on peut saisir l'âme avec un appareil-photo.

— À condition, pour commencer, de croire en l'existence de l'âme, dit Thomas, d'être sûr que ce qu'on a vu n'est pas juste un assemblage de particules organiques.

— Ne me dites pas que vous ne croyez pas en l'existence de l'âme, réplique aussitôt Adaline, de façon presque défensive. Vous, ne pas y croire ! »

Thomas ne répond pas.

« Les poèmes disent tout le contraire », s'écrie-t-elle.

J'ai une série de photos de Billie et de Thomas ensemble, un peu après qu'on a mangé les crêpes. Je me suis habillée, et je rassemble mon matériel pour ma dernière expédition à Smuttynose. Je sors mon Hasselblad, que j'ai chargé en noir et blanc. Je prends Thomas et Billie, qui se sont attardés à table, quatre fois de suite — clac, clac, clac, clac. D'abord, Billie debout sur la banquette rembourrée, examinant les dents de Thomas, les comptant, je crois. Puis, penchée, donnant un coup de tête dans l'estomac de son père ; Thomas est légèrement penché lui aussi et enveloppe Billie de ses bras. Ensuite, tous deux les coudes sur la table, face à face, en train de parler. La conversation doit être sérieuse, à voir la façon dont Billie penche la tête et pince les lèvres. Et enfin Thomas se grattant l'épaule, la main passée dans le col ouvert de sa chemise. Il est face à moi, mais il ne veut pas me regarder, ni moi ni l'appareil. Billie a tourné la tête, comme si quelqu'un venait de l'appeler de la cabine avant.

La haute mer est visible dès que nous passons de l'autre côté de la digue. Le Zodiac est pris de plein fouet par les petites vagues dont les embruns éclaboussent l'intérieur du bateau gonflable. Tenant la barre d'une main, Rich me lance un poncho avec lequel je protège mon matériel de l'eau de mer. Quand je lève les yeux, je m'aperçois que je ne vois presque plus rien à cause des embruns. J'ai le visage, les cheveux et les lunettes trempés, comme sous la

139

pluie et, m'étant idiotement mise en short, j'ai les jambes toutes mouillées, j'ai froid, j'ai la chair de poule.

Rich fait demi-tour. Il voulait se rendre compte de l'état de l'océan du côté non protégé de l'île, et il a vu. Il manœuvre pour revenir dans le port et tire le Zodiac sur la petite plage étroite et sombre de Smuttynose, où je suis encore venue pas plus tard que la nuit dernière. J'essuie mes lunettes avec l'envers de mon sweat-shirt et je regarde si mes appareils n'ont pas été mouillés.

« Comment veux-tu procéder ? », me demande Rich en amarrant le canot. Son tee-shirt est maintenant translucide, d'un rose pêche. « Tu veux que j'aille avec toi et que je te tienne le matériel ? Ou tu préfères que je t'attende ici ?

— Attends-moi ici. Assieds-toi au soleil et sèche-toi. Je suis vraiment désolée, Rich. Tu dois être glacé.

— Non, ça va. Ce n'est pas la première fois que je me fais tremper. Fais ce que tu as à faire, dit-il en souriant. On ne le croirait pas, je sais, mais en fait tout ça me plaît bien. À vrai dire — il balaie l'océan d'un geste large en se moquant de lui-même —, je dépense généralement beaucoup d'argent pour faire la même chose pendant mes jours de liberté.

— Je vais essayer de ne pas mettre trop longtemps. Trente ou quarante minutes au plus. Et si tu te refroidis, appelle-moi et on s'en va. Ça ne vaut pas la peine d'attraper du mal pour ça. »

Je me penche pour ramasser mes sacs. Quand je me relève, Rich se débat avec son tee-shirt mouillé. Il le retire, s'en sert pour s'éponger le crâne, et le tord. Je le vois aller jusqu'à un rocher au soleil, au peu de soleil qui reste, et l'étaler soigneusement pour le faire sécher. Quand j'étais en Afrique, j'ai vu les femmes faire sécher leurs vêtements à peu près de la même façon — en les étalant à plat sur de hautes herbes dans un vaste champ, de sorte que souvent on se trouvait en face d'un paysage de tissu aux vives couleurs. Rich me jette un coup d'œil. Peut-être parce qu'il n'a presque pas de cheveux sur la tête, la toison

140

noire et épaisse qui lui couvre la poitrine attire le regard. Je me retourne et pars vers l'intérieur de l'île.

La défense renonça à son droit de soumettre Ingerbretson à un contre-interrogatoire, et l'accusation appela alors Evan Christensen à la barre. On demanda à ce dernier de décliner son identité et d'expliquer quel était son rapport avec Smuttynose.

« En mars dernier, je vivais dans les Shoals, à Smutty Nose, avec la famille de John Hontvedt : je vivais là depuis cinq mois. Anethe Christensen était ma femme. Je suis né en Norvège. Anethe est née en Norvège. Je suis venu ici dans ce pays après notre mariage. »

Yeaton demanda à Christensen ce qu'il faisait le jour des meurtres. Christensen répondit : « La nuit où ma femme a été tuée, j'étais à Portsmouth. Je suis arrivé à Portsmouth vers quatre heures la veille.

— Qui était avec vous quand vous êtes arrivé à Portsmouth vers quatre heures ce soir-là ?

— John Hontvedt et Matthew Hontvedt. Je travaillais pour John sur son bateau de pêche.

— Y avait-il quelqu'un d'autre avec vous ce soir-là ?

— Non, monsieur.

— Où avez-vous passé la nuit à Portsmouth ?

— J'ai été sur le bateau jusqu'à minuit ; après je suis allé chez Johnson, et j'ai appâté les lignes.

— Vous avez appâté les lignes tout le reste de la nuit ?

— Oui, jusqu'à six ou sept heures du matin. John Hontvedt était avec moi pendant que j'appâtais les lignes.

— Quand avez-vous appris ce qui s'était passé à Smutty Nose ?

— Je l'ai appris à Appledore.

— Où étiez-vous à ce moment-là ?

— À bord de la goélette de Hontvedt.

— Qui était avec vous à ce moment-là ?

— Matthew Hontvedt et John Hontvedt ; c'était entre huit et neuf heures du matin.

— Êtes-vous descendu à terre ?

— Oui, j'ai pris un canot et je suis allé à terre sur l'île d'Appledore.

— Et ensuite où êtes-vous allé ?

— Je suis d'abord allé chez Ingerbretson. En partant de là, je suis allé à Smutty Nose. Quand je suis arrivé là, je suis allé droit à la maison, et je suis entré.

— Et là qu'avez-vous vu ?

— J'ai vu ma femme étendue sur le sol.

— Morte ou vivante ?

— Morte.

— Qu'avez-vous fait ?

— Je suis ressorti aussitôt. »

La lumière est terne et feutrée, les couleurs sont indistinctes. De légers nuages gris passent devant le soleil, que l'on voit encore se lever à l'est. Je m'en veux d'avoir passé trop de temps hier à prendre le Rocher de Maren. Je vais à l'endroit où se dressait la maison Hontvedt. L'air a fraîchi, ou est-ce seulement que j'ai froid parce que mon sweat-shirt et mon short sont mouillés ? Je suis reconnaissante à Rich d'avoir eu la sagesse de ne pas emmener Billie.

Je suis sur l'emplacement de la maison, j'inspecte les bornes qui le délimitent. Il n'y a guère de quoi faire une photo remarquable ; elle n'aura qu'un intérêt documentaire. Sauf si j'arrive à rendre l'atmosphère claustrophobique des lieux.

Il est toujours vrai, je le sais, que, vues d'en haut, les dimensions d'une maison sont trompeuses et paraissent plus petites. Quand il y a des murs, des meubles, des fenêtres, l'espace semble plus vaste. Malgré cela, j'ai du mal à imaginer six adultes, hommes et femmes — Maren, John, Evan, Anethe, Matthew et, pendant sept mois, Louis Wagner — vivant dans un espace pas plus grand que le studio qu'habitait Thomas à Cambridge quand je l'ai rencontré. Tant de passions, me dis-je, dans un lieu si exigu.

Je découvre ce qui devait être les deux portes d'entrée de la maison et je reste sur le seuil, face à Appledore, comme a dû le faire Maren des centaines de fois pendant les cinq années où elle a vécu dans l'île. Je sors mes appareils et mes objectifs de leurs pochettes respectives, je vérifie la luminosité sur la cellule, et je prends une série de clichés en noir et blanc pour avoir le panorama complet vu de cet endroit. Plein ouest, c'est Malaga et le port de Gosport et, au-delà, l'océan, et la côte du New Hampshire à une douzaine de miles. Au nord, Appledore, et au sud, Star. Derrière moi, c'est-à-dire à l'est, l'Atlantique. Je recule et me place au centre de ce qui fut la maison. À mes pieds, le plancher a depuis longtemps disparu sous les chardons et la sauge. Je trouve une petite place où rien ne pousse et je m'y assieds. Au-dessus de ma tête, les nuages ressemblent de plus en plus à une tache d'huile, ou à une pellicule qu'on rincerait dans le ciel. Mon sweat-shirt me colle au dos et je grelotte.

Je gratte sous les broussailles pour sentir la terre. J'en prends une poignée que je pétris entre mes doigts. À l'endroit où je suis assise, deux femmes sont mortes. L'une était jeune et l'autre pas. L'une était belle, et l'autre pas. Je crois entendre la voix de Maren.

22 septembre 1899

Le lendemain du jour où nous sommes arrivés à Smutty Nose, John est allé à Portsmouth avec un homme du nom d'Ingerbretson pour se procurer des provisions, et aussi pour voir s'il y aurait une goélette à vendre. Pour gagner sa vie à Smutty Nose, où, nous avait-on dit, les eaux regorgeaient de maquereau, de morue, de carrelet, d'aiglefin et de menhaden, il fallait que John ait un bateau à lui et du matériel de pêche. Ce qui allait entraîner de gros frais, et épuiser presque toutes ses économies, mais il voyait bien qu'il ne pourrait faire de bénéfice ni même gagner assez d'argent pour vivre qu'en faisant cette dépense.

Pendant que John était parti, j'ai arraché des murs l'affreux papier journal jauni, en en faisant des rouleaux que j'ai brûlés dans le poêle pour donner un peu de tiédeur. Les murs ont tout d'abord laissé entrer plus de froid qu'avant, mais je savais que John allait bientôt fabriquer un revêtement en bois, derrière lequel il mettrait de la bourre de chèvre pour isoler la pièce. J'ai également trouvé dans mes réserves un rouleau de cotonnade bleue, avec laquelle je me suis empressée de confectionner des rideaux. Ayant accompli ces efforts, j'ai cherché dans les provisions qui nous restaient de quoi préparer un repas, car je savais que Hontvedt aurait faim à son retour. Je me suis beaucoup affairée toute la journée, de sorte que je n'ai pas eu le temps de penser à ceux que j'avais laissés derrière moi, ni à mon pays. Au cours de ma vie d'adulte, j'ai découvert que l'activité est le

144

meilleur remède contre la mélancolie — maladie dont je n'ai été victime que lorsque John et moi étions emprisonnés dans la maison de longues semaines à la file pendant les mois d'hiver, où j'étais alors incapable de rester maîtresse de moi-même, de mes pensées et de mes paroles, de sorte que je causais du souci à John en plus de me rendre malheureuse moi-même. Mais ce jour-là, ma première journée à Smutty Nose, je me suis résolument livrée à toutes sortes d'occupations, et, quand mon mari est revenu de son expédition à Portsmouth, j'ai vu qu'il était content des changements que j'avais faits, et son visage s'est éclairé d'un sourire qui, pour la première fois depuis notre départ de Norvège, a remplacé le souci qu'il se faisait presque constamment pour mon bien-être.

Dans l'ensemble, notre vie quotidienne à Smutty Nose n'avait rien de marquant dans aucun de ses aspects. John et moi nous réveillions tôt, et je commençais par rallumer le feu qui s'était éteint pendant la nuit. Quant à John, qui avait appâté ses chaluts la veille au soir, il allait décrocher ses sous-vêtements et ses pantalons cirés de la patère de la cuisine et, une fois habillé, il se mettait à table, où je lui servais de grands bols de porridge et de café. Nous ne parlions guère, à moins que nous n'ayons quelque chose de particulier à nous communiquer, ou que j'aie besoin de certaines provisions, ce dont je l'informais. Nous avions vite perdu l'habitude de nous parler, comme ce doit souvent être le cas entre mari et femme qui n'osent plus rien se dire de crainte de ne pas poser la bonne question, ou de laisser paraître une blessure profonde, ou de l'amour pour une tierce personne, ce qui risquerait de détruire leur union.

Ensuite, John descendait jusqu'à la grève où il prenait son doris pour rejoindre la goélette à la rame. Quand il était sorti du port, les jours propices au séchage du linge, je lavais les vêtements et les étendais au soleil sur les rochers. Je faisais le pain et préparais le repas de midi. C'est moi qui vidais le poisson que John avait pris pour le faire sécher ou pour le manger tout de suite. Je confectionnais des vêtements avec des coupons de tissu que j'avais apportés de chez moi ou que John avait négociés à Portsmouth. Je filais de la laine et tricotais diverses pièces d'habillement pour lui et pour moi-même. Quand j'en avais fini avec toutes ces tâches, et si le temps était dégagé, je sortais avec le chien dont il m'avait fait cadeau pour notre fête nationale, le 17 mai, et que j'avais appelé Ringe, et je me promenais tout autour de l'île, en envoyant des bâtons dans l'eau pour que Ringe aille les chercher et me les rapporte. John m'avait construit un poulailler et il m'avait acheté quatre poules à Portsmouth, pour que j'aie des œufs frais.

Le soir, quand il rentrait, je le débarrassais de ses vêtements cirés et de ses sous-vêtements sales, et il se lavait dans l'évier. Je lui avais préparé un repas léger. Ayant remis des sous-vêtements secs, il s'asseyait près du feu. Nous avions tous les deux pris l'habitude de fumer la pipe, car cela nous calmait. Le visage de John se burinait et sa peau se creusait de rides.

À un moment de la soirée, généralement quand j'étais moi aussi assise près du feu, il posait une main sur mon genou, ce qui était sa façon de me faire comprendre qu'il souhaitait que je le rejoigne au lit. Insensible au froid, il ôtait tous ses vêtements, et j'ai dû voir mon mari complètement déshabillé chaque nuit de notre vie commune, car il allumait toujours la bougie sur notre table de chevet. J'aurais préféré, quant à moi, que nos rapports conjugaux se déroulent dans le noir, mais John ne le voulait pas. Je gardais généralement mes sous-vêtements ou, s'il faisait très froid, tous mes habits. Sauf une ou deux fois pendant que je prenais un bain, je doute que John Hontvedt m'ait jamais vue dans mon état naturel. Au bout d'un certain temps, mon inappétence physique pour mon mari avait disparu, et je supportais passablement ces rapports nocturnes, mais je ne peux pas dire que j'y aie jamais pris aucun plaisir — surtout qu'il me paraissait de plus en plus évident que quelque chose

146

d'anormal en moi m'empêchait de concevoir un enfant.

Notre vie quotidienne à Smutty Nose était faite d'habitudes et de routine, mais je ne brosserais pas un tableau exact de la vie dans les Shoals si j'omettais de dire que les hivers y étaient excessivement durs. C'est à peine si je puis décrire la désolation de cette saison. Je doute qu'on puisse donner une idée du désespoir qui s'abat sur ceux qui sont constamment soumis au froid et à l'humidité, avec ces tempêtes venant du nord-est qui parfois fracassaient les bateaux de pêche contre les rochers et emportaient les maisons des habitants des îles, causant de nombreuses morts en mer et sur terre, et emprisonnant ceux qui survivaient dans des pièces sombres et mornes tant de jours d'affilée que c'était miracle que nous n'en perdions pas tous la raison. On dit que les pêcheurs qui vivaient dans ces îles à cette époque-là possédaient un courage extraordinaire, mais je crois que ce courage, s'il faut l'appeler ainsi, n'est autre chose que l'instinct de river son corps à un objet fixe et de s'y tenir, en même temps qu'il faut avoir la chance que le vent n'emporte pas votre toit dans l'océan. J'ai le souvenir de semaines où John ne pouvait pas sortir en mer, où nul ne pouvait aborder à Smutty Nose, et où le temps était si dangereux que nous restions tous les deux blottis pendant des heures près du poêle de la cuisine, dans laquelle nous avions apporté notre lit, et dont nous avions bouché la porte et les fenêtres pour nous protéger des éléments. Nous n'avions rien à nous dire, et tout était silencieux autour de nous, à part le bruit du vent, qui ne cessait pas et faisait trembler la maison. De plus, dans la pièce, l'air était complètement vicié à cause de la fumée du poêle et de nos pipes, et j'avais presque constamment mal à la tête.

Beaucoup de familles de pêcheurs vivent dans l'isolement, mais le nôtre était encore accru par les particularités géographiques uniques de cette île de l'Atlantique Nord, particularités qui finissent par affecter les âmes. Il n'y avait pas de jour, par exemple, où l'élément capital de la vie ne fût le temps. Il y avait des jours où le ciel était dégagé et la mer forte, des jours nuageux où la mer était calme, des jours de brume où l'on ne voyait pas le continent, des jours de brouillard si épais que je n'arrivais pas à trouver le puits, ni mon chemin pour aller jusqu'à la grève, des jours de tempête et de vent si impitoyables que des maisons entières étaient emportées dans la mer en un instant, où l'on ne pouvait pas sortir de chez soi de crainte de subir le même sort, et des jours et des jours d'un vent pernicieux qui faisait battre les vitres contre leur cadre de bois et sifflait sans relâche sous les portes et tout autour de la maison. L'état des éléments avait une telle importance que, chaque matin, on ne pensait qu'au moyen de survivre à ce que nous envoyaient Dieu et la nature, ou alors, par les rares journées claires et sans vent, où le soleil était chaud et l'air vivifiant, on rendait grâce d'un répit aussi grisant.

À cause de la nécessité pour John de partir en mer sept jours sur sept à la bonne saison, et de celle, tout aussi impérieuse, de rester enfermés pendant tant de semaines d'affilée en hiver, nous n'avions pas beaucoup d'amis ni même de connaissances dans les îles. Certes, les Ingerbretson nous avaient témoigné de la sympathie, et c'est ensemble que nous célébrions le 17 mai et Noël, partageant avec eux le *fattigmann*, auquel, qu'il me soit permis de le dire, j'arrivais à donner une texture fine et croustillante malgré les piètres ingrédients dont je disposais, et aussi le *lutefisk*, un poisson qui trempait plusieurs jours dans la cendre de soude et qu'on faisait ensuite pocher délicatement. Mais comme les Ingerbretson résidaient à Appledore et pas à Smutty Nose, je n'avais guère l'occasion de passer du temps avec les femmes de ces familles-là comme j'aurais pu le faire s'il n'y avait pas eu la mer entre nous. J'étais donc souvent seule sur l'île pendant de longues périodes.

À ce stade de mon récit, je dois m'empresser d'expliquer au lecteur que la vie à Smutty Nose n'était pas entièrement dépourvue de moments agréables. De même que l'arbre le plus dépouillé, à l'heure la plus sombre de l'hiver, a sa beauté propre, j'ai fini par découvrir que Smutty Nose n'était pas sans avoir son charme particulier, surtout par les jours de beau temps, où l'air était vif et piquant, où le granit avait des scintillements argentés, où l'on voyait chaque fissure du rocher, et où la mer autour de nous était d'un bleu émeraude éclatant. Ces jours-là, qui, il me semble, étaient relativement peu nombreux, j'allais m'asseoir sur un rocher pour lire un des livres qu'on m'avait prêtés à Portsmouth, ou je me promenais dans l'île en jouant avec mon chien, ou encore je cueillais certaines plantes de rocaille qui poussaient dans les rochers et j'en faisais une sorte de bouquet pour ma table.

Pendant mes cinq années à Smutty Nose, je me suis aventurée à Portsmouth quatre fois. Au début, j'ai eu beaucoup de difficulté avec la langue anglaise, et c'était parfois une véritable épreuve que de me faire entendre, ou de comprendre ce qu'on me disait. J'ai remarqué que ce manque de facilité à s'exprimer dans la langue tend à vous faire passer pour quelqu'un de peu intelligent et, à coup sûr, de peu instruit. Ce qui me contrariait beaucoup, car, dans ma langue maternelle, j'étais parfaitement capable de converser, et même, je puis le dire, avec aisance et une certaine élégance, mais quand on me demandait de m'exprimer en anglais je devenais presque idiote.

Il me faut ici ajouter quelques mots sur la complète incapacité des Américains à prononcer le norvégien, même, ou plutôt surtout, les noms propres qu'ils ne connaissent pas. De sorte que beaucoup d'immigrants étaient obligés de changer l'orthographe de leur nom pour les rendre plus compréhensibles. Ainsi, au bout d'un certain temps, John a changé son nom en Hontvet, supprimant le *dt*, que les Américains trouvaient bizarre à écrire et presque impossible à prononcer correctement. Et j'ai, moi aussi, accepté d'être inscrite sur le registre de l'église de Gosport sous le nom de Mary S. Hontvet, au lieu de Maren, car c'est ainsi que le pasteur l'a écrit au départ, et il s'est écoulé quelque temps avant que je ne découvre l'erreur. En outre, j'ai vu qu'après les événements du 5 mars 1873 Evan était devenu Ivan dans les journaux américains.

Les difficultés de la langue mises à part, j'ai fini par avoir un certain penchant pour Portsmouth. C'était toujours un peu angoissant de passer du silence de Smutty Nose à l'agitation et à la presse de la ville, mais je ne pouvais pas m'empêcher d'être fascinée par les robes et les chapeaux des femmes, que je revoyais en esprit quand j'étais de retour dans l'île. Nous allions à la pharmacie pour chercher des fortifiants et des remèdes, et au marché pour faire des provisions ; il y avait toujours beaucoup de choses curieuses à voir, mais j'étais horrifiée, je l'avoue, par le manque de propreté des rues et par l'état de la chaussée, qui n'était pas nivelée mais pleine d'ornières et de boue. À cette époque-là, l'activité principale de Portsmouth était son chantier naval, et l'on entendait constamment en bruit de fond le vacarme des forges. En outre, il y avait beaucoup de marins dans les rues, car le port attirait des bateaux de diverses nationalités. À trois reprises lors de ces voyages à Portsmouth, nous avons passé la nuit chez la famille Johnson, des Norvégiens arrivés en Amérique avant nous, avec qui nous nous lancions dans des conversations animées qui duraient tard dans la nuit, et toujours pour ma plus grande joie, car dans l'île il était rare d'avoir une discussion un peu prolongée. C'était pour moi l'occasion bénie d'avoir des nouvelles de Norvège, et même, une fois, de la région de Laurvik, car les familles norvégiennes de Portsmouth recevaient beaucoup de lettres du pays. Le plus souvent, on lisait ces lettres tout haut à table, et on en parlait longuement. Chaque fois que nous sommes allés à Portsmouth, c'était en été, car John ne voulait pas prendre le risque de me faire traverser en hiver, de crainte de heurter un des nombreux bancs de glace qui bloquaient souvent le passage entre le continent et les Shoals.

C'est alors que j'ai reçu de Karen trois lettres dans

lesquelles elle parlait de mon père (et se plaignait vaguement de sa propre santé et de ses tâches domestiques), mais, curieusement, elle ne disait presque rien d'Evan, qui ne nous a écrit lui-même que la deuxième année de mon séjour à Smutty Nose, et pour nous annoncer que notre père était mort de vieillesse. En mars 1871, nous avons eu une quatrième lettre de Karen, nous informant qu'elle allait venir nous rejoindre en Amérique en mai.

Cette lettre de Karen a été une grande surprise pour John et pour moi. Nous n'arrivions pas à imaginer ce qui pouvait engager ma sœur à quitter la Norvège, car elle ne disait presque rien dans sa lettre des raisons qui la poussaient à émigrer. Elle écrivait seulement que, notre père étant mort, plus rien ne l'obligeait à rester dans cette maison.

En vue de l'arrivée de ma sœur, John a consacré l'argent qu'il avait mis de côté pour un nouveau bateau à l'achat d'un lit qu'il a monté dans la chambre du premier. J'ai fait des rideaux pour cette chambre, ainsi qu'une courtepointe avec un motif en étoile, pour laquelle j'ai utilisé tous les petits morceaux de tissu que j'avais dans mes réserves. Comme je n'avais guère de temps pour achever cet ouvrage, j'y travaillais tout au long du jour et jusque dans la soirée, au point d'en avoir le bout des doigts gourd, mais, quand la courtepointe a été terminée, j'ai été contente du résultat, car cette chambre avait désormais un air de gaieté dont elle était totalement dépourvue jusque-là.

Je me souviens bien de la matinée du 4 mai : j'étais sur la grève de Smutty Nose et je regardais John amener ma sœur dans le doris. Il était allé à Portsmouth la veille pour attendre Karen à l'arrivée du bateau, et je les avais vus traverser de Portsmouth dans la goélette de John. Le temps était clair, mais il faisait extrêmement froid, et j'avoue que j'appréhendais l'arrivée de Karen. Cela pourra paraître bizarre au lecteur, mais je n'avais pas envie de changer les habitudes de vie que je partageais avec John depuis trois ans, ni d'admettre quelqu'un d'autre chez moi, surtout ma sœur, pour qui j'éprouvais des sentiments assez mêlés.

Quand Karen s'est approchée, j'ai observé son allure. Je savais qu'elle avait trente-sept ans, mais elle avait l'air beaucoup plus âgée que lorsque je l'avais quittée, et elle était même un peu voûtée. Son visage s'était amenuisé, ses cheveux grisonnaient sur le devant, ses lèvres s'étaient amincies, et elle avait maintenant la bouche tombante. Elle portait une robe de soie noire à corsage plat, boutonnée jusqu'en haut, avec un col de dentelle fauve. Elle avait mis ses belles chaussures, comme j'ai pu le voir quand elle a relevé ses jupes en faisant toutes sortes de manières pour sortir de la yole.

Peut-être devrais-je dire ici quelques mots de ma propre personne. Je n'avais pas coutume, pour rester dans l'île, de mettre mes plus beaux atours, car j'avais vite compris que la soie et le coton ne protégeaient guère du vent ni de l'air marin. J'avais donc pris l'habitude de me vêtir de robes en tissage domestique très serré, par-dessus lesquelles je portais toujours des châles que je tricotais moi-même. Je gardais aussi un bonnet de laine sur la tête pour me préserver des fièvres qui décimaient la population des îles en hiver et jusqu'au début du printemps. Et, en plus, s'il y avait beaucoup de vent, je me mettais un cache-col de laine autour du cou. Je n'avais pas complètement perdu ma ligne, mais je m'étais quelque peu étoffée depuis que j'étais dans l'île, au grand plaisir de mon époux. Quand je n'étais pas obligée d'avoir mon bonnet de laine sur la tête, je préférais avoir les cheveux en rouleau sur les côtés et sur la nuque et garder une frange sur le devant. La seule chose que j'avais à déplorer, si j'ose dire, c'était qu'avec le soleil, la pluie et les tempêtes sur l'île, mon visage se burinait, un peu comme celui de John, et j'avais perdu le joli teint de mes vingt ans, avant mon mariage.

Karen est sortie du doris en serrant les mains sur sa poitrine. Elle a jeté des regards égarés autour d'elle, stupéfaite sans doute, comme je l'avais été moi-même, de l'aspect de sa nouvelle demeure. Je me suis approchée d'elle et je l'ai embrassée, mais elle est restée pétrifiée sur le sable, les joues sèches et glacées. Je lui ai souhaité la bienvenue, à quoi elle a répondu avec froideur qu'elle ne serait jamais venue dans un lieu pareil si elle n'avait pas eu à essuyer la plus grande humiliation qui puisse advenir à une femme. J'étais extrêmement curieuse de savoir quelle pouvait être la nature de cette humiliation, et je le lui ai demandé aussitôt, là, sur la grève, mais elle a écarté ma question d'un geste et elle a déclaré qu'il lui fallait du café et du pain, car elle avait été affreusement malade sur le bateau et n'était pas encore complètement rétablie.

Je l'ai fait entrer dans la maison pendant que John lui apportait sa malle et le coffret à ouvrage en acajou qui avait appartenu à ma mère. Karen est allée droit vers la table, elle s'est assise, elle a ôté son chapeau et a poussé un grand soupir. J'ai vu que ses cheveux, outre qu'ils grisonnaient, commençaient à se clairsemer sur les côtés et sur le dessus, ce que j'ai attribué au choc d'avoir vu mourir mon père, car la mort d'un être aimé peut faire vieillir brutalement ceux qui subissent ce deuil.

J'ai posé sur la table un bol de café et le repas que j'avais préparé à l'avance. Mais, avant de se mettre à manger, Karen a examiné la pièce.

« Rien dans tes lettres ne me laissait entendre, Maren, que John et toi viviez dans des conditions aussi misérables, m'a-t-elle dit sur un ton de déception très net.

— Nous nous en sommes accommodés, ai-je dit. John a calfeutré les murs pour garder la chaleur dans la pièce autant que possible.

— Mais Maren ! s'est-elle écriée. Pas de vrais meubles, pas de papier aux murs, pas un cadre...

— Ce sont des choses qu'on ne pouvait pas apporter sur le bateau, et nous n'avons pas encore d'argent pour le superflu. »

Elle a fait une grimace. « Tes rideaux sont faits à la va-vite, a-t-elle noté. Je vois que l'Amérique ne t'a pas

153

guérie de tes mauvaises habitudes. J'ai toujours dit que, pour faire les choses bien, il fallait y mettre le temps. Ils ne sont même pas doublés, ma chère sœur. »

Je n'ai rien répondu. Je ne voulais pas me quereller avec Karen si tôt après son arrivée.

« Et tu n'as pas huilé ton tapis de sol non plus. Le motif est vraiment bizarre. Je n'ai jamais rien vu de semblable. Mais qu'ai-je donc là devant moi ? » Elle avait pris quelque chose avec sa fourchette, et le reposait à présent pour l'examiner.

« On appelle ça du *dunfish,* mais c'est de la morue séchée, lui ai-je dit.

— De la morue ! s'est-elle écriée. De cette couleur acajou !

— Oui, ai-je expliqué, les gens d'ici ont une façon très ingénieuse de conserver et de faire sécher le poisson qu'ils expédient ailleurs. Ce procédé s'appelle le *dunning* et il permet...

— Je ne peux pas manger cela, a-t-elle dit en repoussant l'assiette. Je n'ai pas encore beaucoup d'appétit. As-tu du miel à manger avec le pain ? J'arriverais peut-être à avaler le pain si tu me donnes du miel.

— Je n'en ai pas.

— Mais je vois que cela ne t'a pas empêchée de grossir », m'a-t-elle dit en me considérant avec la plus grande attention.

Ce compliment m'a laissée muette et embarrassée. Karen a poussé un nouveau soupir et elle a pris une gorgée de café. Aussitôt, elle a tordu la bouche de douleur et elle a porté la main à sa joue.

« Qu'y a-t-il ? lui ai-je demandé.

— Le mal de dents. Voici plusieurs années que je suis tracassée par des caries, et elles n'ont pas été bien soignées.

— Il faudra qu'on t'emmène à Portsmouth.

— Et tu auras de l'argent pour payer le dentiste, m'a-t-elle demandé sèchement, alors que tu n'as pas d'argent pour tapisser tes murs ? Quand j'étais chez nous, Evan me donnait de l'argent mais, hélas, il n'y a pas eu moyen de trouver un dentiste convenable dans la région de Laurvik. »

Attablée en face d'elle, j'ai pris mon bol pour avaler une gorgée de café. « Et comment va notre frère ? », ai-je demandé.

Karen a levé la tête en rivant ses yeux aux miens, et alors je me suis mise à rougir, en me maudissant de cette faiblesse naturelle. « Il ne t'a pas écrit ? a-t-elle lancé d'une voix doucereuse.

— Nous n'avons eu qu'une seule lettre de lui », ai-je dit. J'avais le front chaud et en sueur à présent. Je me suis levée pour aller près du poêle.

« Une seule lettre ? Pendant tout ce temps ? Je suis très surprise. J'ai toujours cru que notre frère te portait une affection particulière. Mais notre Evan ne s'est jamais beaucoup attardé sur le passé, semble-t-il...

— Je suppose qu'il était trop occupé pour écrire, ai-je dit vivement, souhaitant à présent en finir avec ce sujet.

— Il trouvait le temps, pourtant, de m'apporter son réconfort, tu seras heureuse de l'apprendre.

— Son réconfort ?

— Mais oui, absolument. » Elle a ouvert la bouche pour se frotter une dent du fond. J'ai vu alors qu'elle avait beaucoup de dents noires et gâtées, et (j'espère ne pas offusquer le lecteur par ce que je vais divulguer) j'ai senti une odeur immonde se dégager de cet orifice. « Le soir, il me tenait des conversations des plus intéressantes, a-t-elle poursuivi. Sais-tu qu'à Pâques, l'année dernière, nous sommes allés ensemble à Christiania par le train ? C'était passionnant, Maren. Evan m'a emmenée au théâtre et m'a invitée à souper, et nous avons passé la nuit à l'hôtel. Et puis il est resté tout un après-midi à l'université à s'entretenir sérieusement avec des professeurs en vue de suivre des cours.

— C'est vrai ?

— Mais oui. Ses affaires ont prospéré merveilleusement, et il a pu mettre de l'argent de côté. Et je suis sûre que, maintenant que je ne suis plus là, il va partir pour Christiania, pendant un trimestre au moins, pour voir ce qu'il peut faire. Et il y rencontrera sûrement une jeune femme qui lui tournera la tête. Il est bien temps qu'il se marie, notre Evan, tu ne trouves pas, Maren ? »

J'ai essayé d'arrêter le tremblement de mes mains en remuant la soupe qui était sur le poêle. « Tu ne penses pas qu'Evan viendra en Amérique lui aussi ? ai-je demandé d'un air aussi détaché que possible.

— En Amérique ! Et pourquoi donc ? a rétorqué Karen. Un homme si prospère dans son pays et que rien ne pousse à fuir n'aura jamais l'idée de s'expatrier. Non, Maren, je ne crois pas. Bien sûr, cela a été très pénible pour moi d'avoir à le quitter...

— Pourquoi es-tu partie exactement ? », lui ai-je demandé en me retournant brusquement vers elle. Cette fois, elle avait réussi à me mettre en colère.

« Nous parlerons de cela une autre fois. »

Karen a tourné la tête et elle a continué à tout passer en revue dans la maison. « Tu ne peux pas tenir tes fenêtres propres ?

— C'est l'écume. Continuellement.

— Chez nous, j'utilise du vinaigre.

— J'aimerais savoir ce qui t'amène, ai-je dit en lui coupant la parole. Tu es la bienvenue, bien sûr, quelle que soit la raison, mais je trouve que John et moi avons le droit de savoir. J'espère que ce n'est pas une terrible maladie.

— Non, rien de tel. »

Karen s'est levée et est allée à la fenêtre. Elle a croisé les bras sur la poitrine et elle a semblé contempler la vue au nord-ouest pendant un moment. Puis, avec un soupir de résignation, je suppose, elle a commencé à raconter son histoire. Un homme de Laurvik, un certain Knut Eng, un veuf de cinquante-quatre ans, lui avait fait la cour pendant sept mois en promettant implicitement de l'épouser dans un avenir proche, ni l'un ni l'autre n'étant plus de première jeunesse, et puis brusquement, après une dispute idiote entre eux, il avait rompu ses relations avec elle, et il n'avait plus été question de mariage.

156

Cette rupture était si brutale et si humiliante, et les commérages concernant cette affaire allaient si bon train, que Karen ne pouvait plus marcher en ville la tête haute, ni assister aux offices dans notre église. C'est ainsi qu'elle s'était soudain laissé séduire par l'idée de venir nous rejoindre en Amérique.

Je regrettais pour elle que cette affaire ait tourné à l'échec, mais je n'ai pas pu m'empêcher de penser que Karen avait probablement fait ce qu'il fallait pour s'aliéner son prétendant. De plus, il n'était pas vraiment flatteur d'apprendre que ma sœur n'était venue auprès de nous que parce qu'elle était vexée d'avoir été repoussée. Mais comme il était d'usage chez nous d'accueillir tous les visiteurs, surtout quand c'étaient des parents, j'ai essayé de la mettre à l'aise et je l'ai emmenée dans sa chambre pour qu'elle puisse s'y retirer. Elle a trouvé la chambre triste, et elle a eu l'indélicatesse de le dire, sans même remarquer la courtepointe en étoile. Mais je ne lui en ai pas voulu, car elle était encore mal disposée et fatiguée à cause de sa mauvaise traversée.

« Quelle était la nature de la dispute ? lui ai-je demandé quand elle a été installée et assise sur le lit.

— J'avais remarqué qu'il grossissait de mois en mois et, un jour, je le lui ai dit.

— Ah bon. » Je dois dire que j'ai réprimé un sourire, et je me suis détournée pour que ma sœur ne me voie pas pincer les lèvres. « Je suis désolée de ce qui t'est arrivé. Je suis sûre que tu vas pouvoir oublier toutes ces tristes choses maintenant que tu es dans un monde nouveau.

— Tu crois donc qu'il est possible pour Karen Christensen de vivre sur cette île effroyable ?

— J'en suis sûre.

— Alors, Maren, tu es pleine d'un optimisme que je ne saurais partager. »

Sur quoi, elle a agité la main d'un geste que je connaissais bien, pour me signifier de sortir de sa chambre.

Pendant un certain temps, je suis demeurée seule avec Karen les jours où John était en mer, mais je ne peux pas dire que ce fût là une compagnie facile ni agréable, car, ne cessant de s'apitoyer sur elle-même, Karen était devenue lassante et ennuyeuse. Assise à son rouet, qu'elle avait apporté de Norvège, elle fredonnait les airs les plus tristes tandis que je vaquais à mes tâches domestiques en sa présence. Je ne voulais pas lui poser constamment des questions sur Evan, car, si je m'y risquais, elle me regardait d'une drôle de façon, qui me faisait toujours monter le sang au visage, de sorte que je devais parfois rester des heures en sa présence avant qu'elle ne daigne lâcher négligemment un mot sur mon frère. Par moments, il me semblait qu'elle faisait exprès de ne pas parler d'Evan, et à d'autres moments je voyais qu'elle prenait un malin plaisir à révéler un secret que je ne partageais pas avec mon frère. Ce sont là des propos sévères à tenir vis-à-vis d'une sœur, mais je crois que je n'invente rien. Un soir où je n'y tenais plus, je lui ai lancé qu'Evan finirait par nous rejoindre en Amérique, John et moi, j'en étais intimement persuadée, et elle est alors partie d'un grand rire et m'a dit qu'Evan avait à peine mentionné mon nom pendant les trois années où j'avais été loin de lui, et qu'à son avis, si attaché que l'on demeure toujours aux membres de sa famille, lui m'avait quasiment oubliée.

Ces paroles, qu'elle savait me blesser profondément, m'ont mise dans une telle rage que je suis allée dans ma chambre et n'en suis pas sortie de toute la journée, ni le jour suivant, et finalement c'est John qui m'a persuadée de revenir dans la cuisine, déclarant qu'il ne tolérerait pas la discorde dans sa maison, et que ma sœur et moi devions faire la paix. À vrai dire, j'étais embarrassée, et j'avais hâte d'oublier cet incident, qui ne me montrait pas sous mon meilleur jour.

Karen et moi n'avons guère eu d'autres disputes de ce genre cependant, car elle a quitté Smutty Nose au bout d'un mois. Il s'est bientôt avéré que ma sœur avait besoin d'argent pour ses dents, et comme il n'y avait pas de travail à Smutty Nose, que je n'avais pas vraiment besoin de renfort pour les tâches domestiques, et que nous n'avions pas de quoi l'aider pécuniairement, John l'a emmenée à Appledore, où elle s'est présentée à Eliza Laighton, qui l'a engagée à son service et l'a installée dans une mansarde de l'hôtel habité et géré par la famille Laighton.

Au cours des deux années suivantes, nous devions voir Karen à intervalles réguliers, surtout le dimanche, car elle avait l'après-midi libre, et John allait la chercher pour qu'elle puisse prendre un repas avec nous. Je n'ai pas noté que son travail à l'hôtel améliorât beaucoup son humeur. En fait, je dirais que plus les mois passaient, plus elle semblait sombrer dans la mélancolie, et je me demandais même comment elle arrivait à conserver cette place.

Malgré le départ de Karen, John et moi ne devions presque plus jamais être seuls sur l'île, car Matthew, le frère de John, est arrivé chez nous peu de temps après que Karen a été placée. Matthew était discret et peu exigeant, et il avait ses quartiers de nuit dans le logement exposé au nord-est. Il était d'un grand secours à John sur le bateau. Et puis, le 12 avril 1872, jour terrible et fatal, John a amené un homme qui allait prendre pension chez nous, car mon mari avait besoin d'argent pour acheter un nouveau bateau de pêche. Cet homme s'appelait Louis Wagner.

À y repenser maintenant, je crois que ce sont surtout ses yeux qui m'ont frappée, des yeux d'un bleu d'acier, et pleins de ruse aussi, des yeux qu'on ne pouvait pas ne pas voir et qu'on avait du mal à éviter, et dont le regard vous mettait plutôt mal à l'aise. Wagner avait émigré de Prusse, et il était d'une arrogance que j'ai toujours associée aux Prussiens. Il était grand et bien bâti. Il avait des cheveux grossiers, de ces cheveux qui éclaircissent au grand air, de sorte qu'on avait parfois du mal à dire s'il était blond ou brun, mais sa barbe était saisissante, d'une belle couleur cuivrée en toutes circonstances, et qui devenait éclatante au soleil. Il avait la peau extraordinairement blanche, ce que je trouvais étonnant chez un homme de la mer, et il parlait mal l'anglais. Mais je dois admettre qu'il avait un sourire des plus communicatifs et des dents magnifiques et que, lorsqu'il était de bonne humeur et racontait ses histoires à table, il avait une sorte de charme qui parfois me changeait agréablement du silence de Matthew et de John.

Louis habitait le logement côté nord-est avec Matthew. Au début, tant qu'il a travaillé pour John sur le bateau, je voyais à peine notre nouveau pensionnaire, car il prenait ses repas rapidement et allait se coucher presque aussitôt, étant épuisé par les longues heures en mer. Mais, peu de temps après son arrivée, M. Wagner s'est mis à souffrir de rhumatismes, dont, nous a-t-il dit, il avait été affligé chroniquement pendant presque toute sa vie d'adulte, et ce mal a fait de lui un véritable invalide, au point qu'il a été obligé de rester à la maison et de garder le lit, et c'est ainsi que j'ai été amenée à mieux le connaître.

Je n'avais encore jamais eu à soigner quelqu'un jusqu'à sa guérison, et j'ai commencé par trouver cette obligation embarrassante et désagréable. Comme, au début, Louis ne pouvait pas se lever de son lit sans souffrir considérablement, j'étais obligée de lui porter ses repas, d'aller rechercher son plateau quand il avait fini, et de faire le ménage de sa chambre.

Un matin, alors qu'il était confiné dans son lit depuis plusieurs semaines, j'ai été surprise chez moi par des coups frappés à ma porte. Quand j'ai ouvert, Louis se tenait dans l'entrée, les vêtements un peu en désordre, les pans de sa chemise sans col sortant de son pantalon, mais c'était la première fois qu'il se levait depuis bien longtemps, et j'étais heureuse de le voir debout. Je lui ai dit d'entrer et de s'asseoir à table et je lui ai servi un café bien chaud.

Il est allé jusqu'à la chaise en boitillant et s'est assis avec un grand soupir. Quand il était en bonne santé, je l'avais vu remonter le doris à terre comme si c'était un jouet d'enfant ; or, à présent, il paraissait à peine capable de lever le bras de la table. Il avait perdu beaucoup de poids, et ses cheveux ébouriffés avaient besoin d'être lavés. Mais, malgré cela, il semblait ce jour-là assez content de lui et il m'a souri quand je lui ai apporté le bol de café.

« Je suis en dette envers vous pour votre gentillesse, m'a-t-il dit après avoir avalé une gorgée.

— Ce n'est rien, lui ai-je répondu en anglais, comme d'habitude, car aucun de nous deux ne parlait la langue de l'autre. Nous espérons juste vous redonner la santé.

— Je la retrouverai si je reste entre vos mains.

— Nous avons tous le souci de votre santé. Mon mari et son frère aussi.

— Mais c'est vous qui me soignez. Je suis un fardeau pour vous.

— Non, non », ai-je dit en l'assurant tout de suite que je le faisais bien volontiers. Mais il a hoché la tête.

« Dans ce pays, je n'ai jamais été que cela. Je n'ai pas eu de chance, et je ne suis arrivé à rien. Je dois de l'argent à tout le monde, et je n'ai pas vraiment de travail en vue.

— Vous travaillez pour mon mari, lui ai-je fait remarquer.

— Mais pas pour le moment, vous voyez bien. Je suis malade. Je ne peux même pas vous payer ma pension.

— Ne vous souciez pas de cela pour l'instant. Pensez seulement à vous guérir.

— Ah oui ? a-t-il dit, son visage s'éclairant soudain. Vous croyez que vous allez me guérir, madame Hontvedt ?

— J'essaierai..., ai-je répondu, un peu gênée. Mais vous avez faim. Je vais vous donner à manger.

— Ah oui, madame Hontvedt. Donnez-moi à manger, je vous en prie. »

À ces mots, je me suis retournée, et j'ai vu son sourire. J'ai cru un instant qu'il se moquait peut-être de moi, et puis j'ai chassé cette idée. Au moment où il avait frappé à la porte, j'attendais que la soupe se mette à bouillir. Je n'avais maintenant qu'à la remuer et à en verser dans un bol. J'avais aussi du pain que j'avais fait cuire plus tôt. C'était une soupe de poisson qui, soit dit en passant, sentait merveilleusement bon, si bien qu'en fait je n'ai pas pu m'empêcher de m'en verser un bol à moi aussi.

Louis a commencé à boire au bol en aspirant avec un bruit peu élégant, et je me suis dit qu'il n'avait sans doute jamais su se tenir convenablement. Pendant qu'il buvait, j'ai remarqué que sa barbe cuivrée avait grand besoin d'être taillée et que, malgré ma diligence à m'occuper de son linge, il avait sali sa chemise autour du cou et sous les bras à force de rester au lit de si longues heures. J'ai pensé que, si je trouvais du tissu qui convienne, je lui ferais peut-être une chemise neuve pendant sa convalescence.

« Vous êtes bonne cuisinière, m'a-t-il dit en levant les yeux de son bol.

— Merci du compliment, mais la soupe de poisson n'est pas difficile à faire, vous savez bien.

— Moi, je ne sais pas faire la cuisine, a-t-il dit en posant sa cuiller. Vous vous sentez seule ici ? »

À ma surprise, j'ai rougi. On me posait si rarement des questions de nature personnelle.

« Non, j'ai mon chien, Ringe, ai-je répliqué.

— Votre chien, a-t-il dit en me dévisageant. Ça vous suffit ?

— Mais j'ai mon mari...

— Il est parti toute la journée.

— Et j'ai du travail. Il y a toujours beaucoup à faire. Vous le voyez bien.

— Ce n'est pas une vie de travailler trop », a-t-il rétorqué avec un nouveau sourire qui lui découvrait les dents. Il s'est passé les doigts dans les cheveux, qui étaient trop longs, un peu gras, et lui tombaient sur le front. « Vous n'auriez pas une pipe ? », m'a-t-il demandé.

J'ai été un instant déconcertée par cette requête. J'ignorais si John serait d'accord pour partager son tabac avec le pensionnaire, mais je ne savais pas bien comment refuser cela à Louis Wagner.

« Mon mari fume quelquefois le soir », ai-je dit.

Louis m'a regardée en penchant la tête de côté. « Mais il n'est pas là dans la journée, que je sache ?

— Nous avons des pipes », ai-je dit d'une voix hésitante.

Louis a tout simplement attendu en souriant.

Au bout d'un moment, mal à l'aise sous son regard insistant, je me suis dirigée vers la boîte dans laquelle John rangeait les pipes, j'en ai tendu une à Louis, et je l'ai observé la bourrer de tabac. Au-dehors, la journée était belle et la mer calme. Le soleil faisait briller le sel sur les vitres — on aurait dit des cristaux de glace.

Je n'avais jamais fumé la pipe en l'absence de mon mari, et jamais si tôt le matin, mais j'avoue que, assise là à regarder Louis, j'ai été prise moi-même d'une envie croissante de fumer, de sorte que, bientôt, j'ai sorti ma propre pipe et, comme Louis venait de le faire, je l'ai bourrée de tabac. Après tout cela, je devais, somme toute, être passablement troublée, car le goût de la première longue bouffée m'a paru merveilleusement délicieux et mes mains ont cessé de trembler.

Louis a semblé amusé que je fume avec lui. « En Prusse, les femmes ne fument pas, a-t-il dit.

— Je suis une femme mariée. C'est mon mari qui m'a appris à fumer.

— Et qu'est-ce qu'il vous a appris d'autre ? », m'a-t-il aussitôt demandé avec un sourire.

Je m'empresse de dire que cette réplique ne m'a pas plu et que je n'ai rien répondu, mais Louis semblait décidé à me faire sortir de ma sombre réserve, et il a poursuivi : « Vous avez l'air trop jeune pour être mariée.

— C'est donc que vous n'avez pas vu beaucoup de femmes mariées.

— Je n'ai pas assez d'argent pour avoir une vraie femme. »

J'ai rougi quand j'ai compris le sens probable de ses paroles, et j'ai tourné la tête.

« John Hontvedt a beaucoup de chance d'avoir une

si belle épouse, a-t-il dit, persistant dans son discours malséant.

— Vous dites des bêtises, ai-je répondu, et je n'écouterai pas de tels propos.

— Mais c'est la vérité. Depuis onze ans que je regarde les femmes dans ce pays, je n'en ai pas vu d'aussi belle que vous. »

J'ai honte d'avouer, tant d'années plus tard, que, sur le moment, j'ai été, en partie du moins, flattée par ces paroles. Je savais que Louis Wagner était en train de me faire un brin de cour et que ce n'était pas convenable de sa part, mais, si j'étais capable de lui faire la morale, je n'avais pas tout à fait le courage de le chasser de chez moi. Après tout, raisonnais-je, il ne pensait pas à mal. Et, pour être honnête, jamais de ma vie un homme ne m'avait dit que j'étais belle. Je ne crois pas que mon mari me l'ait jamais dit. Pas même que j'étais jolie, en fait. Il ne me semblait pas alors qu'il y eût là quoi que ce fût de dangereux.

« J'ai fait du *konfektkake*, ai-je dit, pour changer de sujet. Je peux vous en offrir un morceau ?

— Qu'est-ce que c'est que le *konfektkake* ? a-t-il demandé.

— C'est un gâteau norvégien. Je crois qu'il va vous plaire. »

J'ai mis devant lui une assiette de gâteau au chocolat. Louis a éteint sa pipe et l'a posée sur la table. Dès la première bouchée, j'ai vu que mon gâteau était fort à son goût, et il l'a mangé d'une seule traite presque jusqu'au bout. Je me disais que j'allais être obligée de manger les deux morceaux qui restaient, car le soir, comment allais-je expliquer à mon mari ce que j'avais fait du reste ? Alors je les ai mangés. Louis s'est essuyé la bouche sur sa manche de chemise pour ôter le glaçage.

« Je crois que vous êtes en train de me séduire avec toute cette fumée et ce *konfektkake* », m'a-t-il dit avec un large sourire et en prononçant mal le norvégien.

J'ai été choquée par ces paroles. Je me suis levée. « Il faut que vous partiez maintenant, ai-je dit aussitôt.

— Ah, madame Hontvedt, ne me renvoyez pas. On passe un si bon moment ! Je ne faisais que vous taquiner. Je vois que personne ne vous taquine guère ces derniers temps. Est-ce vrai ?

— Partez à présent, je vous prie », ai-je répété.

Il s'est levé lentement de sa chaise et, ce faisant, il s'est arrangé pour s'approcher de moi encore un peu plus. Je ne voulais pas avoir l'air de reculer devant lui, et, de plus, il aurait fallu que je me serre contre le poêle, ce que je ne pouvais faire de crainte de me brûler, et c'est ainsi qu'il a tendu la main et m'a touché la joue, très doucement, et, à ma grande honte, des larmes involontaires me sont soudain montées aux yeux, des larmes si abondantes que je n'ai pas pu les dissimuler.

« Madame Hontvedt », a-t-il dit, l'air étonné.

J'ai écarté brutalement sa main de mon visage. Je ne sais ce que j'aurais pu lui répondre, ne comprenant pas moi-même ce qui m'arrivait, et, comme il ne semblait pas décidé à quitter la pièce, j'ai attrapé ma cape à la patère et je me suis précipitée dehors.

Une fois que mes larmes se sont mises à couler, elles n'ont plus cessé, de sorte que je suis allée jusqu'à la pointe de l'île presque sans rien voir, et là, face à la mer, j'ai montré les poings rageusement.

Je n'ai pas parlé à mon mari de la visite que m'avait faite Louis Wagner, car, en réalité, il n'y avait pas grand-chose à raconter, mais John s'est bientôt rendu compte de lui-même que les forces revenaient à son pensionnaire. Après cette fois-là, je n'ai plus jamais invité Wagner chez moi quand j'étais seule, mais je le voyais assez souvent, car j'ai continué à le soigner, et puis plus tard il est revenu prendre ses repas avec nous matin et soir. Quand il a été complètement rétabli, il a pris l'habitude de venir s'asseoir près du poêle le soir, et nous étions donc ensemble, Wagner, moi-même, John et Matthew, et parfois les hommes parlaient entre eux, mais le plus souvent ils fumaient en silence. Je suis heureuse de pouvoir dire que je n'ai plus jamais perdu contenance en présence de Louis Wagner, et pourtant il a continué à me poursuivre de

165

ses regards insistants, et, s'il n'osait plus me taquiner en paroles, j'avais parfois l'impression qu'il me dévisageait d'un air moqueur.

Je n'ai eu qu'une seule autre occasion de m'interroger sérieusement sur ses intentions et, en fait, sur sa santé mentale. Un jour d'été, en fin d'après-midi, toujours pendant cette période où il commençait à se rétablir, j'ai entendu un fracas effroyable et des paroles marmonnées à travers la cloison qui nous séparait de sa chambre, et soudain j'ai été épouvantée.

« Louis ? ai-je appelé, et puis encore une fois : Louis ? »

Mais je n'ai pas eu de réponse, et le vacarme a continué dans la pièce voisine. Inquiète, je suis sortie en courant pour regarder par la fenêtre de notre pensionnaire, que je n'avais pas encore garnie de rideaux. C'est alors que j'ai assisté à un spectacle stupéfiant. Se livrant à une singulière crise de désespoir, Louis Wagner battait des bras et s'agitait de tous côtés, renversant les objets sur l'étagère, mettant les draps sens dessus dessous, tout en manifestant une terrible rage par l'expression de son visage et une série de sons inintelligibles. J'étais trop terrifiée pour l'appeler, je redoutais que sa fureur ne se retourne contre moi, mais je craignais également pour sa personne. Et puis, apparemment aussi soudainement qu'il avait commencé, Louis Wagner a mis fin à ce comportement de fou furieux, il s'est effondré sur son lit et il est parti de ce rire hystérique qui s'accompagne de larmes. Au bout d'un moment, il s'est couvert les yeux avec un bras, et je crois qu'il s'est endormi. Rassurée de voir que sa crise était terminée, quelle qu'en ait été l'origine, je suis retournée dans ma cuisine et j'ai réfléchi à cet accès bizarre et anormal.

Peu à peu, je l'ai dit, Louis Wagner a recouvré la santé et il a pu retourner travailler pour John. Plusieurs fois, quand il a été de nouveau sur pied, John est allé chercher Karen à Appledore comme d'habitude, le dimanche après-midi, et ces jours-là, Louis, dans sa belle chemise, les cheveux lavés et peignés, avait, je dois dire, plutôt belle allure. Le voyant peut-être comme un prétendant possible, Karen était considérablement plus chaleureuse avec lui qu'avec moi, et j'ai remarqué que sa mélancolie semblait alors la quitter. Elle s'efforçait de composer son visage, effort qui échouait complètement, car c'est une vaine entreprise que de vouloir remodeler un morceau de caoutchouc, l'élasticité de la matière elle-même faisant que l'objet reprend sa forme originale. Une fois, Karen m'a confié qu'elle trouvait Louis Wagner bel homme et qu'il semblait s'intéresser à elle, mais, comme j'avais assisté à chacune de leurs rencontres et avais pu observer l'attitude de Wagner vis-à-vis de ma sœur — une attitude cordiale, mais sans plus —, je me suis dit que Karen devait être sujette à ces fantasmes qui habitent les vieilles filles dans leur désespoir.

Un de ces dimanches après-midi en question, John a ramené Karen à la maison. C'était, je crois, au début de septembre, et le temps était doux mais triste, car le soleil n'avait pas percé à travers les nuages depuis plusieurs jours. Dans l'île, tout était couvert de brume, et quand ils sont arrivés chez nous, j'avais l'impression de voir de fines gouttelettes jusque dans leurs cheveux.

Mais mon attention a surtout été attirée par le visage de Karen, dont l'expression était un mélange de mystère et de délectation, et dont le regard était tellement fixé sur moi que je ne pouvais m'en détacher. Elle s'est tout de suite dirigée vers moi avec un sourire, et je me demandais bien ce qu'elle voulait me dire, mais, quand je lui ai demandé franchement ce qui la réjouissait tant, elle m'a simplement répondu qu'il fallait que j'aie de la patience et que je l'apprendrais sans doute en temps voulu. Cette manière de faire des cachotteries m'a mise de si méchante humeur que j'ai juré de chasser de mon esprit ma sœur et ses machinations, mais Karen était tellement résolue à aiguiser ma curiosité qu'il m'était presque impossible de lui échapper et d'éviter son regard. Elle a ensuite présidé tout le repas dominical avec ses façons ridicules, nous entretenant des personnages venus rendre visite à Celia Thaxter, qui était la sœur d'Eliza Laighton et une poétesse d'un certain renom, des travaux au Jacob Poor Hotel, et d'une petite altercation qu'elle-même avait eue avec sa patronne, bref, nous parlant de tout sauf de ce qu'elle voulait me faire savoir.

Comme je ne possède pas un trésor de patience extraordinaire, et qu'elle comptait me lanterner encore toute une semaine en ne révélant rien l'après-midi même, je n'ai pas pu tenir ma langue quand elle a mis sa cape pour se préparer à partir.

« Dis-moi ton secret, Karen, sinon je vais en mourir de curiosité, me suis-je écriée, sachant qu'une telle supplication était exactement ce qu'elle voulait entendre de ma part.

— Oh, ce n'est rien du tout, Maren, m'a-t-elle répondu d'un air dégagé. Sinon que j'ai reçu une lettre d'Evan.

— Evan, ai-je dit en reprenant mon souffle. Et tu as apporté sa lettre ?

— Non, Maren, je suis désolée, j'ai oublié de la prendre, elle est restée dans ma chambre.

— Alors dis-moi ce que t'écrit Evan. »

Elle m'a regardée avec un sourire condescendant. « Qu'il va venir en octobre, c'est tout.

— Evan ?

— Il embarque dans deux semaines et il sera ici vers le milieu du mois. Il dit qu'il voudrait habiter chez vous, ici à Smutty Nose, le temps de pouvoir s'installer. »

Evan ! Il venait en Amérique ! J'ai dû trahir mon émotion, je l'avoue, en saisissant John par le bras. « Tu entends ce que dit Karen ? Evan va venir ici. Et dans un mois seulement. » Je me suis penchée pour attraper mon chien Ringe qui, sentant l'atmosphère d'enthousiasme qui régnait dans la pièce, sautait partout comme un fou.

Je peux dire ici très franchement que les semaines qui ont suivi ont été les plus agréables que j'aie jamais passées à Smutty Nose. Je suis même parvenue à supporter Karen avec une certaine sérénité, bien qu'elle oubliât, de semaine en semaine, de m'apporter la lettre d'Evan. Je crois que je n'ai jamais été aussi diligente que pendant ces premiers jours de l'automne, récurant la chambre du premier, confectionnant des rideaux et un tapis et, quand la date de l'arrivée a été proche, préparant toutes sortes de mets norvégiens et de friandises qu'Evan adorait et auxquels il croyait sans doute ne plus jamais pouvoir goûter : du *rommegot*, du *krumcake*, et du *skillingsbolle*. John était tout heureux, je crois, de me voir si contente et si active, et peu lui importait, apparemment, d'avoir une autre bouche à nourrir. Si la venue de son frère causait un tel bonheur à sa femme, un bonheur contagieux qui se communiquait à tous et créait à Smutty Nose une atmosphère de gaieté extrême et d'impatience, mon mari en acceptait la cause avec joie. Même le temps paraissait être de la partie, nous gratifiant de toute une série de belles journées de ciel pur et d'une mer assez agitée mais praticable, si bien qu'il suffisait de sortir de la maison et d'inspirer l'air pour être grisé.

Comme j'avais entrepris tant de choses et que j'avais si peu de temps pour les accomplir, le dernier jour, je ne savais plus où donner de la tête, et je voulais absolument terminer le tapis pour la chambre que nous avions refaite pour Evan, de sorte que, au lieu d'être à ma fenêtre toute la journée à guetter la goélette, puis le doris, pour voir Evan arriver, j'étais à genoux par terre. Ainsi n'ai-je su que mon frère était là qu'en entendant mon mari appeler de la grève.

À vrai dire, c'était un jour de mauvais temps, et l'île était balayée par un vent de nord-est qui obligeait presque à se plier en deux pour pouvoir avancer. Mais, malgré cela, j'ai couru jusqu'à la grève. J'ai vu un petit groupe de gens et, parmi eux, l'éclat argenté d'une chevelure blonde.

« Evan », me suis-je écriée, en me précipitant pour l'accueillir. Je suis allée droit vers lui, ne voyant clairement que son visage parmi la masse confuse des autres gens et du paysage, et je lui ai sauté au cou. J'ai attiré sa tête vers moi pour serrer son visage contre le mien. Evan a levé un bras en criant haut et fort : « Salut à l'Amérique ! », et tout le monde s'est mis à rire autour de nous. J'ai vu que John se tenait juste derrière Evan, et qu'il avait un large sourire, car je crois qu'il m'aimait vraiment et qu'il se réjouissait de me voir si heureuse.

Et c'est ainsi qu'au milieu de ce tourbillon de salutations, tenant encore mon frère dans mes bras, et tournant lentement la tête, mon regard s'est posé sur un visage inconnu. C'était le visage d'une femme, une femme très belle, au teint clair et aux yeux verts. Ses cheveux abondants n'étaient pas du même blond argenté que ceux de mon frère, mais d'une couleur qui semblait avoir pris la chaleur du soleil, et j'ai trouvé bizarre, je me souviens, qu'elle ne les ait pas relevés sur sa tête avec des épingles, car le grand vent les ébouriffait à tel point que, par moments, elle était obligée de les retenir avec ses mains pour y voir clair. Elle avait un visage ravissant et une peau éclatante, même sous ce ciel couvert. Peu à peu, mon frère s'est dégagé de mon étreinte, et il a fait les présentations.

« Voici Anethe, a-t-il dit, Anethe, ma femme. »

Je passe un temps exagérément long sur l'emplacement de la maison, épuisant les précieuses minutes qui me restent pour prendre mes dernières photos. Quand je me lève, j'ai les jambes raides et je grelotte toujours. Je ne peux pas enlever mon sweat-shirt, puisque je n'ai pas de vêtement de rechange, et qu'il n'y en a pas non plus dans le Zodiac, je crois. Je ramasse tous mes appareils et, sous cette lumière morne, je m'en vais prendre les photos de détail dont j'ai parlé à Rich. Je procède méthodiquement, avançant dans le vent, la tête rentrée dans les épaules, entre chaque série de photos. Je photographie les tombes des marins espagnols, l'endroit où se dressait autrefois le Mid-Ocean Hotel, la porte de la maison Haley. Je fais six rouleaux de Velvia 220. Je travaille avec un trépied et un objectif macro. Je ne sais pas exactement combien de temps s'est écoulé, mais, en refaisant le tour de l'île pour revenir à la plage, je me dis que Rich doit s'impatienter. Alors je suis surprise de ne pas le trouver là.

Je m'assieds dans le sable et j'essaie de me protéger les jambes en mettant mes bras devant. Comme cela s'avère inefficace, je m'allonge sur le ventre. Le sable a gardé un peu de la chaleur du soleil, et je sens cette douce tiédeur sur mes jambes nues, et même à travers mon short en coton et mon sweat-shirt. Je retire mes lunettes et les pose près de moi. Telle une créature marine, j'essaie de m'enfoncer plus profondément dans le sable, en me protégeant le visage avec les mains. En faisant cela, et en respirant réguliè-

rement, j'arrive presque à maîtriser mes tremblements.

Je n'entends pas Rich arriver. La première chose
qui me signale sa présence à côté de moi est un mince
filet de sable, comme celui d'un sablier, que je sens
couler le long de ma jambe, de la cheville au genou,
et le long de la cuisse. D'abord sur une jambe, puis
sur l'autre.

Comme je ne me retourne pas, et ne réagis pas, je
sens la légère pression de ses doigts sur mon dos. Il
s'agenouille dans le sable près de moi.

« Ça va ?

— Non.

— Tu es trempée. »

Je ne réponds pas.

« Qu'est-ce qui ne va pas ? », me demande-t-il.

J'ai du sable sur le front. Je tourne légèrement la
tête, mais pas de son côté. Je vois les petits rochers
noirs de la plage, mouillés, luisant comme de l'huile,
et, à la hauteur de mes yeux, un crabe qui file à toute
allure sur la croûte de sable et disparaît dans un trou.
Le vent susurre continuellement, plus doucement à
ras du sol, mais sans arrêt. Je crois que si je devais
vivre dans l'île le vent me rendrait folle.

Rich se met à me frotter le dos pour me réchauffer,
pour que je cesse de grelotter. « Viens dans le canot.
Je vais te remmener au bateau. Il faut que tu prennes
une douche chaude.

— Je ne peux pas bouger.

— Je vais t'aider.

— Je ne veux pas bouger. »

C'est la vérité, me dis-je. Je ne veux plus bouger,
plus jamais. Je ne veux pas retourner au bateau, je ne
veux plus voir le visage de Thomas, ni celui d'Adaline,
je ne veux plus me demander ce qu'ils ont fait ou
n'ont pas fait, ce qui s'est dit entre eux. Quels vers de
quels poèmes ont été cités. Ou pas cités. Je sais que
Billie est sur le bateau et qu'à cause d'elle je devrai y
retourner. Bientôt il le faudra. Il faudra que j'aille
avec les autres à Portsmouth ou à Annisquam, ou que
je trouve un moyen de survivre à une autre nuit dans

le port. Je comprends bien que je vais devoir continuer à participer à cette croisière — une croisière que l'on fait à cause de moi. Je sais que je vais devoir remballer mes appareils-photo, récrire le livre de bord, rentrer à la maison, développer les pellicules, en espérant que j'aurai quelque chose à envoyer au magazine. Je sais que je vais devoir retourner à Cambridge, dans notre maison, que Thomas et moi allons vivre notre vie de couple à notre manière, comme avant, et que je vais continuer à l'aimer.

Pour l'instant, rien de tout cela ne me paraît possible, j'en suis incapable.

Tout ce que je veux, c'est m'enfoncer dans le sable, sentir le sable autour de moi pour me réchauffer, être seule.

« Tu pleures, dit Rich.

— Non. »

Je me redresse et m'essuie le nez sur la manche de mon sweat-shirt. Mon corps, sur le devant, est entièrement couvert d'une fine couche de sable. J'ai du sable dans les cheveux, et sur la lèvre supérieure. Je serre mes jambes dans mes bras aussi fort que possible. Sans mes lunettes, je ne vois ni le bateau ni ceux qui sont dessus. Même le Zodiac, qui n'est qu'à une vingtaine de pieds, n'est qu'une masse orangée toute floue. Une forme qui doit être une mouette descend en piqué sur la plage et avance irrégulièrement sur les galets. C'est un soulagement de ne pas voir la forme des choses, les détails.

J'enfouis ma tête dans mes genoux. Je me lèche la lèvre supérieure avec la langue et je ramène le sable dans ma bouche. Rich met sa main sur ma nuque, comme on fait quand un enfant a mal au cœur. Sa main est tiède.

J'ai l'impression que nous restons dans cette position, sans bouger et sans parler ni l'un ni l'autre, pendant un temps très long.

Finalement, je me redresse et je regarde mon beau-frère. Lui, je le vois nettement, mais derrière lui les choses deviennent floues. Il paraît perplexe, comme s'il n'était pas très sûr de ce qui va suivre.

« Tu te souviens du mariage ? », dis-je.

Il retire sa main avec, me semble-t-il, un mélange complexe de regret et de soulagement. « Bien sûr que je m'en souviens.

— Tu n'avais que vingt-deux ans.

— Toi, tu n'en avais que vingt-quatre.

— Tu ne voulais pas te mettre en costume, et tu avais une queue de cheval. Tu n'as pas voulu m'embrasser après la cérémonie, et j'ai cru que c'était parce que tu étais furieux qu'on t'ait demandé de mettre un costume.

— Tu avais une robe noire. J'ai trouvé que c'était fantastique comme tenue de mariée. Tu n'avais pas de bijoux. Il ne t'a pas donné d'alliance.

— Il ne croyait pas en ce genre de choses.

— Tout de même.

— Toi et moi, on est allés se baigner ce matin-là.

— Avec mon père. Thomas est resté à la maison pour travailler. Le jour de son mariage.

— Il est comme ça...

— Je sais, je sais.

— À l'époque, je trouvais qu'il prenait un engagement extraordinaire en m'épousant. Que c'était une chose cruellement difficile pour lui.

— Mes parents étaient aux anges.

— Aux anges ?

— C'était une telle chance pour lui de t'avoir. Tu étais quelqu'un de tellement sûr.

— Merci bien.

— Non, je veux dire que tu étais solide, tu avais les pieds sur terre. Ils étaient terriblement soulagés qu'il ait trouvé quelqu'un comme toi.

— Je ne lui causerais pas d'ennuis.

— Tu l'empêcherais de s'attirer des ennuis.

— Personne ne peut empêcher cela.

— Tu as essayé.

— Thomas ne va pas bien.

— Toi non plus.

— Nous n'allons pas bien. »

Je secoue la tête et j'étends les jambes devant moi. « Rich, le mariage est le contrat le plus mystérieux qui soit, je te le jure. Je suis convaincue qu'il n'y a pas deux mariages qui se ressemblent. Mieux que cela, dans le mariage, tout change de jour en jour. C'est le temps qui est la dimension importante, encore plus que l'amour. On ne peut pas demander à quelqu'un où il en est dans sa vie de couple, parce que le lendemain tout sera différent. C'est par vagues.

— Toi et Thomas.

— Pendant certaines périodes, il me semble que notre rencontre a été une sorte d'accident, que nous nous sommes mariés à cause d'un certain enchaînement d'événements. Et puis, le lendemain peut-être, ou le soir même, on est à nouveau si proches, Thomas et moi, que j'ai déjà oublié ce qu'on a pu se dire quand on s'est disputés deux heures plus tôt. C'est comme si cette dispute n'avait pas eu lieu, comme si cette notion d'accident n'avait jamais existé — ça ne paraît même pas plausible. Tu l'appelais Tom à l'époque.

— Autrefois, oui. Je ne sais pas pourquoi. »

Je lève les yeux dans la direction du bateau, que je ne vois pas. Mon horizon s'arrête à la plage, aux rochers et à la mer, d'une pâleur floue d'aquarelle.

« Qu'est-ce qui se passe là-bas, à ton avis ? dis-je.

— Jean, ne te fais pas tout ce mal.

— C'est si évident que cela ?

— Cela fait peine à voir. »

Je me lève subitement et je m'éloigne du bord de l'eau. Je marche vite, pour semer Rich. Pour les semer tous. Je veux me réfugier — échapper au froid, à cette île, à la vue du bateau dans ce port. Je me dirige vers la maison Hontvedt. Que je viens de quitter.

Mais Rich est derrière moi. Il me suit par-dessus les rochers, dans les broussailles épaisses. Quand je m'arrête, il est à côté de moi.

« C'est ici que les deux femmes ont été assassinées, dis-je vivement.

— Jean.

— C'est tellement petit. Ils passaient l'hiver là. Je ne sais pas comment ils faisaient. Je regarde cette île et j'essaie d'imaginer tout cela. L'enfermement, la claustrophobie. J'essaie constamment de me représenter les meurtres.

— Écoute...

— Il n'y a même pas d'arbres ici. Jusqu'à une date récente, les enfants qui étaient élevés dans l'île ne voyaient jamais ni arbres ni voitures avant leur adolescence, tu savais ça ?

— Jean, arrête.

— J'aime Thomas.

— Je sais.

— Mais c'est dur.

— Il te donne du tourment. »

Je regarde Rich, surprise de tant de perspicacité. « Oui, c'est vrai. Il me donne du tourment. Pourquoi t'es-tu rasé le crâne ? »

Il sourit en se frottant la tête.

« Tu aimes Adaline ? »

Rich regarde du côté du bateau. Je crois qu'il se pose la question lui aussi.

« C'est physique ? »

Il penche la tête, réfléchit. « C'est une femme séduisante, dit-il. Et un peu plus que cela. Une femme... — il cherche le mot — mystérieuse.

— Tandis que nous, nous n'avons rien de mystérieux. Nous sommes juste d'honnêtes gens.

— Pas si honnêtes que ça », dit-il en souriant. Il a des dents parfaites.

Je pose ma main sur son bras.

Il est stupéfait. Je le sens au léger tressaillement de son corps. Mais il ne se dérobe pas.

« Jean », dit-il.

Je me penche en avant et je pose mes lèvres sur la peau de son bras. Ai-je mal interprété le filet de sable le long de mes jambes ?

Quand je lève les yeux, je le vois désemparé. C'est bien la première fois que je le vois perdre contenance.

« Pourquoi ? », dit-il.

Je l'observe. Je hoche la tête. *Exprès*, pourrais-je lui répondre. Ou bien : *Pour le tromper avant qu'il ne me trompe.* Ou : *Avant d'avoir la preuve absolue qu'il m'a trompée.* Ou simplement : *Parce que j'en ai envie, et que c'est mal.*

Sans me toucher, il se penche pour m'embrasser. Un baiser effrayant — à la fois étranger et familier.

Je relève mon sweat-shirt. Curieusement, je n'ai plus froid et j'ai cessé de grelotter depuis un moment.

J'entends sa respiration, une respiration contrôlée, comme s'il venait de courir.

Je passe la main sur son crâne, qui est comme une carte bien lisse.

Il m'embrasse dans le cou. Autour de nous, c'est un désordre de mouettes et de crabes qui descendent en piqué ou traversent le sable à toute allure, alarmés de ce bouleversement dans l'ordre de l'univers. Je lui lèche l'épaule, je la mordille un peu.

Il me tient par la taille, et je sens ses mains trembler.

« Je ne peux pas faire cela, me dit-il à l'oreille. J'en ai envie. » Il dessine un rond dans mon dos. « J'en ai envie, répète-t-il, mais je ne peux pas. »

Et, aussi brusquement qu'elle s'était ouverte, une porte se ferme. Pour de bon. J'appuie la tête contre sa poitrine en soupirant.

« Je ne sais pas ce qui m'a pris », lui dis-je.

Il me serre contre lui. « Chhh », murmure-t-il.

Nous restons ainsi, tandis que les nuages défilent très vite au-dessus de nos têtes. Il y a entre nous, je crois, une intimité que je ne connaîtrai plus jamais. Une intimité parfaite, terrible — sans culpabilité, sans inquiétude, sans avenir.

Calvin Hayes, membre du jury qui participa avec le coroner à l'enquête judiciaire ouverte après le meurtre d'Anethe Christensen et de Karen Christensen, vint à la barre expliquer en détail ce qu'il avait vu : « On est arrivés dans l'île entre huit heures et huit heures et demie du soir. On a abordé et on s'est dirigés vers la maison précédemment occupée par John Hontvedt. Quand on pénètre dans la maison, il y a d'abord une petite entrée qui donne accès à la cuisine. Quand on est entrés dans la cuisine, on a trouvé les meubles renversés partout sur le sol, la pendule sur le canapé, le cadran par en dessous ; elle était arrêtée. Je n'ai pas regardé le cadran ; c'est sûr qu'elle était tombée d'une petite étagère de coin juste au-dessus du canapé. Le corps d'Anethe Christensen était étendu par terre au milieu de la cuisine, la tête du côté de la porte où on est entrés. Elle avait une écharpe ou un châle noué autour de la gorge, un lainage de couleur, et un vêtement recouvrait vaguement son corps. La tête était comme cabossée, on pourrait dire, couverte de blessures et, près de l'oreille droite, le crâne était fendu en deux ou trois endroits et on voyait sortir la cervelle. Il y avait une chambre qui donnait dans la cuisine ; et dedans il y avait un lit et une malle, la malle était ouverte, le contenu éparpillé sur le plancher. Le corps d'Anethe a été placé sur une planche sur la table, et l'examen a été fait par les médecins qui étaient présents. Ensuite on est allés dans l'autre partie de la maison. Dans cette aile de la maison, la disposition était la même que dans celle où on était entrés en premier. On a traversé une entrée, qui donnait accès à une pièce correspondant à la cuisine, dans laquelle donnait une autre chambre. Dans cette chambre, le visage contre terre, on a trouvé le corps de Karen Christensen. Le rebord de la fenêtre, dans la première chambre dont j'ai parlé, était arraché — la fenêtre de l'aile sud-ouest de la maison. Un foulard blanc était noué serré autour du cou de Karen Christensen, par-derrière, tellement serré que la langue sortait de la bouche. Sur le rebord de la fenêtre, à l'intérieur, dans l'aile sud-ouest de la maison, il y avait une marque qui avait l'air d'avoir été faite avec une hache et, à l'extérieur, là où le rebord était arraché, il y avait une autre marque qui avait l'air d'avoir été faite avec un instrument arrondi, comme un manche de hache. La tête de Karen Christensen était couverte de blessures, mais moins que la première victime. Je crois que le crâne était fendu en un seul endroit. C'est là que j'ai trouvé une hache. »

Hayes montra la hache qu'il avait trouvée.

Il continua : « J'ai emporté la hache en quittant

l'île. Depuis, elle est sous ma garde. Je l'ai trouvée sur le côté, quand on a franchi la première porte ; mais maintenant elle n'est plus du tout dans l'état où je l'ai trouvée ; à ce moment-là, elle était souillée de sang et toute couverte de matière. En revenant de l'île, la mer était très mauvaise et, avec les embruns, presque tout le sang est parti. »

Après le témoignage de Calvin Hayes, c'est le Dr John W. Parsons, le médecin qui fit l'autopsie d'Anethe, qui vint à la barre.

« L'examen a été pratiqué le 8 mars, commença-t-il, dans la ville de Portsmouth, à l'entreprise de pompes funèbres Gerrish & Adams. À l'examen, j'ai trouvé une blessure superficielle sur le côté droit du front, à la partie supérieure. L'oreille gauche avait été coupée et était presque détachée de la tête, et la blessure se prolongeait derrière l'oreille d'un pouce ou deux ; rien qu'une blessure superficielle. Il y avait une blessure superficielle sur le côté gauche de la tête juste au-dessus et en avant de l'oreille, et en dessous, une fracture du crâne compliquée. Il y avait une blessure superficielle devant l'oreille droite et une autre qui avait presque détaché l'oreille droite de la tête, et qui se prolongeait derrière en descendant. Il y avait encore deux blessures superficielles sur le côté droit de la tête, à la partie supérieure, au-dessus de l'oreille. Il y avait une petite blessure superficielle sur le côté gauche de la tête, au-dessus de la large blessure déjà décrite. Il y avait quelques égratignures bénignes, et des blessures du cuir chevelu, mais qui valent aussi d'être mentionnées. »

Puis le Dr Parsons déclara qu'à son avis il avait fallu un instrument très lourd pour porter de tels coups et que, oui, il était possible que ce fût une hache.

Rich me fait renfiler mon sweat-shirt et me remmène vers la plage. Je remarque qu'il prend soin de me lâcher la main à l'endroit précis où le bateau redevient visible. Nous cherchons mes lunettes dans le sable, et je les nettoie. Je reprends mon matériel photo et passe le sac sur mon épaule. Le ciel s'est noirci et répand une lumière de désolation.

« Je n'ai jamais été infidèle », dis-je.

Rich me dévisage. « Je serais très surpris que tu me dises le contraire.

— Merci de...

— Non, me coupe-t-il. Je ne suis pas sûr que tu comprennes. Tout à l'heure, j'en ai eu envie. Crois-moi, j'en ai eu envie. Il y a longtemps que j'en veux à Thomas. De son manque d'attention, de son manque d'égards pour toi. Mais il y a plus que cela. J'ai... » Il cherche ses mots. « J'ai toujours eu de l'admiration pour toi, depuis le jour où j'ai fait ta connaissance.

— De l'admiration ? dis-je avec un sourire.

— Je n'ose pas dire les choses autrement. Pas maintenant.

— Mais si, dis-je avec un petit rire. Ne te gêne pas. Je n'en suis plus à cela près. »

Rich croise les bras sur sa poitrine et laisse errer son regard sur l'étendue de Smuttynose. Dans son profil, je crois reconnaître quelque chose de Thomas. L'espace très marqué entre la lèvre supérieure et le nez. La courbe du front.

« Rich, dis-je en lui effleurant le bras, je ne fais que plaisanter. »

Quand il se retourne vers moi, je lis sur son visage une expression passagère de défaite. De tristesse.

« Je te trouve belle », dit-il.

De grosses gouttes de pluie commencent à tomber autour de nous, creusant des soucoupes dans le sable. Rich regarde par terre, puis s'essuie le dessus du crâne.

« La pluie arrive, dit-il. On ferait bien de s'en aller. »

Au début du procès, Maren Hontvedt, seul témoin oculaire des deux meurtres, vint à la barre. Elle se présenta sous le nom de Mary S. Hontvet, déclinant le nom et l'orthographe qu'elle avait adoptés en Amérique. Elle dit qu'elle était l'épouse de John C. Hontvet et la sœur de Karen Christensen. Evan Christensen, déclara-t-elle, était son frère.

Yeaton commença à l'interroger.

180

« Combien de temps avez-vous vécu à Smutty Nose avant cette affaire ? demanda Yeaton.

— Cinq ans, répondit Maren. J'étais à la maison le jour avant le meurtre.

— Votre mari y était-il aussi ce jour-là ?

— Il est parti le matin, au petit jour, avec mon frère, et son frère. Evan est le mari d'Anethe.

— Après son départ ce matin-là, quand avez-vous revu votre mari ?

— Je l'ai vu le matin d'après, je sais pas bien, mais autour de dix heures.

— À neuf heures ce soir-là, qui était présent chez vous avant que vous n'alliez vous coucher ?

— Karen, Anethe et moi. Il y avait personne d'autre dans l'île à cette heure-là.

— À quelle heure êtes-vous allée au lit ce soir-là ?

— Dix heures. J'ai couché dans la partie ouest de la maison, dans la chambre. Anethe et moi, on a dormi ensemble cette nuit-là.

— Vous êtes allée vous coucher vers dix heures.

— Vers dix heures. Karen est restée dormir ce soir-là. Sur un matelas dans la cuisine. Le matelas où Karen a dormi était dans l'angle de la cuisine côté est, l'angle qui est par là, et ma chambre est par là. » Des mains, Maren indiqua la disposition des lieux au tribunal.

Puis Yeaton lui demanda comment on avait laissé la porte de communication entre la cuisine et la chambre ce soir-là.

« Laissée ouverte, dit Maren.

— Comment étaient les rideaux ?

— Je les ai pas tirés. La nuit était belle, alors je les ai laissés ouverts.

— Je parle des rideaux de la cuisine.

— Oui.

— Comment était la porte d'entrée de cette partie de la maison, verrouillée ou non ?

— Non, monsieur, pas verrouillée. La serrure était cassée depuis quelque temps, elle a cassé l'été dernier et on l'a pas arrangée. Karen était déshabillée, le lit fait ; on avait fait un lit.

— Y avait-il une pendule dans cette pièce ?

— Oui, la pendule juste au-dessus du lit, dans le coin.

— Si vous avez été dérangée cette nuit-là, ou réveillée, dites la première chose qui vous a réveillée et, autant que vous sachiez, ce qui s'est passé. »

À ce moment-là, Tapley fit objection pour la défense, et des propos furent échangés entre les avocats et la cour. Finalement, on laissa Maren répondre.

« "John m'a fait peur, John m'a fait peur", qu'elle a dit.

— Pouvez-vous spécifier vers quelle heure de la nuit cela s'est passé ?

— On s'est réveillées. Je sais qu'il a été la frapper avec une chaise.

— Quelle heure était-il environ ?

— La pendule est tombée sur le lit, et elle s'est arrêtée à sept minutes après une heure.

— Après que vous avez entendu Karen crier "John m'a fait peur", que s'est-il passé ?

— "John m'a tuée, John m'a tuée", qu'elle a crié bon nombre de fois. Quand il a commencé à la frapper avec une chaise, elle a hurlé "John m'a tuée, John m'a tuée".

— Qu'avez-vous fait ?

— Dès que je l'ai entendue crier "John m'a tuée", j'ai sauté du lit et j'ai essayé d'ouvrir la porte de ma chambre. J'ai essayé de l'ouvrir, mais je n'ai pas pu, elle était bloquée.

— Poursuivez.

— Il a continué à la frapper, et moi j'essayais toujours d'ouvrir la porte, mais je ne pouvais pas, la porte était bloquée. Elle est tombée par terre sous la table, et puis la porte s'est ouverte et j'ai pu entrer.

— Et ensuite ?

— Quand j'ai réussi à ouvrir la porte, j'ai regardé devant moi et j'ai vu un homme debout devant la fenêtre. J'ai vu qu'il était grand et fort. Il a saisi une chaise des deux mains, une chaise qui était près de lui. Je me suis dépêchée d'attraper Karen, je tenais la porte d'une main, et de l'autre j'ai attrapé Karen pour l'emporter aussi vite que je pouvais. Pendant que j'étais là, il m'a frappée deux fois, et je me suis cramponnée à la porte. J'ai dit à Karen de se tenir à la porte pendant que j'ouvrais la fenêtre pour qu'on essaie de sortir.

— Quelle fenêtre était-ce ?

— La fenêtre de ma chambre. Et elle a dit non, je ne peux pas, je suis trop faible. Elle était à genoux par terre, les bras agrippés au lit. J'ai dit à Anethe de venir ouvrir la fenêtre et de s'enfuir en prenant des vêtements avec elle, de s'enfuir et d'aller se cacher.

— Où était Anethe quand vous lui avez dit cela ?

— Dans ma chambre.

— Bien.

— Elle a ouvert la fenêtre.

— Qui a ouvert la fenêtre ?

— Anethe a ouvert la fenêtre, elle l'a laissée ouverte et elle s'est enfuie. Je lui ai dit de s'enfuir.

— Où s'est-elle enfuie ?

— Elle est sortie par la fenêtre, elle a sauté par la fenêtre.

— Continuez.

— Je lui ai dit de courir, et elle m'a dit "je ne peux pas courir". Je lui ai dit "crie fort, peut-être quelqu'un dans les îles va entendre". Elle a dit "je ne peux pas crier". Pendant que j'étais là à la porte, il a essayé d'entrer trois fois, il a tapé trois fois pendant que j'étais derrière la porte.

— Quelle porte ?

— La porte de ma chambre. Quand il a vu qu'il pouvait pas rentrer par là, il est sorti, et Anethe l'a vu à l'angle de la maison. Après, elle a crié "Louis, Louis, Louis", un grand nombre de fois, et je me suis précipitée à la fenêtre pour regarder dehors, et quand il s'est approché un peu plus je l'ai vu par la fenêtre, et là, il s'est arrêté un instant.

— À quelle distance de la fenêtre était-il quand il s'est arrêté ?

— Il n'était pas loin de la fenêtre ; il aurait pu poser

le coude sur le bord, comme ça. » Maren a fait le geste pour montrer à la cour.

Yeaton demanda : « Qui était cet homme ?

— Louis Wagner.

— Continuez. Que s'est-il passé d'autre ?

— Après il s'est retourné, et quand Anethe l'a vu venir de l'angle de la maison, revenir avec une grosse hache, elle s'est remise à crier "Louis, Louis", elle a recommencé à crier plein de fois "Louis", et puis il l'a frappée. Il l'a frappée avec une grande hache.

— Avez-vous vu sur quelle partie de sa personne a porté le coup ?

— Il l'a frappée à la tête. Il l'a frappée une fois, et elle est tombée. Après, il l'a encore frappée deux fois.

— Bien.

— Et il est revenu à l'angle de la maison, et j'ai sauté dehors, et j'ai dit à ma sœur de venir, mais elle a dit "je ne peux pas, je suis trop faible".

— Quelle sœur ?

— Karen. J'ai dit à Karen de venir ; elle a dit "je ne peux pas, je suis trop faible".

— Où avez-vous sauté ?

— Dehors, par la fenêtre de ma chambre, et j'ai couru jusqu'au poulailler où j'avais mes poules ; j'ai ouvert la porte, et j'ai eu l'idée de me cacher dans le cellier. J'ai vu venir mon petit chien, et j'ai eu peur de me cacher là parce qu'il allait venir rôder là, et j'avais peur qu'il aboie, alors je suis ressortie. Je me suis dit que j'allais courir jusqu'à l'embarcadère pour voir s'il y avait son doris, et j'aurais pris le doris pour m'enfuir dans une île. J'ai regardé le long du quai, mais il y avait pas de canot, alors j'ai fait demi-tour. Je me suis écartée un peu de la maison, et j'ai vu qu'il y avait une lumière à l'intérieur.

— Poursuivez, et dites ce que vous avez vu ou entendu.

— Il avait fermé les rideaux de la cuisine. Moi, je ne les avais pas tirés, mais lui il les avait tirés avant que j'entre dans la cuisine. J'ai oublié de dire ça. Je suis partie dans l'île, j'ai couru un bout de chemin, et j'ai entendu ma sœur qui criait à nouveau. Je l'ai entendue si nettement que j'ai cru qu'elle était à l'extérieur de la maison. J'ai couru pour trouver des rochers pour me cacher, sous les rochers de l'île.

— Combien de temps êtes-vous restée là dans les rochers ?

— La lune était très basse, et je suis restée jusqu'au lever du soleil, environ une demi-heure après le lever du soleil.

— Quel est votre lien de parenté avec Anethe et Karen ?

— Anethe a épousé mon frère, et Karen était ma sœur. »

Au-delà du port, le ciel noircit et se tend de grands rideaux de pluie. Sur cette toile de fond, le soleil, encore visible au sud-est, éclaire tous les bateaux du port et les maisons de Star d'une lumière phosphorescente à vous couper le souffle. Nous voyons vraiment le gros temps avancer sur nous.

La pluie fouette Rich au visage, et ruisselle sur son front, ses yeux, sa bouche. Des gouttes restent en suspens au bout de son nez, et forment des petits ruisseaux qui descendent jusqu'à son menton. Il est obligé de plisser les yeux, qui ne sont plus que deux fentes, et je me demande comment il peut tenir la barre sans presque rien voir. Le Tee-shirt qu'il a fait sécher il y a si peu de temps s'étire sur sa poitrine sous le poids de l'eau.

Assise, je maintiens le poncho avec mes pieds sur mes appareils. J'ai ôté mes lunettes, et j'essaie de me protéger les yeux avec les mains. Tout d'un coup, une paroi verte se dresse à côté de nous, la coque du bateau. Rich me touche le genou. Je secoue la tête.

Une silhouette se profile au-dessus de nous, et une main se tend.

« Passe-moi d'abord les appareils, je vais les mettre à l'abri », crie Thomas.

23 septembre 1899

Quand, sur la grève, j'ai fini par comprendre qu'Evan avait amené une épouse avec lui en Amérique, je suis restée bouche bée, incapable d'exprimer rien de plus, là, sur le rivage, et ce n'est qu'un peu plus tard que j'ai eu la force d'accueillir comme il convenait cette femme qui, je dois dire, était d'une beauté si étonnante qu'il fallait se faire violence pour en détourner son regard. C'était une beauté faite de jeunesse pétulante et de formes ravissantes, et je n'ai pas manqué de m'apercevoir, dès ces premiers moments, que mon frère était très entiché de sa jeune épouse, et qu'il était plus exubérant que je ne l'avais jamais vu, sauf peut-être à trois ou quatre occasions dans son enfance. Il portait ce jour-là un pourpoint et une casquette de cuir, et, par-dessus, son ciré jaune, et il se tenait près de la jeune femme avec un parapluie, comme un serviteur qui ne veut pas que la moindre méchante goutte d'eau effleure sa maîtresse, avec cette différence évidente qu'Evan était l'époux de la maîtresse, et ne pouvait se retenir de la toucher à tout moment pendant tout le temps que nous avons passé sur la grève et dans ma cuisine cet après-midi-là. Il avait vraiment l'air de croire que, s'il ne restait pas tout près de sa femme, elle risquait de disparaître subitement.

Anethe était grande pour une femme, elle avait peut-être juste une main de moins que notre Evan et, quand elle a retiré son manteau dans notre entrée, j'ai vu qu'elle avait une silhouette admirable, la taille fine et la poitrine arrondie, que mettait en valeur un joli corsage de dentelle à col haut. Elle avait le type nordique (les pommettes hautes, la peau claire, des yeux d'un gris-vert cendré et des cils blonds), et au demeurant un visage franc et candide, qui se montrait presque toujours sous un jour aimable. En fait, je ne crois pas avoir jamais connu quelqu'un qui souriait autant que cette jeune femme, au point que j'ai commencé à me demander si elle n'en avait pas mal aux lèvres, car je ne me souviens pour ainsi dire pas d'avoir jamais vu son visage au repos, sauf de rares fois où elle était endormie. Elle avait une sorte de grâce dépourvue de secret et de mystère, qualités que j'estime nécessaires à la vraie beauté classique ; son visage laissait au contraire deviner un état d'esprit enjoué et même radieux que je n'ai guère connu que chez de très jeunes filles. Bien sûr, Anethe n'était plus une toute jeune fille quand elle est venue chez nous, ayant déjà vingt-quatre ans, mais elle avait un air d'innocence, et même peut-être de naïveté. C'était la fille cadette d'un charpentier de bateaux de Laurvik, et elle avait été surveillée de près par son père qui, ai-je appris, n'avait aucune envie de la laisser partir, même à cet âge où une jeune femme risque sérieusement de rester vieille fille si elle ne se marie pas. Je me disais aussi que ce père avait dû insuffler à sa fille le désir passionné de plaire, car elle paraissait se consacrer à cet effort de tout son être, par l'expression de son visage, son attitude et ses paroles.

Je dois ajouter ici que la femme de mon frère avait, de plus, une chevelure remarquable, et je suis témoin que lorsqu'elle ôtait ses peignes et défaisait ses nattes ses cheveux lui arrivaient au mollet.

Avec Evan tout près d'elle, Anethe, qui était tout sourire, s'est mise à parler (et je traduisais ses paroles en anglais pour notre pensionnaire, ce qui, pour moi, avait l'inconvénient plutôt lassant d'entendre deux fois la même chose), nous racontant en détail leurs vœux de mariage, leur voyage de noces à Christiania, leur traversée pour l'Amérique, à laquelle les jeunes mariés semblaient avoir résisté au mieux. En fait, leur enthousiasme pour cette aventure était tel — encore que, je crois, ils seraient partis n'importe où à condition de pouvoir être ensemble — qu'ils se coupaient souvent mutuellement la parole, ou bien parlaient tous les deux en même temps, ou que l'un finissait la phrase de l'autre, et, au fur et à mesure que l'après-midi avançait, ce procédé a commencé à me peser, de la même façon que l'on peut s'irriter, à la longue, de la répétition fréquente et forcée, chez un jeune enfant, d'un trait de caractère que l'on a autrefois trouvé charmant. Est-il besoin de dire qu'en plus j'étais extrêmement fâchée des agissements de ma sœur Karen, qui n'était pas présente cet après-midi-là, mais qui s'était volontairement abstenue de m'informer d'un fait important, sans autre raison, je crois, que de m'humilier profondément. Assise sur ma banquette près du poêle, en compagnie d'Evan, d'Anethe, de Louis Wagner, de John et de Matthew, occupée à leur servir les desserts que j'avais préparés expressément pour cette occasion — en croyant, avec ces friandises de notre pays, régaler mon frère qui, hélas, n'a presque rien mangé ce jour-là —, observant Louis Wagner — qui, tout en gardant des distances qu'il se serait sans doute empressé de ne pas respecter s'il avait su avoir sa chance, était pratiquement aussi séduit que le mari par la voix mélodieuse et le teint éclatant d'Anethe —, j'étais prise par moments d'une telle rage contre ma sœur que j'en tremblais jusqu'au fond de l'âme et étais aussitôt contrainte d'implorer le pardon du Seigneur pour les pensées terribles que je nourrissais contre sa personne. Je savais qu'elle viendrait bientôt chez moi, comme presque tous les dimanches — sans doute viendrait-elle le dimanche suivant, car elle n'avait pas encore vu Evan et sa jeune femme depuis leur arrivée en Amérique —, et je me disais que je lui parlerais très durement du jeu empoisonné qu'elle avait joué avec moi, et de ses conséquences. Si j'avais pu le faire sans dévoiler mes sentiments les plus intimes et me couvrir de honte, j'aurais définitivement banni Karen de Smutty Nose, ou du moins jusqu'à ce qu'elle avoue ses machinations perverses. Somme toute, l'après-midi a été plein d'émotions mêlées, surtout quand Evan et Anethe se sont retirés dans leur chambre au-dessus de la cuisine. Ils sont montés déposer leurs malles, changer de vêtements et, soi-disant, se reposer, mais, à entendre les bruits émanant de cette chambre juste au-dessus de ma tête, il était honteusement évident que le repos était le dernier de leurs soucis, et il était tellement pénible de rester là à écouter le bruit de leurs ébats en présence de mon mari, de son frère et de notre pensionnaire, qui faisaient tous semblant de ne rien entendre et de s'intéresser grandement au gâteau que j'avais découpé et leur avais servi, que, malgré le mauvais temps, j'ai mis ma cape et suis sortie de cette maison, et je vous assure que je serais partie n'importe où sur terre si j'avais pu le faire.

Le dimanche, quand Karen est venue, je n'ai pas dit un mot de ma surprise à propos du mariage d'Evan, car je ne voulais pas faire à ma sœur le plaisir de constater l'émoi qu'elle s'était apparemment donné tant de peine à provoquer. En fait, je me suis montrée très affable pendant ce repas dominical, et j'aime à penser que j'ai confondu notre Karen en me réjouissant ouvertement de l'arrivée d'Anethe dans nos îles, et en lui énumérant les attributs charmants et les talents domestiques de la jeune épouse, et, si Karen m'a observée bizarrement et a essayé plusieurs fois de me prendre à mon propre piège en poussant Anethe et Evan à nous parler de leurs moments de bonheur en Norvège pendant leurs fiançailles, je crois bien que la suffisance avec laquelle Karen était entrée chez nous ce jour-là a peu à peu diminué et disparu au cours de l'après-midi. Bien sûr, j'avais été bien obligée de faire quelques mensonges, car Anethe était une couturière et une cuisinière désastreuse, et n'avait, pour ainsi dire, aucune notion de la façon dont on tient une maison. Et je crois qu'il n'est pas faux de dire que les jeunes femmes qui possèdent la beauté sont rarement douées de grandes capacités domestiques, principalement parce qu'elles n'ont pas besoin de ces qualités-là pour attirer les hommes à marier. Je me demande souvent combien de ces hommes, au bout de deux ou trois mois de mariage, ayant à subir le désordre du ménage et des semaines entières de repas mal cuisinés, commencent à se poser des questions sur le bien-fondé de leur choix. Une telle désillusion a bien sûr été épargnée à notre Evan, car c'est moi qui ai continué à m'occuper du ménage et des repas, me contentant de la piètre assistance d'Anethe, qui avait plus besoin de conseils que de compliments.

Cinq mois durant, j'ai vécu sur cette île avec Evan et Anethe, mon mari et son frère, et aussi avec notre pensionnaire pendant un certain temps. En octobre et au début de novembre, quand les hommes étaient partis pour la journée, Anethe descendait et venait se mettre près du poêle en chemise de nuit et, quand elle avait pris son bol de café, elle s'habillait et elle m'aidait dans mes travaux, mais, curieusement, je me sentais plus seule en sa compagnie que je ne l'avais été auparavant et, bien des fois, j'aurais souhaité qu'elle parte, ou qu'elle ne soit jamais venue, et ces vœux me donnaient mauvaise conscience, car il n'y avait rien de déplaisant dans son attitude, rien certainement qui justifiât un tel désir. Elle était très portée sur le bavardage et même parfois la taquinerie et, pendant des heures d'affilée, alors que nous étions au rouet, ou occupées à coudre ou à cuisiner, elle me parlait d'Evan, et toujours en riant, en plaisantant et en me faisant partager ces petits détails intimes que les femmes se racontent parfois, ce que, pour ma part, je n'ai jamais eu envie de faire. J'ai entendu maintes fois, et pourrais vous rapporter ici les moindres détails du temps où ils étaient fiancés et jeunes mariés, et des longues promenades qu'ils faisaient sur la route de la côte et dans la forêt. De temps en temps, Anethe essayait de glaner auprès de moi des anecdotes du temps où je vivais avec Evan, mais je n'étais pas aussi généreuse et ne pouvais me départir de ces histoires chères à mon cœur, et, de plus, mes piètres récits auraient manqué d'éclat, étant bien entendu que dans la vie d'Evan c'était Anethe qui avait la préséance, alors ce que j'avais à dire n'aurait été que le parent pauvre dans l'affaire. Quand les hommes rentraient en fin d'après-midi, Anethe se précipitait vers la crique pour retrouver Evan, et ils batifolaient tous les deux en remontant le sentier jusqu'à la maison. Même dans la neige, elle allait au-devant de lui.

Ce n'est que la quatrième semaine après l'arrivée d'Evan et d'Anethe que je me suis trouvée seule dans une pièce avec mon frère. John, Matthew et Louis étaient partis à Portsmouth faire des provisions, mais Evan était resté à la maison pour réparer des filets. Il ne parlait pas l'anglais, et je crois qu'il voulait éviter la gêne qu'il en aurait ressentie en ville. Anethe était encore en haut dans sa chambre. Elle ne se levait pas de bonne heure, et n'avait pas de raison de le faire, sauf pour dire au revoir à son mari le matin, car géné-ralement c'était moi qui me levais avant l'aube, ranimais le feu dans le poêle, préparais à manger pour les hommes et leur donnais les vêtements dont ils pouvaient avoir besoin. Mais, ce matin-là, Evan s'était levé tard lui aussi, et il n'avait pas encore pris son petit déjeuner. J'étais très heureuse de le lui pré-parer, mais il a fait semblant de protester, disant qu'il ne le méritait pas, car il avait été d'une paresse impar-donnable. Le ton était enjoué, et il était entendu qu'il plaisantait. Je découvrais là, vous l'imaginez, un aspect nouveau de sa personne, car auparavant il avait presque toujours donné l'image d'un homme pensif et sérieux. J'ai commencé à penser que le mariage avait transformé sa nature, ou lui avait permis d'exhumer une joie et un espoir qui étaient enfouis en lui depuis bien des années.

Evan a retiré sa veste, car il était allé accompagner les hommes jusqu'à la crique, et il s'est assis à table. Il avait une chemise de coton bleue et, ce jour-là, au lieu de sa tenue de travail, il portait un pantalon de lainage tenu par des bretelles. Ces dernières années, son corps s'était étoffé quelque peu, et j'ai été frappée par la hauteur de son dos et sa carrure, qui donnaient une impression de force. Son visage aussi s'était rempli, alors qu'autrefois ses joues avaient tendance à se creuser, ce qui était sans doute une caractéristique familiale, sinon nationale. Toutes ces transformations contribuaient à donner l'image d'un homme satisfait et désormais plutôt enclin à rêver qu'à broyer du noir. J'ai remarqué que ses cheveux étaient longs dans le cou, et je me suis demandé si je devais lui proposer de les lui couper, ou si c'était désormais la tâche d'Anethe. Il était certes difficile de définir exactement la nature de l'attachement qui nous unissait, Evan et moi, en dehors de notre passé commun, et, tout en souhaitant aborder ce sujet par quelque biais, je me suis contentée pour lors de servir mon frère à table.

J'ai posé devant lui une assiette de pain et de *geitost*, et je me suis assise auprès de lui.

« Tu crois que John va être parti longtemps ? lui ai-je demandé.

— La marée est favorable, et le vent aussi. Il faut qu'ils prennent de l'appât et qu'ils préparent les chaluts, et puis qu'ils se procurent ce que tu leur as demandé, mais je pense qu'ils seront de retour avant la nuit. Et, de toute façon, il y aura clair de lune ce soir, alors ils ne risquent rien.

— Pourquoi n'es-tu pas allé avec eux ? Ne trouves-tu pas que Portsmouth a beaucoup plus d'intérêt que cette malheureuse île ?

— Sur cette malheureuse île, a-t-il dit en riant, j'ai tout ce que je peux désirer. Ma femme » — il a pris une bouchée de biscuit — « et ma sœur » — il m'a montrée d'un signe de tête. « Et pour l'instant je n'ai pas besoin des distractions de la ville. Je préfère rester ici à réparer les filets et à mesurer ma chance.

— Alors vous vous habituez bien, Anethe et toi ?

— Mais oui, Maren, tu le vois bien.

— Elle est très gentille. Et très agréable à regarder. Mais elle a beaucoup à apprendre sur la tenue d'une maison. J'espère qu'ici elle pourra faire quelques progrès.

— À coup sûr, avec un aussi bon professeur », a répondu Evan en pointant sa cuiller vers moi. Ce qui ne m'a guère plu, car, par moments, je trouvais que cette jovialité nouvelle était un peu cavalière et lui seyait mal, tout heureux qu'il fût.

« Tu es devenue un vrai cordon bleu, Maren, m'a-t-il dit. Si je ne me surveille pas, ta bonne cuisine va me faire grossir.

— Le bonheur t'a déjà fait grossir », ai-je répondu.

Il s'est mis à rire, d'un rire satisfait. « C'est un embonpoint dont je ne me plaindrai pas ! a-t-il dit. Mais toi aussi tu as grossi, et peut-être même vas-tu t'arrondir encore. » Je crois que mon frère a accompagné ces paroles d'un clin d'œil.

Je me suis aussitôt levée pour aller près du poêle.

« Je veux dire qu'un de ces jours tu vas nous annoncer à tous une heureuse nouvelle », a-t-il dit gentiment.

J'ai continué à garder le silence.

« Qu'y a-t-il, Maren ? Ai-je dit quelque chose de mal ? »

Je me suis demandé un instant s'il était sage de répondre, mais j'avais tant attendu le moment de pouvoir parler à mon frère, et j'étais si peu sûre qu'il se présente une nouvelle occasion, que je lui ai dit, en me tournant vers lui et en le regardant bien en face : « Je ne peux pas avoir d'enfant. »

Il a détourné son regard vers la fenêtre du côté sud, d'où la vue s'étendait sur le port et sur Star. Je ne pouvais dire s'il était juste décontenancé, ou s'il s'en voulait d'avoir abordé un sujet douloureux. Quand il a tourné la tête, j'ai vu que ses cheveux blonds commençaient à être un peu clairsemés sur le dessus. Il a levé les yeux. « Tu en es sûre, Maren ? Tu as vu un médecin ?

— Je n'ai pas besoin de médecin. Ces quatre années écoulées sont une preuve suffisante. Et, à dire vrai, je ne suis pas surprise. Je m'en suis toujours doutée, du moins depuis... »

J'ai hésité.

« Depuis la mort de notre mère », ai-je dit calmement.

Evan a posé sa cuiller, et il a porté la main à la partie inférieure de son visage.

« Tu te souviens », ai-je dit.

Il n'a pas répondu.

« Tu te souviens, ai-je répété un peu plus distinctement.

— Je me souviens, a-t-il dit enfin.

— Et je crois, ai-je continué vivement, que ma maladie et mon passage à l'état de femme... »

Il a commencé à se frotter le dessous du menton avec l'index.

« Je veux dire le début de mes menstrues... »

Brusquement, il a pris sa serviette sur ses genoux et l'a posée sur la table. « Nous n'avons pas à parler de ces choses-là, Maren, a-t-il dit en m'interrompant. Je suis désolé d'avoir abordé un sujet aussi intime. C'est entièrement ma faute. Mais je tiens à te dire qu'il ne peut y avoir aucune relation de cause à effet entre les événements de cette époque-là et l'état de... » — il a cherché le mot — « tes entrailles. C'est une affaire qui concerne les médecins, et ton mari. Et je crois que parfois aussi de telles difficultés peuvent être liées à un état d'esprit aussi bien qu'à un état physique.

— Tu veux dire que je suis stérile parce que je l'ai voulu ? », ai-je demandé sèchement, car j'étais suffisamment irritée par la désinvolture de ses propos sur un sujet qu'il connaissait manifestement si mal.

« Non, non, Maren, s'est-il empressé de répondre. Non, non, rien ne m'autorise à affirmer cela. C'est seulement que... » Il s'est arrêté un instant. « Tu es heureuse avec John ?

— Je m'en accommode.

— J'entends, a-t-il dit avec un petit geste d'embarras, pour ce qui est d'avoir un enfant...

— Tu veux savoir si mon mari dépose sa semence en moi régulièrement ? », ai-je dit, le choquant profondément, car il s'est aussitôt empourpré.

Dans son trouble, il s'est levé, et j'ai tout de suite été prise de remords et m'en suis voulu de lui causer une telle gêne.

Je suis allée vers lui et je l'ai pris par le cou. Il en a détaché mes bras et m'a tenue par les poignets, et je me suis appuyée contre sa poitrine.

Mes yeux se sont remplis de larmes. C'est peut-être la proximité de ce corps familier et son odeur qui m'ont fait pleurer. « Toi, tu as poursuivi ta route, me suis-je écriée, mais moi... je ne peux pas, et par moments je crois devenir folle. »

Le tissu de sa chemise était imprégné de son odeur. J'ai pressé mon visage contre l'étoffe et j'ai respiré profondément. C'était une odeur merveilleuse de cotonnade bien repassée et de transpiration masculine.

Il m'a fait baisser les bras le long des hanches. Anethe est entrée dans la pièce. Evan m'a lâchée. Elle était en chemise de nuit, et elle avait les cheveux tressés en une seule grosse natte dans le dos. Elle était encore tout ensommeillée et elle avait les yeux mi-clos. « Bonjour, Maren », a-t-elle dit aimablement, ne semblant pas remarquer la posture de son mari, ni les larmes sur mes joues, et, pour la première fois, il m'est apparu qu'Anethe devait être myope, et je me suis souvenue de plusieurs autres fois où je l'avais vue plisser les yeux au cours des dernières semaines.

Anethe est allée se lover dans les bras de son mari, se laissant étreindre tout en me faisant face. Evan, qui voulait désormais éviter mon regard, a plongé la tête dans la chevelure de sa femme.

J'étais incapable de parler et, pendant un moment, je n'ai pas pu bouger. J'étais comme une écorchée vive, blessée dans ma chair comme si un chien méchant m'avait saisie entre ses crocs, les avait enfoncés en moi, et s'était acharné sur moi jusqu'à me déchirer les muscles et les nerfs sur les os.

« Il faut que je parte, a dit Evan à Anethe en la prenant encore une fois bien vite par les épaules. Il faut que j'aille chercher les filets. »

Et, sans un regard de mon côté, il a pris sa veste sur la chaise et il est sorti. Je savais que désormais Evan prendrait grand soin de ne plus jamais se trouver seul avec moi dans une pièce.

Je me suis retournée et j'ai serré les poings sur ma poitrine. J'ai fermé les yeux très fort et j'ai essayé de contenir ma rage et mon désir pour éviter que quelque bruit intempestif ne s'échappe de mes lèvres. J'ai entendu Anethe accompagner son mari à la porte. Je savais qu'Evan allait emporter les filets à réparer dans la chambre de Louis Wagner, bien qu'il y fît plus froid que dans la cuisine. Quand j'ai entendu Anethe revenir auprès de moi, je me suis forcée à rouvrir les paupières et à poser les mains sur le dossier d'une chaise. Je tremblais.

« Maren », a dit Anethe dans mon dos en rajustant une mèche de cheveux qui s'était échappée de mon chignon. Le contact de sa main m'a causé un frisson dans le dos et jusque dans les jambes. « Je suis une incorrigible vilaine de dormir si tard, mais si tu veux bien me pardonner, est-ce que tu me donnerais pour mon petit déjeuner un peu de saucisse et de fromage qui restent du souper d'hier ? »

Je me suis éloignée et, avec des gestes méthodiques, des gestes que je faisais et répétais depuis si longtemps, je suis allée vers le poêle, j'ai soulevé la bouilloire lentement et, lentement, je l'ai reposée sur le feu.

Pendant six semaines, durant la période où Evan et Anethe ont habité chez nous, Louis Wagner a vécu là aussi, et presque tout le temps en bonne forme et capable de travailler sur le *Clara Bella*. Mais un jour, alors que les hommes sortaient encore en mer, Louis est resté à la maison. Il a prétendu souffrir soudain d'une nouvelle crise de rhumatismes. À présent, bien sûr, je sais que ce n'était qu'une ruse, et je regrette de devoir mentionner ici que l'attirance malséante que Louis ressentait pour Anethe, loin de faiblir, s'était plutôt accentuée. Et cela était dû en partie au fait qu'Anethe l'avait pris en pitié, s'inquiétant de le voir sans argent, seul et dans l'impossibilité de prendre femme, et qu'elle lui avait témoigné une certaine affection, comme peuvent le faire ces gens qui sont si contents de leur sort qu'ils ont du bonheur à revendre et peuvent en faire profiter les autres. Je pense que, n'ayant jamais connu ce genre d'attention, et sûrement pas de la part d'une dame comme Anethe, Louis a pris les bontés de la jeune femme pour de la coquetterie et a cherché à en profiter. C'est ainsi que le jour où il se prétendait malade, comme j'étais allée voir s'il désirait prendre un peu de porridge, il m'a demandé si je voulais bien envoyer Anethe chez lui pour qu'elle lui fasse la lecture, afin d'oublier un peu ses articulations douloureuses. J'ai bien vu un soupçon d'hésitation sur le visage d'Anethe quand j'ai fait cette proposition, car elle n'avait jamais tenu compagnie à un homme autre que son mari dans l'intimité d'une chambre, et elle n'avait jamais soigné de malade, mais elle a pensé, je suppose, que, si je n'hésitais pas moi-même à rester seule avec Louis, il ne pouvait y avoir aucun mal à cela. Elle a pris un livre et elle est sortie pour aller chez lui.

Elle n'était pas dans sa chambre depuis dix minutes, je crois, que j'ai saisi une brève exclamation, comme celle d'une femme que l'on surprend soudain, et puis un cri de panique étouffé, mais très net. Comme je n'entendais pas Louis, la première idée qui m'est venue, c'est qu'il était tombé de son lit. Je m'étais mise à genoux avec une pelle à poussière pour ramasser les cendres du poêle, et j'étais à peine relevée qu'il y a eu un grand bruit sourd, comme celui d'une épaule cognant contre la cloison qui séparait l'appartement de Louis de notre cuisine. Il y a eu un deuxième coup, et puis encore des paroles inintelligibles. J'ai posé la pelle sur la table, je me suis essuyé les mains à un torchon, et j'ai appelé Anethe à travers la cloison. Mais, avant même de pouvoir me demander pourquoi elle ne répondait pas, j'ai entendu la porte s'ouvrir, et l'instant d'après Anethe était dans notre cuisine.

Une des nattes qu'elle coiffait en macaron sur les côtés s'était décrochée et pendait en forme de U sur son épaule. Sur le plastron de son corsage, qui était blanc, amidonné, à manches bouffantes, il y avait une traînée sale, comme si une main l'avait labouré. Le bouton supérieur du col était manquant. Anethe était haletante, et se tenait la taille d'une main.

« Louis », a-t-elle dit, en prenant appui contre le mur de son autre main pour se retenir de tomber.

Son visage avait perdu ses couleurs, et je me suis aperçue que sa beauté tenait tout entière à son teint coloré et à la mobilité de son visage, sans lesquels elle avait l'air décharnée et anémique. J'avoue que je suis restée imperturbable devant le contraste de cette traînée sale et du plastron blanc de son corsage, et, sans doute parce que je ne suis pas du tout quelqu'un d'expansif, j'avais beaucoup de mal à trouver des paroles de réconfort. Comme si ce que j'aurais pu lui dire eût sonné faux et eût ainsi été pire que de ne rien dire du tout, et, pour une raison que je ne sais pas analyser, j'étais étrangement paralysée. Je dois même avouer, à ma très grande honte, que je crois avoir ébauché un sourire, de cette façon affreusement inconvenante dont on sourit en apprenant de terribles nouvelles, le sourire vous venant aux lèvres instinctivement, sans qu'on le veuille. Je me reproche sévèrement ma conduite, bien sûr, en me disant que j'aurais pu aisément m'approcher de ma belle-sœur et la prendre dans mes bras pour la consoler, ou du moins l'aider à chasser de son esprit les avances absurdes et presque ridicules de l'homme de la chambre voisine, mais, je le répète, j'étais clouée sur place et tout juste capable de prononcer son nom.

« Anethe », ai-je dit.

Sur quoi elle est devenue complètement exsangue et s'est effondrée d'une étonnante façon, qui m'a frappée, qu'on me le pardonne, par son caractère quelque peu comique, ses genoux ployant sous elle, ses bras battant sur les côtés comme si elle voulait s'envoler, et c'est seulement quand elle a été à terre que j'ai réussi à faire un mouvement pour m'approcher d'elle, lui soulever la tête, et l'aider à reprendre connaissance.

Quand elle a été installée dans son lit et que les couleurs lui sont revenues, nous avons enfin parlé de Louis et de la fureur épouvantable que cet incident risquait de provoquer chez mon frère, et nous avons décidé sur-le-champ entre nous que je ne dirais rien à mon frère, mais laisserais plutôt entendre à mon mari que certaines choses du ménage avaient disparu, de la bière, du miel, des bougies, sans que je sache comment et que, sans autre forme de procès, il serait sage, à mon avis, de mettre fin au contrat de notre pensionnaire.

Mais, malheureusement, je n'étais pas présente quand John a congédié Louis Wagner, en conséquence de quoi, n'ayant pas vraiment tenu compte de mes recommandations ou les ayant oubliées, mon mari lui a dit qu'il ferait mieux de chercher à se loger ailleurs, car je m'étais aperçue que certaines choses avaient disparu dans la maison. Louis a nié ces accusations avec véhémence et il a demandé à me voir, mais, prêtant évidemment foi aux paroles de sa femme et non à celles de son pensionnaire, John est demeuré ferme et a demandé à Louis de partir dès le jour suivant. Le lendemain matin, tandis qu'il se préparait à s'embarquer pour Portsmouth sur la goélette d'Emil Ingerbretson, je suis restée dans la cuisine, car je voulais éviter une confrontation désagréable avec lui, mais, juste avant de partir, il est remonté de la crique pour venir me trouver. J'ai entendu un bruit et, quand je me suis retournée, je l'ai vu dans l'embrasure de la porte ouverte. Il n'a pas dit un mot, se contentant de me dévisager d'un air entendu, au point que je me suis sentie rougir et perdre contenance sous son regard. « Louis », ai-je commencé, sans pouvoir aller plus loin, bien que l'expression de son visage parût me mettre au défi de parler. Franchement, je ne trouvais rien à dire qui n'eût encore aggravé la situation. Alors, lentement, il a souri et il a refermé la porte.

C'est ainsi que Louis Wagner a quitté Smutty Nose.

Je réfléchis au poids de l'eau, à ses propriétés scientifiques. Un pied cubique d'eau pèse 62,4 livres. Le poids de l'eau de mer est de 3,5 pour cent supérieur à celui de l'eau douce ; c'est-à-dire que, pour 1 000 livres d'eau de mer, on a 35 livres de sel. Le poids de l'eau fait que la pression augmente avec la profondeur. À un mile de fond dans l'océan, la pression est de 2 000 livres par pouce carré.

À quel moment précis aurais-je pu changer le cours des choses ? À quel point dans le temps aurais-je pu aller d'un côté plutôt que de l'autre, avoir telle pensée plutôt que telle autre ? Quand je réfléchis à ce qui s'est passé sur le bateau, en un temps si bref — que dire ? quatre minutes ? huit minutes ? à peine dix minutes sûrement —, les événements se déroulent dans une léthargie atroce. Au début, j'ai besoin de revoir la scène maintes et maintes fois. Je suis à l'affût de détails qui m'ont échappé jusque-là, j'apprécie des nuances infimes. Je veux qu'on me laisse seule dans le noir afin de ne pas m'interrompre. Mais, au bout d'un certain temps, le film s'enclenche à nouveau, et je ne peux plus l'arrêter. Et chaque fois que la scène repasse, je vois bien que j'aurais pu faire autrement, que j'avais le choix.

Thomas m'aide à remonter sur le pont en me tirant par le bras. Il essaie de s'essuyer les yeux avec sa manche. « Où étiez-vous, enfin ? demande-t-il.

— Où est Billie ?

— En bas.

— C'était ma dernière chance de prendre des photos.

200

— Ah, bon Dieu !

— On a fait demi-tour dès qu'il a commencé à pleuvoir. » J'ai une petite voix peu naturelle, je m'en rends compte.

« Il y a une demi-heure que le vent s'est levé, réplique Thomas d'un ton accusateur. L'autre bateau est déjà parti. Je ne sais pas ce qu'il y a.

— Comment va Billie ? »

Thomas se passe les deux mains dans les cheveux pour se dégager le front. « Je n'arrive pas à lui faire mettre son gilet de sauvetage.

— Et Adaline ? » dis-je.

Il se frotte l'arête du nez. « Elle s'est allongée », répond-il.

Rich se hisse sur le pont. Je note que Thomas ne tend pas la main à son frère. Rich tire la corde du canot vers l'arrière.

« Tom, crie-t-il, revenant à ce diminutif de jeunesse. Attrape cette corde. »

Thomas se dirige vers l'arrière et saisit la corde, et à ce moment-là je m'aperçois qu'il grelotte. Rich aussi le voit.

« Va mettre des vêtements secs et un sweater, lui dit-il calmement. Tout l'équipement pour le gros temps est sous les couchettes dans la cabine avant. Toi aussi », ajoute-t-il en me jetant rapidement un regard, puis il tourne les yeux ailleurs. Il attache la corde à un taquet. « Je descends écouter ce que dit la météo. Il y a combien de temps que l'autre bateau est parti ?

— Un quart d'heure environ, répond Thomas.

— Est-ce qu'ils ont dit où ils allaient ?

— Little Harbor. »

Comme en réponse aux inquiétudes de Rich, le Morgan est ébranlé dans les profondeurs de sa coque par le claquement violent d'une vague. Je sens l'arrière déraper dans l'eau comme une voiture sur la glace. La pluie est grise, et je distingue à peine la forme des îles autour de nous. La mer est de plomb, terne mais houleuse.

Je descends et trouve Billie pelotonnée sur sa couchette. Elle a le visage tourné vers la paroi. Quand je lui touche l'épaule, elle se retourne brusquement, comme si elle avait le corps à vif.

Je m'allonge à côté d'elle. Avec douceur, je lui frotte l'épaule et le bras. « Papa a raison, lui dis-je tout bas, il faut mettre ton gilet de sauvetage. C'est la règle, Billie, et nous n'y pouvons rien. »

Généralement, elle cède si l'on invoque l'impuissance des parents devant une autorité supérieure, comme, en voiture, lorsque je lui dis que je vais me faire arrêter par la police si elle ne met pas sa ceinture de sécurité. La porte de la cabine avant est fermée. Thomas frappe et entre simultanément, ce qui me surprend. Je vois une mince silhouette allongée du côté gauche de la couchette en V. Une tête se redresse. Thomas referme la porte.

Mes baskets font des bruits de succion sur le caillebotis. Je les quitte d'un coup de pied, et elles vont taper contre un placard. J'enlève mon sweat-shirt, mon short et mon linge de corps, et je tire de mon paquetage un jean et un pull de coton. Au choc inattendu de mes baskets, Billie se tourne sur sa couchette et lève les yeux sur sa mère nue et grelottante.

« Je ne peux pas mettre un gilet orange ? demande-t-elle.

— Non, ceux-là sont pour les adultes. Il n'y a que le tien qui soit à ta taille. » Je jette un coup d'œil à son gilet de sauvetage, sur la table, avec son motif de Sesame Street.

Thomas rouvre la porte de la cabine avant. J'ai bien du mal à enfiler un jean sur ma peau mouillée. Rich descend du pont. Instinctivement, je tourne le dos.

Thomas dépose en fouillis sur la table des cirés bleus et jaunes. « Il y en a un petit qui devrait aller à Billie, dit-il en le tenant en l'air.

— Oh, papa, tu me le donnes ? », demande Billie en tendant les bras.

Je me débats avec mon pull. Je plonge dans le paquetage de Thomas et j'en sors une chemise sèche, un pull et un pantalon kaki. Je les lui tends. Je le regarde : il a le visage blanc, il a l'air vieux.

Pendant le procès, M. Yeaton, pour l'accusation, demanda à Mary S. Hontvet depuis combien de temps elle connaissait Louis Wagner. Elle répondit qu'il avait pris pension chez elle pendant sept mois l'année précédente, à partir du printemps.

« Quand est-il parti, quand a-t-il cessé de prendre pension chez vous ? demanda M. Yeaton.

— Il est parti à Portsmouth vers le mois de novembre, répondit Maren.

— Quelle chambre occupait-il dans votre maison ?

— Il avait la partie est de la maison ; il avait une grande chambre.

— Où rangeait-il ses vêtements ?

— Il rangeait ses vêtements dans une petite chambre, pendus. Il avait des cirés pendus dans mon entrée ; quand il rentrait de la pêche, il ôtait son ciré et il le pendait dans mon entrée, l'entrée qui donne dans la cuisine.

— L'entrée de votre partie de la maison ?

— Oui. »

M. Yeaton demanda ensuite ce qu'il y avait dans la chambre de Louis Wagner.

Maren répondit : « Il avait son lit, et une grande malle, qui appartenait à ma sœur Karen.

— Savez-vous ce qu'il y avait dans cette malle ?

— Elle avait des vêtements ; il y en avait qu'elle mettait l'hiver et elle les rangeait dans la malle l'été, et il y avait des vêtements d'été qui ne lui servaient pas, elle les laissait dans la malle, et aussi un duvet qu'elle avait quand elle était arrivée en bateau.

— Dans la malle ?

— Oui, le duvet était dans la malle, le gros coffre.

— Pendant le temps où il a pris pension chez vous, Karen était-elle avec vous en famille ?

— Elle venait me voir certains jours.

— Restait-elle dormir chez vous ?

— Non, monsieur. »

Puis M. Yeaton demanda à Maren si, à sa connaissance, Karen possédait une pièce d'argent. Maren répondit que oui, elle avait vu cette pièce d'argent en octobre ou novembre ; Karen lui avait dit qu'elle la tenait de certains pensionnaires de l'hôtel à Appledore, et qu'elle la gardait dans son sac à main. M. Tapley demanda si, à sa connaissance, Karen avait autre chose dans son sac à main, ou si elle l'avait vue y mettre quelque chose le jour des meurtres.

« Oui, répondit Maren.

— Qu'était-ce ?

— Un bouton, un bouton blanc.

— Possédez-vous un vêtement quelconque qui ait des boutons semblables ?

— Oui, j'en ai un.

— D'où ce bouton venait-il, si vous le savez ?

— De mon panier à couture.

— Dites ce qu'on a fait de ce bouton, et comment il est arrivé là.

— Elle a pris le panier à couture pour chercher un bouton ; elle en a pris un, et elle l'a donné à Karen.

— Qui a pris ce bouton dans le panier ?

— Anethe, et elle l'a donné à Karen, et Karen l'a mis dans son sac.

— Possédez-vous des boutons semblables à celui-là ?

— Oui, je les ai avec moi. »

Maren montra alors les boutons.

« D'où tenez-vous ces boutons ? demanda M. Yeaton.

— Je les ai pris dans mon panier à couture, j'en ai trouvé un dans le panier et deux dans une boîte qui reste toujours dedans. J'ai une chemise de nuit qui a des boutons comme ceux-là. »

Maren montra la chemise de nuit, et la cour déclara alors à M. Yeaton qu'elle ne voyait pas ce que les boutons et la chemise de nuit avaient à voir avec l'affaire.

« Nous allons montrer le rapport ci-après, et nous y reviendrons », répondit Yeaton.

Rich est debout devant la table des cartes, un micro à la main au bout d'un fil déroulé. Brouillée par des parasites, une voix d'homme, égale et neutre, bourdonne dans la radio au-dessus de la couchette arrière, mais je ne comprends pas ce qui se dit. Rich, lui, paraît suivre, et je le vois se pencher de plus près sur les cartes, se précipitant au sol tout d'un coup pour en examiner une autre. Je cherche un pull pour Billie.

Rich repose le micro sur son support et fait des repères sur une carte avec une règle et un crayon. « Le gros temps arrive sur nous plus vite que prévu, dit-il, le dos tourné. On annonce des rafales atteignant jusqu'à cinquante miles à l'heure. De l'orage et de la foudre aussi. » Une vague vient frapper le bateau de flanc et inonde le pont. L'intérieur de la cabine est éclaboussé, l'eau passant par le capot ouvert. Rich tend une main pour fermer l'écoutille.

« La force du vent suffirait à nous envoyer contre les rochers, dit-il. Je vais mettre le moteur pour aller à Little Harbor, comme l'autre bateau, mais en admettant qu'on soit pris dans la tempête entre-temps, il y aura moins de risques en pleine mer qu'ici, où on n'a pas assez d'espace de manœuvre. » Il se retourne vers nous. Son regard va de Thomas à moi, revient sur Thomas. Il a l'air de dresser des listes mentalement. Il a toujours sur lui son tee-shirt et son short mouillés, mais ce n'est plus le Rich d'il y a une heure : c'est un homme organisé, qui prend la situation en main. Inquiet, mais sans panique.

« Thomas, j'ai besoin de toi pour attacher la grand-voile. Jean, tu fais chauffer de la soupe et du café et tu les mets dans des Thermos, et puis tu prends des sacs à fermeture hermétique et tu mets dedans des allumettes, du pain, du papier hygiénique, des chaussettes et ainsi de suite — à toi de juger. Il faut tout fermer et tout attacher dans la cabine — les tiroirs, tes appareils, les jumelles, tout ce qui risque de bouger côté cuisine. Il y a des sangles là dans ce tiroir si tu en as besoin. Fais-toi aider par Adaline. Il faut que tous les hublots et toutes les écoutilles soient bien fermés. » Il se tourne vers la table des cartes. « Et puis, tiens, vous allez avoir besoin de ça. »

Il ouvre le dessus du pupitre et en sort un flacon de pilules, qu'il lance à Thomas. « Des pilules contre le mal de mer. Vous en prenez tous une — même toi, Thomas — et vous en donnez une demie à Billie. Ça risque d'être un peu mauvais aujourd'hui. Et puis, Thomas, tu vas trouver des masques de plongée sous les coussins dans le cockpit. C'est parfois utile sous la pluie pour la visibilité. Où est Adaline ? »

Thomas fait un geste du côté de la cabine avant.

« Elle est malade ? »

Thomas fait oui de la tête.

Je regarde ma fille se débattre avec la veste en ciré. J'ouvre un tiroir pour prendre les sacs en plastique. Juste à côté, je vois le réchaud osciller. Je comprends que ce n'est pas le réchaud qui oscille, mais le bateau lui-même. En voyant cela, pour la première fois, et presque instantanément, je me sens nauséeuse. Le mal de mer, est-ce juste une idée ? Je me le demande. Ou bien étais-je trop occupée jusqu'ici pour y faire attention ?

Rich va dans la cabine avant et laisse la porte ouverte. Adaline est toujours allongée, immobile sur la couchette ; elle a un bras sur les yeux. Je regarde Rich se défaire de ses vêtements mouillés. Je trouve que, tout d'un coup, nous ne nous soucions plus guère de cacher notre nudité.

Rich remet vite un jean et un sweat-shirt. Je l'entends murmurer quelque chose à Adaline, mais je ne comprends pas ce qu'il lui dit. Et j'ai envie de savoir. Il sort, enfile un pantalon et une veste en ciré. Il remet rapidement ses chaussures de bateau mouillées. Je vois que la tempête continue à le préoccuper, qu'il pense à tout ce qu'il y a à faire mais, quand il passe devant moi pour remonter sur le pont, il s'arrête au pied de l'échelle et il me regarde.

Non seulement je ne comprends pas comment j'ai pu avoir envie — ou plutôt comment j'ai essayé —, il y a juste une demi-heure, de faire l'amour avec mon beau-frère. Mais maintenant, en voyant ma fille près de moi sur la couchette et mon mari devant cet évier, cela me semble encore plus étrange et quasiment impossible. Je sens une dissonance bizarre, une vibration, comme si j'avais mis le pied sur une planche branlante, ou déclenché quelque chose en marche.

Juste à ce moment-là, Thomas se retourne : il vient de remplir au robinet un gobelet en carton. Il tient le gobelet d'une main, et de l'autre une pilule. Je pense qu'il est sur le point de me dire : « Bois cela » quand il voit le visage de son frère, et puis, avant que je ne puisse m'écarter, le mien.

Les yeux de Thomas passent rapidement de l'un à l'autre. Rich porte son regard ailleurs, du côté de la radio. Je vois des images se former dans l'esprit de Thomas. Il tient toujours le gobelet d'eau dans une main. Son autre main flotte devant moi avec la pilule.

« Quoi ? », demande-t-il, de façon à peine audible, comme s'il ne pouvait pas formuler une question complète. Je prends la pilule et le gobelet d'eau. Je renvoie la tête en arrière plusieurs fois, par petits mouvements rapides.

Je redonne le gobelet à Thomas. Rich monte aussitôt dans le cockpit. Billie m'appelle : « Maman, viens m'aider s'il te plaît. Je n'arrive pas à fermer les boutons-pression. »

À l'exception des dépositions de Maren Hontvedt en tant que témoin oculaire, les arguments de l'accusation reposaient sur des preuves indirectes et sur l'absence d'alibi. C'était un meurtre sanglant, et on avait trouvé du sang sur des vêtements appartenant à Louis Wagner (dans les cabinets derrière la maison de sa logeuse). Mme Johnson, la logeuse en question, identifia une chemise lui appartenant grâce à une boutonnière qui avait été raccommodée par elle. De l'argent avait été volé dans la maison Hontvedt, et le lendemain matin Wagner avait eu assez d'argent pour aller à Boston s'acheter des vêtements neufs. Personne n'aurait pu faire l'aller-retour à Smuttynose à la rame en doris sans user considérablement les tolets ; or, sur le doris de James Burke, les tolets, qui venaient d'être remplacés, étaient déjà usés. Wagner avait parlé à John Hontvedt et il savait que les femmes seraient seules dans l'île. Au cours des semaines précédant les meurtres, Wagner avait dit à plusieurs reprises qu'il lui fallait absolument de l'argent, dût-il tuer pour l'obtenir. Wagner ne put fournir un seul témoin l'ayant vu dans la ville de Portsmouth entre sept heures du soir et sept heures du matin pendant la nuit du crime. Sa logeuse affirma qu'il n'avait pas dormi dans sa chambre cette nuit-là.

Mais, pour l'accusation, la pièce à conviction essentielle était le bouton blanc trouvé dans la poche de Wagner au moment de son arrestation. L'accusation déclara que ce bouton avait été volé pendant la nuit du double crime, avec plusieurs pièces d'argent, dans un portefeuille appartenant à Karen Christensen. Ce bouton était semblable à ceux de la chemise de nuit de Mme Hontvedt — et à celui qu'elle avait montré à la cour.

Je mets le document de Maren Hontvedt et sa traduction dans un sac en plastique, que je ferme hermétiquement. Dans d'autres sacs, je fourre mes pellicules et mes appareils, mon journal de bord, les carnets de notes de Thomas, des livres, et les diverses choses que Rich a demandées. Rich et Thomas sont là-haut ; Billie est à côté de moi. Je la surveille de près, allongeant le bras devant ou derrière elle chaque fois que je sens le bateau basculer ou essuyer une rafale. Rich et Thomas ont levé l'ancre et mis le moteur en marche. J'entends le toussotement et les à-coups de la machine, et puis un ronflement rassurant. Nous quittons les îles de Shoals et nous dirigeons vers la pleine mer.

« Maman, Adaline va venir habiter chez nous ? »

Billie et moi sommes en train de plier les cartes et de les glisser dans des sacs. Ma fille aime bien passer les doigts le long de la fermeture à glissière, pour le plaisir de sentir le sac bien bouclé tout d'un coup.

Je m'accroupis devant elle et m'assieds sur mes talons.

« Elle ne va pas venir habiter chez nous, non », dis-je. Je suis censée donner une réponse, mais c'est comme si je posais une question.

« Ah bon », dit Billie. Elle baisse les yeux et regarde

par terre. Je m'aperçois que de l'eau s'est répandue sur le revêtement de tek.

« Pourquoi cette question ? » Je lui soulève à peine le menton en passant un doigt dessous. Le ton de ma voix n'est pas tout à fait maternel — elle l'entend bien, je suppose. Elle passe la langue à l'endroit où il lui manque deux dents de devant, et fixe le plafond.

« Je ne sais plus, dit-elle.

— Allons, Billie.

— Heum. » Elle étire les bras bien haut au-dessus de sa tête. Elle pointe les pieds vers l'intérieur. « Ben..., dit-elle, faisant traîner les mots. Je crois que papa a dit...

— A dit quoi ? »

Elle bat des bras sur les côtés. « Je ne sais pas, moi. »

Tout d'un coup, c'est affreux, je vois sourdre des larmes le long de ses paupières inférieures.

« Billie, qu'y a-t-il ? » Je l'attire contre moi et la serre bien fort. Je sens le ciré, ses mèches de cheveux mouillées, ses jambes dodues.

« Pourquoi est-ce que le bateau bouge comme ça ? demande-t-elle. Je n'aime pas ça. »

La défense de Louis Wagner consista essentiellement à essayer de répondre aux questions soulevées, afin de susciter chez les jurés un doute raisonnable. Pourquoi avait-il des ampoules aux mains et les doigts tout meurtris le lendemain des meurtres ? Il avait aidé un homme à charger des caissettes de poisson sur une charrette. Où était-il cette nuit-là ? Il était allé boire un verre de bière, et puis il avait appâté neuf cents hameçons pour un pêcheur dont il ignorait le nom et qui ne put pas comparaître devant la cour. Après quoi, il avait pris deux autres chopes de bière et il avait commencé à se sentir mal. Il avait été malade dans la rue et il était tombé près d'une pompe. Il était retourné chez les Johnson à trois heures du matin pour aller se coucher, mais il était entré par la porte de derrière et, au lieu de monter dans son lit, il avait dormi dans la salle du bas. Plus tard dans la matinée, il avait décidé de se faire raser la barbe, et puis il avait entendu le train siffler et il avait eu l'idée d'aller à Boston. Là, il avait acheté des vêtements neufs, et il était descendu à son ancienne pension de North Street, où il avait habité à plusieurs reprises auparavant. Comment se faisait-il qu'il y ait du sang sur des vêtements qu'il avait sur lui la nuit des meurtres ? C'était du sang de poisson, dit-il, et puis, quelques jours plus tôt, il s'était blessé avec une aiguille à réparer les filets. Comment avait-il eu de l'argent pour aller à Boston et s'acheter des vêtements neufs ? Il avait gagné douze dollars au début de cette semaine-là en appâtant des chaluts pour un pêcheur dont il avait oublié le nom, et, la nuit des meurtres, il avait encore gagné un dollar.

Wagner vint à la barre pour se défendre lui-même. M. Tapley, l'avocat de la défense, lui demanda de décrire les faits au moment de son arrestation à Boston.

« J'étais devant la porte de la pension où j'ai logé pendant cinq ans, répondit Wagner, le patron est venu, il m'a serré la main et il m'a dit : Salut, d'où tu viens ? J'ai pas eu le temps de répondre, un policier est arrivé devant la porte. Il m'a attrapé par le bras. J'ai demandé ce qu'ils me voulaient. C'est toi qu'on veut, ils m'ont répondu. J'ai demandé pourquoi. Je leur ai dit que je voulais monter mettre mes chaussures. Ils m'ont répondu que j'étais bien comme ça en pantoufles. Après, ils m'ont traîné dans la rue, et ils m'ont demandé combien de temps j'avais passé à Boston. J'étais tellement affolé que j'ai compris qu'on me demandait combien de temps j'avais passé à Boston en tout. J'ai répondu cinq jours — je me suis trompé, je voulais dire cinq ans.

— Vous vouliez dire cinq ans ?

— Oui, monsieur. Après, ils m'ont demandé si je pouvais lire les journaux en anglais. J'ai dit que non. Eh bien, qu'il me dit, si t'étais capable de lire, t'aurais vu ce qu'il y avait dedans. Tu serais à New York à l'heure qu'il est.

— Comment ?

— J'aurais été à New York à cette heure-là si j'avais

210

su ce qu'il y avait dans les journaux. J'ai demandé ce qu'il y avait dans les journaux. Il m'a demandé si j'étais pas allé dans l'île de Shoals et si j'avais pas tué deux femmes ; j'ai répondu que j'avais jamais fait une chose pareille. Il m'a emmené au poste de police numéro un. Là, j'ai trouvé un homme nommé Johnson, capitaine de gendarmerie à Portsmouth. »

M. Tapley lui demanda alors de dire ce qui s'était passé quand on l'avait amené au poste de police.

Wagner dit que le capitaine de gendarmerie Johnson lui avait demandé ce qu'était devenu le grand chapeau que, soi-disant, il avait sur la tête la nuit précédente dans les îles de Shoals.

Wagner poursuivit. « Je lui ai dit que j'avais pas été sur l'île de Shoals ; que j'avais jamais porté un grand chapeau de ma vie. La femme de l'île de Shoals t'a vu avec un grand chapeau cette nuit-là, il me dit. Je lui demande quelle femme. Mme Hontvedt, il me dit. Après, il m'a dit qu'il avait dans sa poche les moustaches que j'avais fait raser, qu'elles avaient été rasées à Portsmouth par tel barbier. Je lui ai dit de me montrer ces moustaches. Alors il m'a dit qu'il avait retrouvé le boulanger où j'avais été ce soir-là pour acheter du pain ; et que j'avais dit au boulanger que j'allais dans l'île de Shoals ce soir-là. Je lui ai demandé de me mettre devant ce boulanger, ou de me l'amener devant moi, ce boulanger qui avait dit ça. Il m'a répondu que j'allais pas tarder à le voir. Quand on m'a ôté mes habits neufs, on m'a emmené dans une autre pièce. Le capitaine de gendarmerie Johnson m'a mis tout nu ; il a demandé où j'avais changé de sous-vêtements. J'ai dit que ces sous-vêtements, je les avais sur moi depuis huit jours ou presque. Tu les as changés ce matin quand tu es allé à Boston qu'il dit : il y a pas un monsieur dans la ville de Boston qui aurait des sous-vêtements aussi propres au bout de huit jours, qu'il dit. J'ai dit que j'étais pauvre, mais que ça m'empêchait pas d'avoir des sous-vêtements propres comme n'importe quel monsieur de la ville de Boston. Quand ils ont eu fini d'examiner mes sous-vêtements, ils me les ont remis, et on m'a emmené dans une cellule ; je suis resté là jusqu'au lendemain matin ; et puis j'ai été tiré de là par deux policiers, et traîné dans la rue.

— Deux hommes, voulez-vous dire ?

— Ils m'ont emmené dans la rue ; on a marché dans la rue.

— Qu'entendez-vous par "traîné" ?

— Ils m'ont traîné par les mains ; ils m'ont emmené dans une espèce de maison ; je sais pas ce que c'était. On m'a mis sur un siège ; comme ça pendant dix minutes à peu près ; fallait que tout le monde me voie ; après, ils m'ont ressorti de la maison où on a pris ma photo ; et ils m'ont ramené au poste de police.

— Que s'est-il passé ensuite ?

— Après ça, ils m'ont enfermé à nouveau. Au bout d'un moment, ils m'ont fait sortir et ils m'ont emmené à la gare. Quand ils m'ont emmené à la gare, j'ai demandé où ils allaient m'expédier. Ils m'ont répondu qu'ils me renvoyaient à Portsmouth, m'ont demandé si ça me plaisait pas. Si, que j'ai dit.

— Qui vous a demandé cela ?

— Le policier qui m'a amené là.

— Vous connaissez son nom ?

— Oui, celui qu'était ici.

— Continuez.

— Ben, ils m'ont amené à Portsmouth. Quand je suis arrivé à Portsmouth, la rue était pleine de gens et ils criaient : Tuez-le, tuez-le. On m'a emmené au poste. Je suis resté enfermé là à peu près trois quarts d'heure, et puis M. Hontvedt est venu... M. Hontvedt est venu à la porte et il a dit : Ah ! salaud d'assassin. Tu te trompes, Johnny, je lui ai dit. Salaud, qu'il me dit, t'as tué la sœur de ma femme et la femme de son frère. Alors j'ai dit à John : j'espère que tu vas trouver celui qu'a fait ça. Je l'ai trouvé, qu'il dit. Tu mérites encore plus que la potence, tu mérites encore plus que l'enfer, qu'il me dit. On devrait te couper en morceaux et te mettre au bout des hameçons comme appât. Je lui ai dit qu'il risquait bien de tomber lui-même dans le filet qu'il m'avait tendu. Où est le grand chapeau que t'avais sur la tête la nuit où t'étais sur les Shoals ? qu'il me dit. Je lui dis que j'avais pas de grand chapeau. Qu'est-ce que t'as fait du poisson que t'as acheté, ou que tu voulais acheter sur la goélette hier soir ? qu'il me dit. Je lui dis que j'ai pas acheté de poisson et que je suis pas sorti de Portsmouth. Il me dit qu'on a vu le doris cette nuit-là, entre minuit et deux heures du matin, accoster un bateau qui était à l'ancre à Smutty Nose.

— Quel doris ? Que voulez-vous dire ?

— Un doris qui a accosté la goélette et qui a demandé au patron s'il avait du poisson à vendre.

— A-t-il dit où était la goélette ?

— Oui, il a dit qu'elle était à l'ancre à Smutty Nose. Il a dit qu'on avait vu le doris traverser vers l'ouest de l'île et faire signe à un autre bateau par là. Alors je lui ai dit : Johnny, tu ferais mieux de t'en prendre à ce type qui ramait dans le doris cette nuit-là. Alors, lui et son beau-frère, ils m'ont répondu que ce type, c'était moi. Le beau-frère a dit à M. Hontvedt de me demander si j'aurais pas pu prendre l'argent sans tuer les "teux vammes".

— Qui entendez-vous par le beau-frère ?

— Evan Christensen. Je lui ai dit que j'avais jamais essayé de voler de l'argent, mais que, si j'étais un voleur, il me semblait que je pourrais prendre de l'argent sans tuer les gens. T'as pris treize dollars, il me dit. T'as pris un billet de dix dollars dans le portefeuille, il me dit.

— Qui a dit cela ?

— Hontvedt. Son frère, Mattheas Hontvedt, m'a montré un autre portefeuille et il a dit que j'avais volé cinq dollars dans celui-là. Je lui ai dit que c'était faux. Après, ils sont partis, et d'autres gens sont venus me voir. »

La question des marques de sang fut alors abordée. Horace Chase, un médecin qui résidait au 22, Newbury Street à Boston, témoigna qu'il avait fait étudier l'analyse du sang et qu'il avait examiné le sang trouvé sur les vêtements de Louis Wagner. Le Dr Chase expliqua que les corpuscules rouges du sang des poissons diffèrent par leur forme de ceux des humains ou des mammifères. De plus, déclara-t-il, on pouvait distinguer le sang humain du sang de cheval d'après la taille des corpuscules sanguins. « Un corpuscule moyen de sang humain mesure 1/3 200e de pouce ; c'est-à-dire que 3 200 corpuscules alignés couvriraient un côté d'un pouce carré ; contre 4 600 pour du sang de cheval ; la différence est très sensible », dit-il.

M. Yeaton, de l'accusation, avait fait porter plusieurs vêtements au Dr Chase, à Boston — une combinaison de travail, une veste et une chemise, pour qu'il analyse les traces de sang. Le Dr Chase affirma avoir trouvé du sang humain sur la combinaison de travail et sur la chemise, et seulement du sang de mammifère sur la veste. Au cours du contre-interrogatoire, le Dr Chase fit savoir qu'il n'avait pas pratiqué plus de « deux ou trois » examens d'analyse sanguine pour des affaires criminelles.

La défense présenta son propre expert. James F. Babcock, professeur de chimie au Collège de pharmacie du Massachusetts à Boston, prétendit qu'il n'était pas possible de distinguer avec une certitude absolue le sang humain de celui d'autres mammifères, et qu'il n'était pas possible de dire, une fois que le sang avait séché sur un vêtement, à combien de temps remontait la tache, et si elle avait été faite avant ou après telle autre tache. Il n'existait pas non plus de test permettant de déterminer s'il s'agissait du sang d'un homme ou de celui d'une femme. M. Babcock déclara avoir examiné des taches de sang dans « plusieurs » affaires capitales.

La défense fit alors appel à un pêcheur, Asa Bourne, qui certifia que, la nuit des crimes, ses fils et lui étaient partis pêcher en mer, et que le vent soufflait si fort qu'il était impossible d'avancer vent debout. À son avis, Wagner n'aurait jamais pu faire l'aller-retour dans les îles à la rame.

La défense rappela à la barre le Dr John W. Parsons, le médecin qui avait examiné le corps d'Anethe à l'entreprise de pompes funèbres Gerrish

Adams. On lui demanda si l'on pouvait ou non raisonnablement supposer, d'après l'aspect des blessures sur le corps d'Anethe, que la personne qui les avait infligées ne possédait pas une grande force musculaire.

Finalement, la défense tenta de faire rendre une fin de non-recevoir. À l'époque, dans l'État du Maine, on ne pouvait pas déclarer quelqu'un coupable d'homicide volontaire si la victime n'était pas nommée avec exactitude et si son nom n'était pas correctement orthographié dans l'acte d'accusation. La première fois qu'Evan Christensen avait témoigné, il avait déclaré : « Anethe Christenson était ma femme. » Or, dans l'acte d'accusation, la victime apparaît sous le nom d'Anethe Christinson. On rappela Evan à la barre et Tapley l'interrogea.

« Quelle heure était-il quand vous êtes allé dans cette maison où votre femme était morte, avez-vous dit ? »

Pas de réponse.

« Quelle heure était-il ? »

Pas de réponse.

« Comprenez-vous ma question ? »

Pas de réponse.

« Quelle heure était-il quand vous avez appris la mort de votre femme, et la première fois que vous êtes allé sur les lieux, le lendemain du meurtre ? »

Pas de réponse.

« Êtes-vous entré dans la maison ?

— Oui, monsieur.

— Êtes-vous allé dans les autres pièces ?

— J'ai été dans d'autres pièces.

— N'avez-vous pas trouvé beaucoup de sang dans ces pièces-là ?

— Oui, monsieur.

— Par terre ?

— Oui, monsieur.

— Quand vous a-t-on demandé, depuis que vous êtes venu ici avant-hier, quel était le nom de votre femme ? »

Pas de réponse.

« Avant d'entrer ici ce matin, vous a-t-on demandé quel était le nom de votre femme ? On ne vous l'a pas demandé ? »

Pas de réponse.

« Quand vous a-t-on interrogé sur le nom de votre femme depuis avant-hier, vous me comprenez ? »

Pas de réponse.

« Vous êtes norvégien ? »

Pas de réponse.

« À qui avez-vous donné le nom de votre femme ? »

Pas de réponse.

« Avec qui avez-vous parlé du nom de votre femme depuis avant-hier ? »

Pas de réponse.

« Vous ne comprenez pas, c'est ça ?

— Non, monsieur.

— Est-ce que vous avez parlé de votre femme à quelqu'un ? »

Pas de réponse.

« Est-ce que vous avez dit le nom de votre femme à quelqu'un avant de venir ici ce matin ? »

Pas de réponse.

« Quel est le nom de famille de Karen ?

— Karen Alma Christensen.

— Votre femme s'appelait-elle Matea Annette ?

— Anetha Matea Christensen.

— Ne l'appelait-on pas quelquefois Matea Annette ? »

Pas de réponse.

« Comprenez-vous ma question ? »

Pas de réponse.

« Quand vous êtes-vous marié ? »

Pas de réponse.

« Quand avez-vous épousé votre femme ? »

Pas de réponse.

Finalement Tapley renonça à poursuivre l'appel, et la cour décréta que la victime était Anethe Christenson, comme il était écrit.

Billie est pliée en deux, comme si elle était sur le point de vomir. Elle tousse plusieurs fois. Elle a

216

soudain la peau d'une blancheur un peu trouble, et la sueur perle sur son front. Elle pleure. Elle ne comprend pas ce qui lui arrive.

« Maman, dit-elle. Maman. »

Nous sommes pris dans une rafale, et on a l'impression qu'un train vient de heurter le bateau de plein fouet. Nous penchons dangereusement, et je me cogne la tête violemment contre la table des cartes. J'entends un fracas de vaisselle dans les placards. Une Thermos glisse sur toute la longueur du plan de Formica et bascule sur son bouchon de plastique. Je m'agenouille au sol et je retiens Billie de mon mieux. J'essaie de ne pas me laisser gagner par la panique.

« Rich ! » Je l'appelle du bas de l'échelle. J'attends sa réponse. J'appelle à nouveau. Je lui crie : « Il y a de l'eau par terre. »

Je n'arrive pas à entendre sa réponse. Avant la tempête, l'eau faisait un bruit apaisant. Un doux clapotis de vagues sur la coque. Mais, à présent, c'est une sorte de ronflement et de bouillonnement qui ne viennent pas seulement du moteur. On dirait qu'on a plus de peine à fendre les flots, comme si l'océan opposait une résistance. Sur ce fond sonore, j'entends Rich appeler Thomas, mais je ne comprends pas ce qu'il dit.

Thomas glisse en bas de l'échelle. Il est trempé malgré son ciré. Les agrafes n'ont pas l'air d'être attachées correctement. Il me voit avec Billie, avec Billie qui est pliée en deux et qui pleure. « Qu'est-ce qui se passe ? demande-t-il.

— Je crois qu'elle a le mal de mer. »

Il s'accroupit à côté de nous.

« Elle a peur, dis-je. Elle ne comprend pas.

— Tu lui as donné une demi-pilule ?

— Oui, mais c'était sans doute trop tard. »

Thomas attrape un torchon et s'en sert pour essuyer le front de Billie. Et puis il s'éponge le visage. Il respire fort et il a une vilaine enflure sur le côté de la pommette.

« Qu'est-ce qui t'est arrivé ? dis-je en montrant sa bosse.

217

— C'est vraiment mauvais là dehors. » Il enlève le capuchon du ciré, s'essuie le dessus du crâne. Il est tout décoiffé, et ses cheveux forment une étrange sculpture qui ferait rire Billie si elle se sentait mieux.

Il met une main au sol pour ne pas perdre l'équilibre. Il respire toujours fort. Essayant de reprendre son souffle. Nos deux visages sont à moins d'un pied l'un de l'autre. Je me dis, en le regardant, que lui aussi a peur.

Par la montée de cabine, Thomas hurle : « Il y a de l'eau sur le plancher, Rich. Je ne peux pas dire quelle quantité. »

On entend la voix de Rich, mais je ne comprends toujours pas ce qu'il dit. Thomas se lève et prend appui contre l'échelle. « OK », dit-il, acquiesçant aux directives de Rich.

Je le regarde prendre un outil dans un tiroir et enlever un coussin dans le coin-repas. Dans la cloison, il y a une cavité. Thomas engage l'outil dans la cavité et l'actionne d'avant en arrière. Il se penche maladroitement au-dessus du banc, gêné par la table. C'est pratiquement la première fois que je vois Thomas accomplir une tâche manuelle.

« C'est le bouchain. Rich dit qu'il n'y a plus d'électricité. »

Thomas y va de toutes ses forces, en silence, comme s'il cherchait à s'épuiser.

À ce moment-là, j'entends que le bruit devient différent, ou plutôt qu'il cesse.

Rich lâche un « merde » retentissant.

Il descend par l'échelle. Il relève son masque de plongée. Je vois le drôle de 8 que laisse le caoutchouc sur son visage. Autour du 8, la peau est rouge et à vif. « On n'a plus de moteur », dit-il. Il regarde Billie. « Qu'est-ce qui se passe ?

— Elle a le mal de mer », dis-je.

Il pousse un profond soupir et se frotte l'œil gauche avec le doigt. « Tu peux prendre le gouvernail une minute ? me demande-t-il. Il faut que j'aille dans la chambre du moteur. »

Je regarde Billie, perdue et isolée dans son mal.

Elle a les mains soigneusement croisées sur le ventre. « Je pourrais la mettre avec Adaline », dis-je. Je sais que Rich ne me demanderait pas d'aller l'aider si ce n'était vraiment indispensable.

« Va l'installer et monte me rejoindre. Je vais te montrer ce qu'il faut faire. Le plus vite possible. »

J'emmène Billie dans la cabine avant. J'ouvre la porte. Les couchettes font un V à l'envers dont les branches sont accolées au centre, formant en partie un lit à deux places. En dessous, il y a de grands tiroirs et, à l'extrémité de chacune des branches du V, un casier suspendu. Adaline est allongée de côté sur la couchette de gauche. Elle a une main sur le front. Quand je pénètre à l'intérieur, elle lève les yeux et redresse un peu la tête.

Je tiens Billie sur ma hanche. Je ne veux pas laisser ma fille. Je ne veux pas qu'elle soit avec Adaline. À nouveau, Billie a un haut-le-cœur.

« Elle n'a pas encore vomi, mais elle est très mal, dis-je. Rich a besoin de moi pour tenir le gouvernail une minute. S'il vous faut de l'aide, Thomas est juste à côté.

— Je m'excuse, Jean », dit-elle.

Je me tourne vers Billie. « Il faut que j'aille aider oncle Rich une minute. Adaline va s'occuper de toi. Tu vas aller mieux. » Billie a cessé de pleurer, comme si elle était trop malade pour dépenser ses forces à cela.

« C'est affreux, le mal de mer, dis-je à Adaline. Rich et Thomas ne sont jamais malades, et ils en sont très fiers. Il paraît que c'est dans les gènes. Billie n'a pas dû hériter de ceux-là.

— C'est une des premières choses qu'il m'a dites de lui quand je l'ai rencontré.

— Rich ? dis-je en épongeant la sueur sur le front de Billie.

— Non, Thomas. »

Alors je sens que tout bascule. Tout l'air disponible est comme aspiré subitement.

« Quand avez-vous rencontré Thomas ? », dis-je d'un ton aussi dégagé que possible.

Il y a des moments dans la vie où l'on sait que la phrase qui va suivre va tout changer à jamais, et pourtant, au moment même où l'on attend cette phrase, on comprend que tout a déjà changé. Et depuis un certain temps déjà. Simplement, on ne le savait pas.

Je vois le visage d'Adaline se troubler un instant.

« Il y a cinq mois peut-être, dit-elle avec une feinte désinvolture. En fait, c'est Thomas qui m'a présenté Rich. »

Du cockpit, un cri parvient dans la cabine avant.

« Jean ! hurle Rich. J'ai besoin de toi !

— Mettez Billie ici à côté de moi. Elle sera bien », s'empresse de dire Adaline.

Je repense à l'idée de Thomas d'utiliser le bateau de Rich pour cette expédition.

J'installe Billie près d'Adaline, entre elle et la paroi, et juste à ce moment-là le bateau penche brutalement encore une fois. Billie se cogne la tête contre la cloison. « Aïe ! », crie-t-elle.

J'ai envie que tout cela finisse, me dis-je, c'est tout.

Je n'aurais pas imaginé ce qu'il faut subir sur le pont, ni combien nous étions à l'abri là en bas. Je ne savais pas qu'une tempête pouvait être aussi sombre, que l'eau pouvait paraître aussi noire. Il y a longtemps que je ne me suis pas trouvée sous une pluie battante en plein vent, une pluie qui vous empêche quasiment d'ouvrir les yeux et qui vous coupe le souffle. Qui vous coule derrière les oreilles et vous descend dans le dos.

Il n'y a presque pas de visibilité. Rich me prend le bras, me fait tourner face à l'arrière du bateau, et me crie par le côté de mon capuchon : « Ça n'est pas difficile. Arrange-toi pour garder les vagues derrière toi, comme en ce moment. J'avance avec une voile, mais pour l'instant tu ne t'occupes pas de ça. L'essentiel c'est que les vagues ne prennent pas le bateau par le flanc. OK ?

— Rich, quand as-tu rencontré Adaline ?

— Quoi ? dit-il en se penchant plus près pour entendre.

— Quand as-tu rencontré Adaline ? », répété-je en criant.

Il secoue la tête.

Je me détourne et lui demande en les montrant du doigt : « Elles ont quelle hauteur, ces vagues ?

— Pas besoin de savoir. Elles sont hautes, c'est tout. OK, maintenant prends le gouvernail. »

Je me retourne et mets les mains à dix heures dix sur les rayons de bois. Aussitôt la roue m'échappe en claquant contre mes paumes.

« Il faut que tu tiennes bon, Jean.

— Je n'y arriverai jamais.

— Mais si, bien sûr. »

Je reprends le gouvernail en bloquant les jambes au sol. La pluie me mord les joues et les paupières.

« Tiens, mets ça », me dit Rich.

Il se penche vers moi avec un masque de plongée, et je m'aperçois que, sous le petit abri de nos capuchons, nous n'avons pas besoin de crier. « Rich, où as-tu rencontré Adaline ? »

Il a l'air déconcerté. « À ce dîner "Poètes et prose". Je croyais que tu le savais. Thomas y était. Tu n'avais pas pu venir.

— Je n'avais pas trouvé de baby-sitter. Pourquoi Adaline y était-elle ?

— C'était patronné par la Banque de Boston. Elle représentait la banque. »

Rich dégage mes cheveux du capuchon, et ce doit être ce geste, je crois, l'étrange tendresse de ce geste, ou bien cette façon d'ajuster le masque, comme on le ferait pour un enfant, qui fait qu'il se penche et embrasse mes lèvres mouillées. Un seul baiser, rapide. Je sens soudain en moi une vive douleur.

Il abaisse le masque sur mon visage. Quand il est en place, j'ouvre les yeux, mais Rich a déjà tourné le dos pour se diriger vers la cabine.

Je crois que je ne vais jamais arriver à faire ce que Rich m'a demandé. Je ne peux pas tenir le gouvernail sans me servir de mes deux mains, alors il faut que je tende le cou pour surveiller l'arrière. Nous tombons dans un creux, et il me semble que toute cette eau

221

dressée va se répandre sur moi et submerger le bateau. La lame monte en crête et le bateau est propulsé en avant d'un seul coup. Il zigzague entre mes mains inexpérimentées. À plusieurs reprises, je tourne la roue du gouvernail dans le mauvais sens, et rétablis la direction trop brutalement. Je ne vois pas comment je vais pouvoir garder les vagues derrière moi. La pluie et le froid me raidissent les mains. Le gouvernail vibre violemment, et je serre les mains de toutes mes forces pour qu'il ne m'échappe pas. Il y a moins d'une heure, j'étais sur la plage de Smuttynose.

Une vague vient se briser contre le bastingage à ma gauche. Le paquet de mer se répand dans le cockpit, me monte jusqu'aux chevilles et s'écoule très vite. L'eau me porte un coup aux chevilles, comme de la glace. Je vois que le bateau tourne dans la houle. Je lutte avec le gouvernail, et puis soudain, bizarrement, il n'y a plus de résistance du tout, il tourne à vide comme dans l'air. À ma droite, la foudre est au-dessus de la mer. Et puis nous nous perdons à nouveau dans un creux, et je recommence à me débattre avec le gouvernail. Il n'y a qu'une ou deux minutes que Rich est parti. Je vois le glaive d'un autre éclair, plus proche cette fois, et une inquiétude nouvelle s'empare de moi.

À l'avant, le foc claque fort. Il vient au lof et claque à nouveau. Je tourne le gouvernail pour me mettre dans le sens du vent. Le foc se tend et se stabilise.

Adaline émerge de l'écoutille avant.

Je frotte le devant de mon masque avec ma manche. La roue du gouvernail tourne toute seule et je m'en saisis à nouveau. Je ne suis pas sûre de ce que je vois. Le Plexiglas de l'écoutille qui se soulève n'est qu'une tache floue et fumeuse. J'enlève mon masque et je cherche mes lunettes dans la poche de mon ciré. Elles nagent dans un demi-pouce d'eau. En les mettant, j'ai l'impression de regarder à travers un prisme. Les objets penchent et vacillent.

Adaline s'assied sur le bord de l'écoutille et lève le visage vers le ciel, comme si elle était sous la douche. Presque aussitôt la pluie lui fait foncer les cheveux et les aplatit. Elle sort complètement de la cabine et passe sur le pont. Elle se tient droite, une main sur un filin. Elle est au bastingage avant, le regard au loin. Je l'appelle en hurlant.

Elle a un chemisier blanc et une longue jupe foncée que la pluie transperce aussitôt. Je ne vois pas son visage, mais je vois le contour de ses seins et de ses jambes. Je hurle à nouveau. Elle n'a pas mis de gilet de sauvetage.

J'appelle Rich en criant, mais il ne m'entend pas. Même Thomas n'entend rien dans tout ce vacarme.

Que fait-elle là dehors ? Est-elle devenue folle ?

Devant son insouciance, et tout ce drame, je suis saisie d'une rage, d'une fureur soudaine et irrationnelle. Je ne veux pas que cette femme soit entrée dans notre vie, qu'elle ait touché Thomas ou Billie, qu'elle les ait attirés à elle, qu'elle les ait égarés. Je ne veux pas de cette femme à l'avant du bateau. Et surtout, je ne veux pas être obligée d'aller vers elle. J'ai envie, au contraire, de la chasser à jamais, elle et sa bêtise, ses attitudes de théâtre, et sa croix en or.

Je lâche le gouvernail, je me baisse et me cramponne à un filin. Le vent plaque mon ciré contre moi. Je m'agrippe à un taquet, aux poignées du bastingage. Je me traîne vers l'avant. Mon capuchon est rejeté en arrière.

Adaline se penche au-dessus du bastingage. Ses cheveux pendent lamentablement, et puis s'envolent au-dessus de sa tête. C'est alors que je m'aperçois qu'elle est malade.

Je suis à trois ou quatre pieds de l'endroit où elle est recroquevillée contre le bastingage. Je crie son nom.

Le bateau tourne dans les vagues et donne de la gîte. Adaline se redresse et me regarde, une expression de surprise sur le visage. Le foc bat très fort et fait un bruit sec, comme un coup de fusil. Elle tend une main, qui semble flotter en l'air, en suspens entre nous deux.

Depuis, j'ai souvent repensé à ce jour où j'ai poussé une portière pour la fermer, et, dans la fraction de seconde avant qu'elle ne se ferme, j'ai vu les doigts de Billie : il m'a semblé que, dans cet instant infime pendant lequel la portière a terminé sa course, j'aurais pu arrêter le mouvement, j'aurais pu faire autrement, j'avais le choix.

À Alfred, dans le Maine, il fallut moins d'une heure au jury pour arriver au verdict d'homicide volontaire. Wagner fut condamné à la pendaison. On l'emmena alors dans la prison de l'État à Thomaston en attendant l'exécution de la peine.

Cette pendaison à Thomaston fut une affaire particulièrement sinistre qui, dit-on, entraîna à elle seule l'abolition de la peine de mort dans le Maine. Une heure avant le moment où devaient être pendus Wagner et un autre criminel, un certain True Gordon, qui avait tué trois membres de la famille de son frère à coups de hache, Gordon tenta de se suicider en se tranchant l'artère fémorale et en s'enfonçant dans la poitrine un tranchet de cordonnier. Gordon se vidait de son sang et avait perdu connaissance, et le directeur de la prison se trouva devant une horrible décision à prendre : fallait-il pendre un homme qui, de toute façon, allait mourir avant la fin de l'après-midi ? C'est l'arrêt de mort qui prévalut, et Wagner et Gordon furent amenés dans une carrière de calcaire abandonnée où avait été dressé le gibet. Il fallut tenir Gordon debout pour lui passer la corde au cou. Wagner, lui, resta droit sans le secours de personne, et protesta de son innocence. Il déclara : « Dieu est bon. Il ne peut pas laisser punir un innocent. »

À midi, le 25 juin 1873, Louis Wagner et True Gordon furent pendus.

Adaline passe par-dessus bord comme une fillette surprise par un garçon brutal qui la pousse dans le dos du haut du plongeoir, et elle commence à battre des bras et des jambes avant même de toucher l'eau.

L'océan se referme aussitôt au-dessus de sa tête. J'essaie de garder les yeux fixés sur le point précis où elle est tombée, mais la surface de la mer s'agite et change tellement — un véritable paysage, toute une géographie — que ce qui a été à un endroit a disparu l'instant d'après.

La mer se soulève puis se répand, et envoie le bateau, pris de flanc, glisser dans le creux de la vague. L'eau dégringole sur le pont en cascades, me clouant les jambes contre le bastingage. Adaline fait surface à vingt mètres de l'endroit où je l'attendais. Je crie son nom. Je la regarde se débattre. Rich monte voir ce qui arrive au bateau. Il prend immédiatement le gouvernail.

« Jean ! crie-t-il. Ne reste pas là. Qu'est-ce qui se passe ?

— Adaline est à la mer. » Je lui réponds en criant, mais j'ai le vent debout, et il voit juste mes lèvres bouger sans émettre le moindre son.

« Quoi ?

— Adaline ! » Je hurle aussi fort que je le peux et je la montre du doigt.

Thomas arrive sur le pont juste à ce moment-là. Il a mis un bonnet noir en tricot, mais il n'a plus son ciré. Rich crie à Thomas : *Adaline !* et montre la bouée de sauvetage. Thomas s'en empare et se rapproche péniblement de moi.

Des voix tonitruent, on lance une corde, la bouée jetée en vain danse au creux d'une vague. On voit un instant une tache blanche, comme un mouchoir lâché sur l'eau. On lance des ordres frénétiques et impérieux, et puis Thomas se jette à l'eau. Rich, au gouvernail, est à moitié accroupi, comme un lutteur, essayant de toutes ses forces de maintenir le bateau à la verticale.

Et alors je me dis : si je lui avais tendu la main, Adaline l'aurait-elle saisie ? Ai-je tendu la main, je me le demande, ou bien, l'espace d'une fraction de seconde, une juste colère a-t-elle arrêté mon geste ?

Et je me dis encore ceci : si je n'avais pas appelé Adaline à cet instant précis, elle ne se serait pas redressée, et la bôme de foc serait passée au-dessus de sa tête.

Quand Rich hisse Adaline à l'arrière du bateau, elle n'a plus sa jupe, ni rien dessous. Ce qu'il remonte à bord n'a plus l'air d'une personne que nous avons connue, mais d'un corps que nous pourrions étudier. Rich se penche au-dessus d'elle et lui martèle la poitrine, et puis il lui fait du bouche-à-bouche, inlassablement. À l'arrière, contre le bastingage, Thomas est plié en deux, toussotant et essayant de reprendre son souffle.

Et ce n'est pas moi, non, ce n'est pas même moi, c'est Rich — furieux, crispé, épuisé, essoufflé — qui, levant la tête de la poitrine d'Adaline, s'écrie : « Où est Billie ? »

25 septembre 1899

J'affronte à présent la tâche la plus difficile de toutes, qui est celle de regarder en face les événements du 5 mars 1873, et de les coucher sur le papier dans ce document, pour tenir lieu de récit authentique par un témoin, quelqu'un qui était là, qui a vu, et qui a survécu pour raconter l'histoire. Parfois, toute seule ici, dans le silence de ma petite maison, n'ayant que des bougies pour m'éclairer la main, l'encre et le papier, je m'écrie : Non, je ne peux pas raconter ce qui s'est passé ce jour-là, je ne le peux pas. Non que j'aie oublié le détail des événements, car je ne m'en souviens que trop précisément — avec ces couleurs violentes et criardes, ces bruits amplifiés et perçants, comme dans un rêve, un rêve terrible que l'on refait sans cesse, auquel on ne peut échapper, en dépit de l'âge et des années qui passent.

C'était un jour de ciel bleu et de soleil éclatant, où la neige, la mer et les cristaux de glace sur les rochers avaient de vifs reflets qui blessaient la vue quand on regardait à travers les vitres, et quand je sortais pour aller au puits ou au poulailler. C'était un de ces jours de vent sec et irritant, qui vous envoie les cheveux dans la figure comme un fouet et vous transforme la peau en papier. Les hommes avaient quitté la maison le matin de bonne heure pour tirer les chaluts qu'ils avaient posés la veille, et John m'avait dit en partant qu'ils rentreraient à midi pour venir chercher Karen et pour se restaurer avant d'aller à Portsmouth vendre leur prise et acheter de l'appât. Je voulais qu'il me fasse quelques courses, et je le lui ai dit, et il est possible que je lui aie donné une liste, je ne sais plus. Evan a dégringolé l'escalier, sans s'être rasé ni peigné, et il a attrapé un petit pain sur la table en guise de petit déjeuner. J'ai insisté pour qu'il prenne le temps de boire un peu de café, car il allait faire un froid glacial sur le bateau, mais il a refusé d'un geste et il a pris sa veste et son ciré dans l'entrée. Matthew était déjà descendu au bateau pour tout préparer, comme chaque matin ou presque. En fait, c'est à peine si je voyais Matthew, car il semblait vivre à un rythme différent de nous tous, se levant au moins une heure avant moi, et allant se coucher dès qu'il faisait nuit. Karen se prélassait ce matin-là, je m'en souviens. Elle a dit à John qu'elle serait habillée et prête à partir avec lui après le déjeuner, et John a acquiescé d'un signe de tête. Moi, c'est à peine si je pouvais la regarder, car elle s'était fait arracher toutes les dents et elle avait le visage horriblement affaissé, comme l'est parfois le visage des morts. Elle était avec nous depuis la fin du mois de janvier, ayant été renvoyée de chez les Laighton pour avoir décrété un jour qu'elle ne voulait pas balayer ni faire les lits dans une chambre occupée par quatre pensionnaires hommes. Je soupçonne que, depuis un moment, Eliza Laighton n'attendait que l'occasion de la voir partir, car désormais Karen parlait un peu l'anglais et pouvait par conséquent faire entendre ses griefs et son avis, ce dont elle était incapable à son arrivée en Amérique. Comme vous vous en doutez, j'avais des sentiments pour le moins mêlés quant à sa présence chez nous. Depuis la venue d'Evan, nos rapports n'étaient pas très chaleureux, et de plus nous étions nombreux sous ce toit — sous ce demi-toit, devrais-je dire —, car nous vivions tous dans la partie sud-est de la maison, afin d'être plus près de la source de chaleur pendant le long hiver.

C'est à peine, en effet, si je puis décrire l'horreur de cet hiver où durant de si longues semaines, en janvier et en février, nous sommes restés enfermés tous ensemble. Nous étions tous dans la cuisine, presque toute la journée, John et moi, Evan et Anethe, Matthew bien sûr, et Karen, et, pendant des jours d'affilée, il nous était impossible de sortir de la maison, ou de nous laver convenablement, de sorte qu'il y avait dans la pièce une affreuse odeur de rance, un relent d'humains confinés se mêlant à la puanteur du poisson dont étaient imprégnés les cirés et même les lames du plancher, et dont on n'arrivait jamais à se défaire complètement, malgré tout le mal que je me donnais à les frotter à la brosse. Les dernières semaines de février, j'ai remarqué qu'Anethe elle-même commençait à perdre sa fraîcheur. Je me suis aperçue que ses cheveux, qui n'avaient pas été lavés depuis si longtemps, fonçaient et devenaient tout gras, et que l'hiver lui faisait perdre ses bonnes couleurs.

C'était une rude affaire que de garder son calme dans cette atmosphère fétide. Evan était le seul à montrer quelque enthousiasme, se satisfaisant tout simplement de pouvoir rester auprès de sa femme, mais chez Anethe elle-même je remarquais des signes de tension. Si jamais la vie d'un couple fut mise à l'épreuve, ce fut bien sur cette île, pendant ces hivers-là, où les petites manies et les habitudes de chacun pouvaient devenir quasiment insupportables, et où l'on révélait immanquablement les plus mauvais côtés de soi-même. John employait ces heures-là à réparer les filets et les chaluts, et Matthew partageait avec lui cette besogne. Souvent Matthew fredonnait ou chantait des airs norvégiens, ce dont je me souviens comme d'une agréable diversion. Evan avait entrepris la fabrication d'une garde-robe pour Anethe, de sorte que, en plus des filets et des hameçons dans lesquels il fallait prendre garde de ne pas s'empêtrer, la pièce était remplie de copeaux, de sciure, de clous, et des divers instruments tranchants dont Evan se servait pour ce travail. Je me réfugiais dans la routine, et je dirai ici que plus d'une fois dans ma vie la répétition des tâches quotidiennes a été mon salut. De nous six, c'est moi qui sortais de la maison le plus souvent, pour aller chercher du bois, de l'eau, ou des œufs dans le poulailler. Il était convenu que c'était moi qui tenais la maison en ordre, et j'ai remarqué que, si les pêcheurs prennent un repos saisonnier, ce n'est pas le cas des femmes, pas même lorsque les hommes, affaiblis par l'âge, ne peuvent plus tirer les chaluts et sont obligés de cesser leurs activités. L'épouse vieillissante, elle, ne peut jamais cesser les siennes, sinon qui nourrirait la famille, ou ce qu'il en reste ?

Pendant ce temps, Karen s'occupait à coudre et à filer, et j'aimais autant qu'elle ne soit pas constamment près de moi à me gêner dans ma tâche. Au début, Anethe a cherché à plaire à cette autre sœur d'Evan, mettant en pelotes la laine que Karen avait filée, feignant de se passionner pour l'art de la broderie, et lui proposant de lui natter les cheveux, mais je n'ai pas mis longtemps à m'apercevoir que même Anethe, qui jusque-là semblait avoir des réserves de bienveillance presque inépuisables, commençait à se lasser des gémissements et des ronchonnements incessants de Karen, et découvrait peu à peu que la contenter était en soi une vaine entreprise. Il y a des gens qu'on ne peut tout simplement pas contenter. Au bout d'un certain temps, je me suis aperçue qu'Anethe me réclamait de plus en plus souvent quelque chose à faire. Il n'y avait que l'embarras du choix, et j'ai eu pitié d'elle, car l'oisiveté forcée dans un lieu aussi propice à la claustrophobie finit presque toujours par saper la bonne humeur, et même, au demeurant, le caractère des gens.

Quant à moi, j'avais perdu toute gaieté, et parfois je sentais mon caractère en péril, si ce n'est mon âme elle-même. Je n'avais pas prié depuis le jour où Evan m'avait parlé si durement dans la cuisine, car désormais je n'avais plus rien à souhaiter qui me poussât à la prière. Ni sa venue, ni son amour, ni même sa gentillesse ou sa présence. Car nous avions beau être dans la même pièce tous les jours, et rarement à plus de quelques pieds l'un de l'autre, c'était comme si nous avions été sur deux continents séparés, car il ne daignait me voir et me parler que lorsque c'était absolument indispensable, de sorte que j'aurais préféré qu'il n'ait pas à me parler du tout, car son indifférence était telle que mon sang se glaçait dans mes veines, et que j'avais encore plus froid qu'avant. Il me parlait sur un ton totalement dépourvu de chaleur et de clémence, comme pour me tenir à distance délibérément. Un soir, au lit, John m'a demandé comment il se faisait qu'apparemment Evan et moi ne nous plaisions plus autant qu'autrefois en compagnie l'un de l'autre, et je lui ai répondu qu'il n'y avait aucune raison particulière, que simplement Evan avait l'esprit ailleurs et n'avait plus d'yeux que pour Anethe.

Depuis le 1er mars, les hommes avaient recommencé à sortir en mer, et on en ressentait un certain soulagement, non seulement parce que nous avions tous survécu à ces semaines épuisantes et aux rigueurs de l'hiver, mais aussi parce qu'il y aurait dorénavant un peu d'espace respirable. Les hommes, surtout, étaient ragaillardis de retrouver leurs occupations, et j'étais quant à moi un peu plus détendue sans doute, n'ayant plus tout ce monde autour de moi. Mon travail n'en était pas allégé pour autant, car j'avais toujours le même nombre de repas à préparer, et encore plus d'affaires à laver maintenant que chaque après-midi les hommes rentraient tout maculés de sang de poisson.

Le matin du 5 mars, je me souviens que Karen a revêtu avec application sa tenue de ville, une robe gris argent à garniture bleu paon, avec le chapeau assorti, et que, une fois accoutrée de cette façon, elle s'est assise toute droite sur une chaise, les mains croisées sur les genoux, et qu'elle n'a plus bougé pendant des heures. Elle se disait, je suppose, que le fait d'être en tenue de ville l'empêchait de se livrer à une quelconque occupation domestique, fût-ce un paisible ouvrage de couture. J'étais très agacée de la voir, raide, l'air sinistre, la bouche rentrée, figée dans cette attitude d'attente, et je sais qu'une fois au moins je n'ai pas pu me retenir d'exprimer mon exaspération et je lui ai dit que je la trouvais ridicule de rester assise là dans ma cuisine avec son chapeau sur la tête alors que les hommes ne seraient pas de retour avant des heures, mais elle ne m'a pas répondu et a pris un air encore plus pincé. Anethe, au contraire, paraissait extrêmement enjouée ce matin-là. On aurait dit que nous exécutions à deux une sorte de danse étrange autour d'un objet fixe. Elle avait un geste à elle qui consistait à remonter les paumes le long du cou et du visage, pour joindre les mains gracieusement au-dessus de la tête, et ensuite écarter les bras tout grand, un très joli mouvement en fait, très voluptueux ; or, ce jour-là, elle a fait ce geste plusieurs fois, et je me suis dit que ce n'était sans doute pas juste de contentement que les hommes ne soient plus dans la cuisine, car, à vrai dire, je crois qu'elle n'était qu'à moitié contente de ne plus avoir Evan auprès d'elle, alors je lui ai demandé, plutôt en plaisantant d'ailleurs, ce qui la rendait secrètement si heureuse, et j'ai été stupéfiée quand elle m'a répondu : « Ah, Maren, je ne voulais le dire à personne. Je n'en ai même pas parlé à mon mari. »

Bien sûr, j'ai compris aussitôt de quoi il s'agissait, et cette nouvelle m'a fait un tel choc que je me suis assise à la seconde même, comme si on m'avait poussée.

Anethe a porté la main à sa bouche. « Maren, tu as l'air bouleversée. Je n'aurais pas dû...

— Non, non..., ai-je dit avec un geste de la main.

— Ah, Maren ça ne te fait pas plaisir ?

— Comment peux-tu être sûre ? lui ai-je demandé.

— J'ai deux mois de retard. Janvier et février.

— C'est peut-être le froid », ai-je dit. Ma réplique était absurde. Je n'avais plus les idées nettes, et j'avais le vertige.

« Tu crois que je devrais lui dire ce soir ? Ah, Maren, je me demande comment j'ai pu le lui cacher pendant tout ce temps. En fait, c'est étonnant qu'il n'ait rien remarqué, mais je crois que les hommes...

— Non, ne lui dis rien. C'est encore trop tôt. Cela porte malheur d'en parler aussi tôt. Il y a tant de femmes qui perdent leur bébé dans les trois premiers mois. Non, non, je t'assure. Pour le moment, nous allons garder cela pour nous. » Après quoi je me suis un peu reprise. « Mais je suis heureuse pour toi, ma chérie. Notre petite famille va s'agrandir, comme il se doit. »

Alors, de sa place, Karen a demandé : « Où allez-vous le mettre ? » Et, un peu offusquée par cette manière de désigner l'enfant par *le*, Anethe s'est ressaisie et a regardé sa belle-sœur droit dans les yeux. « Je mettrai notre bébé avec Evan et moi, dans notre chambre », a-t-elle dit.

Et, pour l'heure, Karen s'est arrêtée là.

« C'est pour cela que tu étais si pâle », ai-je dit, comprenant soudain que ce n'était pas une fausse nouvelle. À la voir, je ne doutais plus à présent qu'elle était enceinte.

« Je me sens un peu faible de temps en temps, a-t-elle dit, et parfois j'ai un mauvais goût dans le fond de la bouche, un goût métallique, comme si j'avais sucé un clou.

— Je ne sais pas, ai-je dit en me levant et en mettant les mains à plat sur le bas de mon tablier. C'est quelque chose que je n'ai jamais connu. »

Alors, réduite au silence par ce qu'impliquaient mes paroles, Anethe a pris le balai près de la table et s'est mise à balayer le plancher.

Le coroner a omis ce fait quand il a examiné le corps d'Anethe, et je n'ai pas voulu en parler à Evan, pensant que cela rendrait son supplice encore plus insupportable.

Vers deux heures de l'après-midi, j'ai entendu un grand cri venant de la mer et, en regardant par la fenêtre, j'ai vu Emil Ingerbretson qui me faisait signe de sa goélette à la sortie de la crique, alors je me suis précipitée au-dehors, pensant qu'il était peut-être arrivé un accident, et j'ai réussi à comprendre, malgré le vent qui emportait ses paroles, que John avait décidé d'aller à Portsmouth directement, car il n'arrivait pas à avancer contre le vent. Ayant reçu le message, j'ai fait signe à Emil, qui est reparti. En rentrant, j'ai informé les deux autres, et aussitôt Anethe a eu l'air déçue, à quoi j'ai bien vu qu'elle avait l'intention d'annoncer la nouvelle à Evan le jour même, en dépit de mes conseils. Karen était très contrariée, et elle l'a fait savoir, demandant ce qu'elle allait bien pouvoir faire à présent qu'elle était toute prête dans sa tenue de ville, à quoi j'ai répondu que je m'étais posé la question toute la matinée. Elle a poussé des soupirs tragiques, et elle est allée se mettre sur une chaise contre le mur de la cuisine, en se renversant en arrière.

« Ils ne seront pas là avant ce soir, ai-je dit à Anethe. Mangeons donc notre portion de ragoût maintenant : j'ai faim, et toi, il faut que tu fasses de vrais repas. On va garder les plus grosses parts pour les hommes à leur retour. Je ne leur ai rien donné à emporter, alors, sauf s'ils prennent quelque chose à Portsmouth, ils seront affamés en rentrant. »

J'ai proposé à Karen de manger quelque chose avec nous, sur quoi elle m'a demandé comment, sans dents, elle pourrait bien avaler du ragoût, et alors, quelque peu exaspérée, car cet échange de propos était devenu quasi quotidien depuis qu'elle s'était fait arracher les dents, je lui ai répondu qu'elle pouvait boire le bouillon et mâcher le pain avec les gencives, mais elle a dit d'une voix accablée qu'elle mangerait plus tard et elle a tourné la tête de l'autre côté. En levant les yeux, j'ai vu qu'Anethe me regardait avec sympathie, et je crois bien qu'elle était presque aussi lasse que moi des jérémiades de ma sœur.

Nous avons pris notre repas, puis j'ai enfilé des chaussures de caoutchouc qui étaient dans l'entrée pour aller au puits, et j'ai vu que l'eau était gelée ; alors je suis entrée dans le poulailler pour prendre la hache, qui était posée sur un baril ; je l'ai apportée jusqu'au puits, je l'ai soulevée de toutes mes forces et j'ai brisé la glace d'un seul grand coup. J'en avais l'habitude, car l'eau gelait souvent dans l'île, à cause du vent, même quand la température de l'air ne descendait pas au-dessous de zéro. J'ai tiré trois seaux d'eau, je les ai apportés à la maison un par un et je les ai versés dans des casseroles et, quand j'ai eu fini, j'ai rapporté la hache et je l'ai posée près de la porte d'entrée, pour ne pas avoir à aller la chercher dans le poulailler le lendemain matin.

Le jour est tombé de bonne heure, car ce n'était pas encore l'équinoxe, et quand il a fait complètement nuit, de la même façon qu'on est sensible, dans une pièce, au moment où les voix se taisent plutôt qu'à leur bruit continu, je me suis aperçue que le vent s'était calmé, et je me suis tournée vers Anethe pour lui dire : « Eh bien voilà. Les hommes ne rentreront pas ce soir. »

Elle a eu l'air perplexe. « Comment en es-tu si sûre ? m'a-t-elle demandé.

— Le vent est tombé. Sauf s'ils sont déjà à l'entrée du port, ils n'auront pas de vent pour gonfler les voiles, et s'ils n'ont pas encore quitté Portsmouth, John ne partira pas.

— Mais nous n'avons jamais été toutes seules la nuit, a dit Anethe.

— Attendons encore une demi-heure pour en être sûres », ai-je ajouté.

La lune montante était d'un effet admirable sur le port et la neige, soulignant d'un beau trait austère le contour de la maison Haley et du Mid-Ocean Hotel, inoccupés à ce moment-là. Je suis allée allumer des bougies et la lampe à pétrole. Au bout d'une demi-heure, j'ai dit à Anethe : « Que pourrait-il nous arriver de mal sur cette île ? Personne dans ces îles voisines ne nous veut de mal. Et, après tout, ce n'est pas si grave que les hommes ne soient pas rentrés. Sans eux, notre tâche sera plus légère. »

Anethe est allée à la fenêtre pour guetter le bruit des rames. Karen s'est levée de sa chaise pour se rapprocher du poêle et elle s'est servi un bol de bouillon et de pommes de terre. Moi, j'ai ôté mon foulard et je me suis étirée.

Anethe s'est demandé tout haut où les hommes allaient prendre leur repas. Karen pensait qu'ils passeraient vraisemblablement la nuit à l'hôtel. J'ai dit que non, qu'il me semblait qu'ils iraient plutôt chez Ira Thaxter dans Broad Street, car ils seraient obligés de se faire nourrir par une amie jusqu'à ce qu'ils aient vendu leur pêche, dont le produit devait servir à acheter des provisions. Karen m'a fait remarquer que Ringe n'avait pas encore eu à manger, et je me suis levée de table pour lui mettre un peu de ragoût dans son écuelle. En fait, j'étais plutôt surprise qu'elle ne bougonne pas parce que les hommes ne l'avaient pas emmenée à Portsmouth, mais je suppose qu'elle-même finissait par se lasser de ses propres lamentations.

Pendant qu'Anethe faisait la vaisselle en manquant s'ébouillanter les mains avec l'eau de la bouilloire, Karen et moi avons descendu un matelas dans la cuisine, le traînant à grand-peine pour lui faire un couchage. Anethe m'a demandé si elle pouvait dormir dans mon lit pour avoir moins froid et se sentir moins seule sans Evan pendant la nuit, et, quoiqu'un peu gênée à l'idée d'avoir une femme dans mon lit, et surtout Anethe, j'ai réfléchi que je profiterais de la chaleur de son corps, à la place de celui de John et, qui plus est, je ne voulais pas lui refuser une faveur aussi personnelle. Quand le feu a été garni pour la nuit, nous nous sommes dévêtues toutes les trois, je crois, et nous nous sommes mises en chemise de nuit, même Karen, qui avait pensé garder sur elle sa tenue de ville pour ne pas avoir à la remettre le lendemain, mais qui s'est finalement décidée à l'enlever pour ne pas la froisser indûment. Et puis, juste au moment où j'allais éteindre les lumières, Karen est allée prendre du pain, du lait et du fromage blanc dans le buffet, en disant qu'elle avait encore faim, et j'épargnerai au lecteur le récit de la dispute idiote qui s'est ensuivie, mais j'avais quelque raison d'être exaspérée, car nous venions de ranger la cuisine, et j'ai fini par dire à Karen que, si elle voulait manger à cette heure-là, elle veuille bien tout remettre en ordre après et éteindre la lumière.

Parfois, j'ai l'impression d'être complètement transportée en arrière au milieu de cette nuit-là, car je sens encore, comme si j'étais à nouveau couchée dans ce lit, la douceur miséricordieuse du matelas de plume et le poids des multiples courtepointes sous lesquelles nous étions allongées, Anethe et moi. On était toujours surpris, au fur et à mesure que la pièce se refroidissait, de sentir la différence entre la température du visage, exposé à l'air glacé, et celle du corps, emmailloté de duvet d'oie. Nous étions toutes les deux immobiles depuis un moment, et j'avais vu, par le jour sous la porte de la chambre, que la lumière était éteinte, ce qui voulait dire que Karen était enfin couchée. J'étais allongée sur le dos, les bras le long du corps, et je regardais le plafond, que je ne distinguais qu'à peine à la clarté de la lune. Anethe était tournée vers moi, lovée en virgule, les couvertures relevées jusqu'au menton. J'avais un bonnet de nuit, mais pas elle, sans doute parce que son abondante chevelure lui en tenait lieu naturellement. Je la croyais endormie mais, en jetant un rapide coup d'œil de son côté, j'ai vu qu'elle me regardait fixement, et je me suis sentie me raidir soudain des pieds à la tête, une réaction de gêne, probablement, de me trouver dans mon lit avec une femme, une femme qui était la femme de mon frère.

« Maren, a-t-elle chuchoté, tu ne dors pas encore ? »

Elle le savait bien. « Non, ai-je répondu tout bas.

— Je suis tout agitée, je ne peux pas dormir, a-t-elle dit, et pourtant toute la journée j'ai eu l'impression de dormir debout.

— Tu n'es pas dans ton état normal.

— Sans doute. » Elle a changé de position, rapprochant un peu son visage du mien.

« Tu crois que tout va bien pour les hommes ? Tu ne penses pas qu'il a pu leur arriver quelque chose ? »

Je m'étais dit une ou deux fois, sans m'y attarder, n'ayant pas envie de m'appesantir sur cette idée, que John et Evan avaient peut-être eu un accident en allant à Portsmouth, mais cela me paraissait peu probable, et d'ailleurs il y avait des heures qu'Emil était venu me donner le message, et, s'il était arrivé quelque malheur, il me semblait que nous aurions déjà été averties.

« Je suis sûre qu'ils sont à Portsmouth. Dans une taverne peut-être, au moment où nous parlons. Et pas du tout mécontents de leur sort.

— Ah, mon Evan, lui, est sûrement mécontent. Il ne va pas être heureux de dormir sans moi. »

Mon Evan !

Elle a sorti une main de sous les couvertures et s'est mise à me caresser la joue du bout des doigts. « Ah, Maren, tu prends tellement bien soin de nous tous. »

Je n'ai pas compris ce qu'elle voulait dire par là. Au contact de ses doigts, ma poitrine s'est serrée. J'aurais voulu écarter sa main et lui tourner le dos, mais j'étais si gênée que je ne pouvais bouger. J'étais bien contente d'être dans le noir, car je sentais que j'étais écarlate. À vrai dire, c'était un attouchement plein de tendresse, comme la caresse d'une mère à son enfant, mais sur l'instant je ne me suis pas rendu compte de la bienveillance de son geste. Anethe s'est mise à me passer la main sur le front, et à glisser ses doigts dans mes cheveux sous mon bonnet de nuit.

« Anethe », ai-je dit tout bas, voulant lui demander d'arrêter.

Elle s'est rapprochée de moi et m'a entouré le bras de ses mains en appuyant le front sur mon épaule.

« John et toi, a-t-elle dit d'une voix étouffée, c'est pareil ?

— Qu'est-ce qui est pareil ?

— Ça ne te manque pas en ce moment ? Ses petites cajoleries ?

— Ses cajoleries ? », ai-je répété.

Elle a levé les yeux vers moi. « Quelquefois j'ai bien du mal à rester assise à la cuisine jusqu'à une heure convenable pour aller au lit, tu sais. » Et elle s'est encore rapprochée, de sorte qu'elle était contre moi de tout son long. « Oh ! là ! là ! Tu as les pieds gelés. Attends, je vais te les réchauffer », et, de la plante du pied, un pied tout lisse, elle a commencé à masser le dessus du mien. « Tu sais, je ne l'ai jamais dit à personne, et j'espère que tu ne vas pas être choquée, mais Evan et moi nous avons été amants avant d'être mariés. Tu crois que c'était très mal ? John et toi aussi ? »

Je ne savais pas quoi dire, ni à quelle question répondre en premier, tout affolée que j'étais par le frottement de son pied, qui maintenant montait et descendait le long du tibia de ma jambe droite.

« Je ne sais plus ce qui est bien ou mal à présent », ai-je dit.

Son corps était beaucoup plus chaud que le mien, et cette chaleur n'était pas désagréable, mais un certain malaise m'empêchait encore de me laisser aller, car je n'avais jamais eu de contact physique avec quiconque à l'exception de mon frère Evan et de mon mari. Je n'avais certes jamais eu de contact physique avec une femme, et c'était une curieuse sensation. Mais, de même qu'un enfant qui a besoin de consolation se détend peu à peu quand sa mère le tient dans ses bras, je me suis peu à peu apaisée dans les bras d'Anethe, cette paix est devenue une sensation agréable, et j'ai fini par respirer un peu plus régulièrement. Je ne saurais expliquer la chose au lecteur. Je crois que c'est le corps qui prend la décision, avant le cœur ou la tête. J'avais connu quelque chose du même ordre avec John quand, sans que mon esprit intervienne, mon corps avait semblé réagir comme il convenait à ses avances. En vérité, quand la femme de mon frère a posé la tête sur ma poitrine et s'est mise à me caresser la gorge, j'ai ressenti l'envie de me tourner légèrement et de passer mon bras autour d'elle, afin peut-être de lui rendre ainsi un peu de l'affection et de la tendresse qu'elle me témoignait.

« Vous faites ça toutes les nuits ? », m'a-t-elle demandé, et j'ai malgré tout senti dans sa voix une timidité d'écolière.

« Oui », ai-je murmuré, choquée de ma propre réponse. J'allais ajouter que ce n'était pas de mon fait, pas du tout, mais elle a pouffé de rire, comme une véritable écolière cette fois, et, à ma surprise, elle m'a dit : « Tourne-toi. »

J'ai hésité, mais elle m'a poussée doucement par

l'épaule, en insistant encore, de sorte que j'ai fini par me mettre comme elle me le demandait, le dos de son côté, sans comprendre ce qu'elle voulait faire. Elle s'est soulevée sur le coude et m'a dit à l'oreille : « Relève ta chemise de nuit. »

Je ne pouvais plus bouger.

« Je veux te frotter le dos, m'a-t-elle expliqué, et, à travers le tissu, je n'y arrive pas bien. » Elle s'est mise à tirer doucement sur le bas de ma chemise de nuit, et moi, tout en redoutant quelque peu les conséquences, j'ai essayé de me dépêtrer de cette chemise en la remontant jusqu'à mes épaules. Je tenais le tissu en boule contre ma poitrine, comme quand j'étais allée chez le docteur à Portsmouth pour une pleurésie. Mais bientôt j'ai senti toute la douceur des soins dont j'étais l'objet, et je m'y suis abandonnée.

Anethe s'est mise à me caresser la peau avec une légèreté et une délicatesse exquises, depuis le haut du dos jusqu'à la taille, de part en part, en décrivant de délicieuses arabesques, si bien que sur-le-champ, et sans aucune restriction, je suis tombée dans un état de pâmoison d'une telle ampleur que rien, sur l'instant, et sous aucun prétexte, n'aurait pu m'arracher à ces attouchements. C'était une sensation que je n'avais pas éprouvée depuis de nombreuses années. En fait, je ne me souviens pas d'avoir jamais reçu autant de plaisir de toute ma vie d'adulte, à tel point que, si Anethe s'était arrêtée avant que j'aie eu tout mon soûl, je l'aurais suppliée de continuer, je lui aurais promis n'importe quoi pour sentir à nouveau sur ma peau ses doigts de soie. Mais elle a continué pendant un certain temps, et, à un moment, je me suis dit, je me rappelle, qu'elle devait être une amante très généreuse, et puis je me suis aperçue, alors que j'étais moi-même dans un état proche de celui du rêve, que sa main avait glissé sur moi et qu'elle s'était endormie, car elle a commencé à ronfler légèrement. Entendant qu'elle dormait, et ne voulant pas la réveiller, ni rompre l'extase dans laquelle j'étais tombée, je n'ai pas bougé et, au lieu de me couvrir, j'ai glissé dans un profond sommeil au moment où la lune se couchait, car je me souviens que, lorsque j'ai entendu mon chien, Ringe, aboyer de l'autre côté du mur, je ne savais plus où j'étais et j'essayais de recouvrer mes esprits.

Quelle épreuve d'émerger d'un rêve voluptueux pour revenir au monde de la conscience, d'un rêve qu'on s'efforce désespérément de ne pas abandonner, pour affronter le choc glacial d'une voix effarée dans le noir. Ringe a aboyé en jappant soudain très fort. J'ai levé les bras avant même d'être complètement réveillée. J'ai cru qu'en essayant maladroitement d'aller aux cabinets Karen avait réveillé Ringe, qui d'habitude dormait avec moi. J'allais lui crier peu aimablement de faire moins de bruit, de retourner se coucher et d'envoyer le chien dans ma chambre, quand je l'ai entendue dire, de la voix la plus nette qui soit : « Mon Dieu, qu'as-tu fait ? »

Tout a été beaucoup plus simple, beaucoup plus simple que je ne l'ai dit.

Me redressant dans mon lit, j'ai vu que ma sœur était debout à la porte de la chambre et que, à ma grande honte, les couvertures étaient toujours au pied du lit, révélant presque entièrement mon corps nu. Je me suis empressée de baisser ma chemise de nuit jusqu'à mes pieds.

Je revois encore l'affreuse expression de surprise sur le visage de Karen, cette horrible bouche repliée sur elle-même, me crachant des paroles d'une voix devenue plus métallique et plus grinçante avec les années, et j'entends encore la façon dont les mots sortaient du trou noir de sa bouche.

« D'abord notre Evan et maintenant Anethe ! a-t-elle crié. Comment as-tu pu faire cela ? Comment as-tu pu faire cela à une femme si douce et si innocente ?

— Non, Karen... », ai-je dit.

Mais, en un instant, ma sœur était passée de la stupeur à la défense de la vertu. « Tu as toujours été un être sans pudeur, a-t-elle continué de cette voix effroyable, et je raconterai tout à notre Evan, et à John aussi, quand ils reviendront. Tu seras bannie de cette maison comme j'aurais dû te bannir il y a des années, car j'ai toujours su que tu étais un monstre.

— Tais-toi, Karen, tu ne sais pas ce que tu dis.

— Ah mais si, je le sais ! Tu as toujours eu, depuis l'enfance, un amour contre nature pour notre frère. Il s'est battu pour se libérer de toi, et maintenant qu'il est marié, tu as cru le posséder en possédant sa femme, et je t'ai surprise en train de commettre le plus abominable des péchés, Maren, le plus abominable. »

À côté de moi, Anethe essayait de se réveiller. Elle s'est soulevée sur un coude, et son regard est allé de moi à Karen. « Qu'y a-t-il ? », a-t-elle demandé, l'air égaré.

Karen secouait la tête d'avant en arrière comme une enragée. « Je ne t'ai jamais aimée, Maren, jamais. Je n'ai même jamais eu la moindre affection pour toi, c'est la vérité. Et je suis sûre aussi que notre Evan te trouve égoïste et comédienne, et qu'il en avait tellement assez de toi qu'il a été bien content quand tu es partie. Et à présent te voilà vieille, vieille et empâtée, et je vois bien que même ton mari ne t'aime pas vraiment et n'a pas confiance en toi, car tu ferais n'importe quoi pour obtenir ce que tu veux, et maintenant qu'on te repousse, tu commets le pire des péchés, un péché de corruption, tu as décidé de voler la femme de ton frère en la séduisant de la façon la plus honteuse. »

Personne ne peut savoir à coup sûr, à moins d'avoir vécu une semblable expérience, comment il ou elle réagira quand la fureur s'empare du corps et de l'esprit. La colère vous prend si vite, de façon si fulgurante, assaillant tous les sens, comme une morsure soudaine à la main, que je ne suis pas étonnée que des hommes mûrs puissent commettre des actes qu'ils regrettent ensuite à jamais. Je suis restée assise sur le lit, dans une pose rigide, laissant les secondes s'écouler sans pouvoir faire un mouvement, écoutant cette litanie scandaleuse que l'on proférait contre moi et que l'on forçait Anethe à entendre aussi, et les battements de mon cœur se sont faits si pressants et si

242

sonores dans ma poitrine que j'ai compris qu'il me fallait réduire Karen au silence si je ne voulais pas en mourir.

Je me suis levée de mon lit, et Karen, qui m'observait, lâche qu'elle était et avait toujours été, a reculé dans la cuisine à mon approche. Elle a commencé par mettre une main devant la bouche, comme si elle avait vraiment peur, et puis elle l'a retirée et s'est mise à ricaner d'un air méprisant.

« Tu te vois dans cette chemise de nuit ridicule, laide et empâtée, maintenant que tu prends de l'âge ? Tu crois que tu me fais peur ? » Elle m'a tourné le dos, peut-être pour mieux montrer combien elle me méprisait en m'ignorant. Elle s'est penchée au-dessus de sa malle, l'a ouverte, et en a sorti une brassée de linge. Peut-être cherchait-elle quelque chose. Je n'ai jamais su.

J'ai posé les mains sur le dossier d'une chaise et, ce dossier, je l'ai agrippé si fort que les articulations de mes mains sont devenues toutes blanches.

Karen a fait deux ou trois pas trébuchants et, en zigzaguant, s'est retournée face à moi ; elle a tendu les bras et a laissé tomber le linge par terre. Je ne sais pas si c'était pour me demander grâce, ou si elle espérait seulement se protéger. Une petite exclamation m'a échappé tandis que j'étais là, debout, la chaise entre les mains.

Karen a battu en retraite dans ma chambre en titubant et elle est tombée par terre, tâtant lamentablement le plancher comme un insecte étrange et grotesque. Je crois qu'Anethe a dû sortir du lit et faire un pas en arrière vers le mur. Si j'ai parlé, je ne sais plus ce que j'ai dit. La chaise, entraînée par son poids, m'a échappé des mains, tombant sur le lit. J'ai attrapé Karen par les pieds et je l'ai ramenée dans la cuisine, car je ne voulais pas qu'Anethe soit mêlée à cette sordide querelle. La chemise de nuit de Karen s'est retroussée jusqu'à sa taille, et je me souviens d'avoir été horrifiée en voyant la blancheur de ses jambes décharnées.

J'en arrive maintenant à ce moment pour lequel il

n'y a pas de rémission possible, qui m'a entraînée là où il n'y a plus jamais eu d'espoir de retour. Sur l'instant, tout a paru se passer très vite, quelque part à l'intérieur de ma tête, dans une rage froide. Il m'est infiniment douloureux à présent de rapporter ces événements, et je vais sans aucun doute horrifier le lecteur, mais, comme mon intention est de me décharger de ce poids et de chercher le pardon avant de trépasser, il me faut, je le crains, solliciter encore un peu sa patience.

Quand Karen a été de l'autre côté du seuil, je suis allée fermer la porte et j'ai mis une latte de bois dans la clenche pour qu'il n'y ait personne d'autre dans la cuisine que ma sœur et moi. Je crois qu'elle a peut-être essayé de se relever, et puis qu'elle est tombée ou a été jetée contre la porte, car le bois a tremblé un peu, et c'est sans doute à ce moment-là qu'Anethe, dans l'autre pièce, a poussé notre lit contre cette porte. J'ai entendu Karen crier mon nom.

Je n'aurais pas fait de mal à Anethe. Non. Mais, à travers la cloison, j'ai entendu la fenêtre s'ouvrir. Anethe se serait précipitée sur la grève. Elle aurait appelé au secours, elle aurait alerté quelqu'un à Appledore ou à Star, et cette personne aurait traversé le port à la rame, serait venue jusqu'à la maison et nous aurait trouvées, Karen et moi. Et alors qu'aurais-je fait ? Et où serais-je allée ? Car sans doute Karen était-elle déjà mourante.

À vrai dire, la hache était pour Karen.

Mais, quand j'ai pris la hache à l'entrée de la maison, je me suis aperçue que j'appréhendais de plus en plus ce qu'allait faire Anethe. Alors, au lieu de retourner tout de suite dans la cuisine, je suis allée mettre mes chaussures de caoutchouc dans l'entrée, je suis ressortie et j'ai fait le tour de la maison du côté de la fenêtre. Ringe aboyait bruyamment à mes pieds, je me souviens, et je crois que Karen poussait des cris. Je crois qu'Anethe n'a pas dit un seul mot.

Elle était debout tout près de la fenêtre, les pieds dans la neige, qui arrivait au bas de sa chemise de nuit. Je me disais qu'elle devait avoir les pieds gelés.

244

Elle avait la bouche ouverte et elle me regardait, mais, comme je viens de le dire, aucun son ne sortait de ses lèvres. Elle m'a tendu une main, une seule main, comme pour atteindre l'autre bord d'un large gouffre, comme si elle m'invitait à tendre une main moi aussi au-dessus de cet abîme, afin de la tirer du danger. Et tandis que j'étais là à contempler ses doigts, à regarder le visage apeuré de la femme de mon frère, je me suis souvenue de la tendresse de ses caresses exactement une heure plus tôt, et j'ai tendu la main, mais sans pouvoir l'atteindre.

C'est une vision que j'essaie d'effacer depuis long-temps, la hache brandie en l'air. Et aussi le spectacle du sang inondant la chemise de nuit et la neige.

Il m'est arrivé bien des fois d'attendre le lever du soleil. Le ciel pâlit juste un peu, laissant croire que l'aube est proche, mais ensuite on attend interminablement que viennent vraiment les premières ombres, les premiers feux du jour.

Je m'étais coupé les pieds sur la glace, mais je ne les sentais plus, ils s'étaient engourdis pendant la nuit. Je serrais mon chien Ringe contre moi pour me tenir chaud, faute de quoi j'aurais sans doute été entièrement gelée.

Pendant ces heures effroyables dans la grotte marine, j'ai pleuré, j'ai crié, je me suis frappé la tête jusqu'au sang contre le rocher. Je me suis mordu la main et le bras. Recroquevillée dans ma cachette, j'aurais voulu que la marée montante pénètre dans la grotte et m'emporte dans la mer. J'ai revécu chaque minute des horreurs de cette nuit-là, y compris ces instants, les pires de tous, où, la tête froide, j'ai tout calculé et tout arrangé pour faire concorder les faits avec l'histoire qu'il me fallait inventer. Je ne supportais pas de voir le corps de Karen, alors je l'ai traînée dans la partie nord-est de la maison, et je l'ai laissée dans la chambre. Et puis, juste avant de m'enfuir, je me suis aperçue que je ne supportais pas de laisser Anethe dans la neige, alors je l'ai tirée à l'intérieur.

J'ai appris, au cours de ma vie, qu'il ne nous est

pas toujours donné de connaître les voies de Dieu, ni pourquoi, en une nuit, il peut nous apporter le plaisir et la mort, la fureur et la tendresse tout à la fois, mêlés au point de ne pouvoir distinguer l'un de l'autre, et il ne nous reste plus alors qu'à essayer d'échapper à la folie. Je crois qu'à l'heure la plus sombre Dieu peut redonner la foi et offrir le salut. Vers l'aube, dans cette grotte, je me suis mise à prier — c'était la première fois depuis qu'Evan m'avait parlé si durement. Ces prières ont jailli avec les larmes que j'ai versées au moment le plus noir de mon malheur. J'ai prié pour l'âme de Karen et d'Anethe, et pour Evan qui, dans quelques heures, allait remonter à la maison par le sentier en se demandant pourquoi sa femme n'était pas venue au-devant de lui sur la grève, et pour Evan encore qui allait s'étonner de voir tous ces hommes près de l'entrée, et pour Evan encore une fois qui, égaré, allait fuir cette maison et cette île pour ne plus jamais y revenir.

Et j'ai aussi prié pour moi, qui avais déjà perdu Evan et l'abandonnais à sa douleur insondable. Pour moi, qui serais inexplicablement vivante quand John découvrirait les cadavres de Karen et d'Anethe. Pour moi, qui ne comprenais pas les visions que Dieu m'avait données.

Quand le soleil s'est levé, je suis sortie de la grotte en me traînant, toute raide, pouvant à peine faire un mouvement. Les charpentiers qui travaillaient à l'hôtel sur l'île de Star n'ont pas voulu me prêter attention quand j'ai fait signe en agitant le bas de ma chemise. J'ai avancé le long du rivage en boitillant sur mes pieds gelés jusqu'à ce que je voie les enfants Ingerbretson qui jouaient à Malaga. Ils ont entendu mes cris et sont allés chercher leur père. Emil s'est tout de suite précipité dans son doris et il est venu à la rame jusqu'à l'endroit de la côte de Smutty Nose où je me tenais. J'avais les yeux gonflés, les pieds en sang, une chemise de nuit en désordre et les cheveux ébouriffés, et c'est ainsi que je suis tombée dans les bras d'Emil en fondant en larmes.

Chez les Ingerbretson, on m'a allongée sur un lit. L'histoire est venue, par petits bouts, et pas forcément dans le bon ordre, un récit émietté, comme mon âme. Et ce n'est que plus tard dans la journée, en entendant quelqu'un d'autre dans la pièce relater les faits, que j'ai compris pour la première fois tout ce que j'avais dit, et à partir de ce moment-là je me suis accrochée à cette version-là.

Je me suis tenue à mon atroce histoire ce jour-là et le suivant, et pendant le procès, mais, ce premier matin, chez les Ingerbretson, pendant que je parlais à John, allongée sur un lit, il y a eu, au milieu de mon récit, un moment où mon mari, qui se tenait la tête entre les mains dans un état d'angoisse effroyable, a levé les yeux vers moi et enlevé ses mains de son visage, et j'ai compris qu'alors il lui venait un premier doute.

Et que dire de mon tête-à-tête avec Evan qui, peu de temps après le départ de John, est entré dans la pièce d'un pas chancelant, anéanti par ce qu'il venait de voir à Smutty Nose, m'a regardée juste une fois sans même me voir, en ignorant que j'étais là dans cette pièce avec lui, s'est retourné en lançant le bras contre le mur à s'en briser les os, et s'est mis à pousser les gémissements les plus pitoyables que j'aie jamais entendus chez un être humain ?

Le bouton blanc qu'on a trouvé dans la poche de Louis Wagner était un bouton ordinaire, très banal, et, en dehors de lui — mais comment aurait-il pu avouer la façon dont il se l'était approprié sans montrer qu'il était capable d'agresser une femme, contribuant ainsi à sa propre condamnation ? —, j'étais la seule à savoir que ce bouton était tombé du corsage d'Anethe le jour où il avait feint d'être malade et où, dans sa chambre, il lui avait fait des avances. J'ai enlevé les boutons de ce corsage, et je les ai mis sur ma chemise de nuit.

Je repense souvent à cet amour singulier que je portais à mon frère et à la façon dont ma vie a été déterminée par cet attachement ; je repense aussi à la patience de John, à sa confiance reprise, à la beauté et à la tendresse de l'épouse de mon frère. Je repense encore à ce filet de pêche qu'Evan jeta dans l'eau, laissa s'enfoncer, et puis ressortit, nous révélant tout à la fois le chatoyant et le ténébreux, le superbe et le grotesque.

Hier soir, alitée sans dormir avec ma souffrance, je n'ai pu avaler que de l'eau, et je comprends que la fin est proche, mais peu m'importe en vérité, car la souffrance est la plus forte, et la jeune fille qui me donne mes drogues ne peut plus rien pour l'apaiser. La douleur est dans mon ventre, et j'ai toujours su qu'il en serait ainsi, dès le moment où j'ai été paralysée par cette maladie et où je suis devenue pubère. Peut-être même l'ai-je su la nuit où ma mère est morte, comprenant que je mourrais moi aussi de quelque chose qui sortirait de mon ventre, qu'un jour mon propre sang inonderait les draps, comme cette nuit-là, il y a si longtemps, la nuit de la mort de ma mère, où Evan et moi étions couchés ensemble dans le lit, et par moments mon esprit se brouille et je me crois redevenue jeune, je m'imagine que j'ai mes règles, et puis soudain, dans un désarroi qui me coupe le souffle, je me rappelle que je ne suis plus jeune, que je suis vieille, et que je suis mourante.

Dans quelques semaines, on passera dans un autre siècle, mais je ne serai pas là pour le voir.

Je suis bien aise d'en avoir fini avec mon histoire, car ma main faiblit et tremble, et les événements que j'ai dû relater sont sinistres et abominables, et sans espoir de rédemption. Et, à présent, je demande au Seigneur, comme je le fais depuis des années : Pourquoi un châtiment aussi sévère, aussi implacable ? Pourquoi une souffrance aussi grande ?

La jeune fille vient de bonne heure le matin et m'ouvre les rideaux et, comme chaque jour lorsque j'étais enfant, je contemple à nouveau la baie de Laurvik, constamment changeante, différente chaque matin de ce qu'elle était la veille ou tous les matins antérieurs. Quand la jeune fille arrive, j'ai toujours besoin de mes drogues, et je la regarde de mon fauteuil changer les draps souillés, aller et venir dans la maison, remettre de l'ordre, faire la soupe claire que j'arrivais encore à boire récemment, m'adressant la parole de temps en temps, peu satisfaite de son sort, mais pas indifférente non plus. En quoi elle me rappelle beaucoup ce que j'étais moi-même à la ferme des Johannsen, où je devais m'occuper de tous ces hommes. Seulement, elle, elle va devoir me regarder mourir, rester assise à côté de moi dans cette chambre et voir la vie me quitter, à moins qu'elle n'ait la chance que je parte pendant la nuit, et j'espère pour elle que le passage sera facile, sans embarras et sans agonie.

Le 26 septembre 1899,
Maren Christensen Hontvedt

Assise dans le petit bateau, au milieu du port, je regarde le jour décroître sur l'île de Smuttynose. Je tiens à la main les papiers qui étaient dans le carton.

Il y a plusieurs mois, j'ai déjeuné au restaurant à Boston avec Adaline. Je n'étais pas entrée dans un restaurant depuis l'été précédent et, au début, j'ai été déconcertée par les lieux — les plafonds hauts, les moulures aux sculptures compliquées, les banquettes mauves. Sur chaque table, il y avait un vase de marbre rempli de pivoines. Adaline m'attendait, un verre de vin à sa droite. Elle s'était fait couper les cheveux et avait une coiffure nette, en coup de vent. Je voyais mieux maintenant comment elle pouvait être cadre à la Banque de Boston. Elle était en tailleur noir et chemisier de soie grise, mais elle portait toujours sa croix en or.

La conversation a été malaisée et tendue. Elle m'a demandé comment j'allais, et j'ai eu du mal à trouver les mots appropriés pour lui répondre. Elle m'a parlé brièvement de son travail. Elle m'a annoncé qu'elle allait se marier. J'ai demandé avec qui. Avec quelqu'un de la banque, a-t-elle dit. Je lui ai présenté mes vœux de bonheur.

« Vous avez vu Thomas ? lui ai-je demandé.

— Oui. Je descends le voir... enfin, moins souvent à présent. »

Elle voulait dire à Hull, chez les parents de Thomas, où il vit avec Rich, qui veille sur lui.

« Il écrit ?

— Non, nous n'avons pas l'impression. Rich n'est pas souvent là. Mais il dit que Thomas ne fait guère

250

que rester assis à son bureau, ou marcher sur la plage. »

Je me suis demandé intérieurement comment Thomas pouvait supporter de regarder la mer.

« Il se fait des reproches, a dit Adaline.

— Moi aussi.

— C'était un accident.

— Non.

— Il boit beaucoup.

— Je m'en doute.

— Vous ne l'avez pas vu depuis... ? »

Elle n'a pas pu prononcer les mots. Définir l'événement.

« Depuis l'accident, ai-je dit à sa place. Nous sommes restés ensemble juste après. Cela a été atroce. Je finirai sans doute par descendre le voir, un jour.

— Quelquefois, après une terrible épreuve, mari et femme trouvent un certain réconfort l'un auprès de l'autre.

— Je ne pense pas que ce serait le cas pour Thomas et moi », ai-je dit prudemment.

Au cours des heures qui avaient suivi la disparition de Billie, Thomas et moi nous étions dit des choses que nous ne pourrions jamais retirer, ni oublier. Le temps que met une vague à balayer le pont d'un bateau, un filet de pêche solidement noué s'était déchiré et défait. Je ne pouvais pas imaginer endosser le supplice de Thomas en plus du mien. Je n'en avais tout simplement pas la force.

« Alors vous ne vous sentez pas trop mal chez vous ?

— Dans l'appartement ? Non. Ça va aussi bien que possible.

— Vous travaillez ?

— Un peu.

— Vous savez. Cela m'a toujours tourmentée..., a-t-elle dit en tripotant sa croix en or. Enfin, ça n'a sans doute plus beaucoup d'importance maintenant. Mais je ne voudrais pas que vous pensiez que Thomas et moi...

251

— Aviez une liaison. Non, je sais que non. Thomas me l'a dit.

— Il m'a tenue dans ses bras une fois quand je lui parlais de ma fille.

— Je sais. Ça aussi, il me l'a dit. » J'ai saisi une lourde cuiller en argent et je l'ai reposée. Tout autour de moi, il y avait des femmes fringantes et des hommes en costume.

« Et autre chose encore, a-t-elle ajouté. Thomas a eu l'air de dire que vous pensiez... enfin, Billie a dû mal comprendre quand il m'a lancé une invitation en passant. Elle a dû croire que j'allais peut-être venir habiter chez vous. »

J'ai acquiescé d'un signe de tête. « Vous avez eu de la chance de vous en sortir, ai-je dit. Sans gilet de sauvetage. »

Elle a regardé ailleurs.

« Pourquoi n'êtes-vous pas restée auprès d'elle ? », lui ai-je demandé subitement, avec, peut-être, une pointe d'agressivité dans la voix.

Je ne voulais pas lui poser cette question. Je m'étais juré de ne pas le faire.

Ses yeux se sont remplis de larmes. « Ah, Jean, j'y ai repensé des centaines de fois. Je ne voulais pas être malade devant elle. J'avais besoin d'air. Je n'avais pas cessé de regarder par l'écoutille toute la matinée. Je n'ai pas réfléchi. J'ai ouvert, tout simplement. Je me suis dit qu'elle ne pouvait pas atteindre cette écoutille.

— Je ne pense pas qu'elle soit sortie par là », ai-je dit.

Adaline s'est mouchée. J'ai commandé un verre de vin. Mais je savais déjà que je ne resterais pas assez longtemps pour le boire.

« C'était une enfant merveilleuse », ai-je dit à Adaline.

Je pense souvent au poids de l'eau, à la négligence des adultes.

On n'a jamais retrouvé le corps de Billie. Son gilet de sauvetage, avec le motif de Sesame Street, a été rejeté sur le rivage à Cape Neddick dans le Maine.

Pour moi, Billie avait bien son gilet de sauvetage sur elle, mais il était mal attaché. Cela lui ressemblerait bien de l'avoir dégrafé pour le rajuster, pour le remettre un peu différemment, le devant derrière par exemple, juste pour pouvoir se dire qu'elle faisait encore un peu ce qu'elle voulait. Pour moi, elle est montée par l'échelle pour nous demander, à moi ou à Adaline, de l'aider à boucler sa ceinture. Je me raconte que ma petite fille a été surprise par la vague, et emportée très vite, avant de pouvoir penser quoi que ce soit, ou d'avoir peur. J'essaie de m'en persuader. Et pourtant je me dis qu'elle a peut-être appelé *Maman*, une fois, deux fois. Elle avait le vent de face, et je n'aurais pas pu l'entendre.

Je n'ai pas rapporté le document de Maren Hontvedt ni sa traduction à l'Athenaeum. Je n'ai pas envoyé les photos du reportage, et le magazine ne me les a jamais demandées.

Voici ce que je sais sur John Hontvedt et Evan Christensen. John Hontvedt alla s'installer à Portsmouth, dans une maison de Sagamore Street. Il se remaria et il eut une fille nommée Honora. En 1877, Evan Christensen, après avoir quitté Portsmouth, épousa Valborg Moss à Saint John, dans le Nouveau-Brunswick, où il travaillait comme charpentier et ébéniste. Après son mariage, lui et sa femme vinrent habiter Boston. Ils eurent cinq enfants, dont deux moururent en bas âge.

Je pense à Evan Christensen, à tous les arrangements qu'il a dû faire avec lui-même pour épouser une autre femme. Qu'a-t-il donc fait de ses souvenirs ?

Anethe et Karen Christensen sont enterrées côte à côte à Portsmouth.

Je pense parfois à Maren Hontvedt, je me demande pourquoi elle a écrit ce document. Une manière d'expier, sans doute, mais sans chercher l'absolution. Je crois plutôt que c'est le poids de son histoire qui l'a poussée à écrire — un poids qu'elle ne supportait plus.

Je laisse glisser dans l'eau la poignée de feuillets. Je

les regarde danser et flotter sur cette surface mouvante : on dirait des ordures toutes détrempées qu'un marin peu délicat aurait jetées par-dessus bord. Avant demain, avant qu'on ne les trouve, ils se seront désagrégés, et l'encre sera délavée.

Je pense à cette douleur que les histoires ne peuvent apaiser, même racontées mille fois.

REMERCIEMENTS

Il m'eût été impossible d'écrire ce livre sans avoir recours aux guides existant sur les îles de Shoals, et aux diverses publications sur les meurtres commis à Smuttynose, en particulier *Murder at Smuttynose and Other Murders* d'Edmund Pearson (1938), *Moonlight Murder at Smuttynose* de Lyman Rutledge (1958), *The Isles of Shoals : a Visual History* de John Bardwell (1989), *The Isles of Shoals in Love and Legend* de Lyman Rutledge (1976), *A Memorable Murder* de Celia Thaxter (1875), *A Stern and Lovely Scene : A Visual History of the Isles of Shoals*, publié par les Art Galleries de l'Université du New Hampshire (1978), *Sprays of Salt* de John Downs (1944) et, bien sûr, *Ten Miles out : Guide Book to the Isles of Shoals*, édité par l'Association unitarienne des îles de Shoals, auquel je me suis constamment référée. Je suis redevable à tous ces auteurs, et à d'autres encore qui ont écrit sur ce merveilleux et mystérieux archipel.

Mes remerciements vont aussi à Michael Pietsch, mon directeur littéraire, et à Ginger Barber, mon agent, pour leurs critiques et leurs conseils avisés.

Enfin, j'exprime ici ma gratitude à John Osborn pour ses recherches infatigables, sa compréhension et sa sensibilité.

Du même auteur
aux éditions Belfond :

NOSTALGIE D'AMOUR, 1994.
LA LONGUE NUIT D'EDEN CLOSE, 1995.
ÉTRANGE PASSION, 1996.

Composition réalisée par S.C.C.M. (groupe Berger-Levrault), Paris XIVᵉ

IMPRIMÉ EN FRANCE PAR BRODARD ET TAUPIN
La Flèche (Sarthe).
LIBRAIRIE GÉNÉRALE FRANÇAISE - 43, quai de Grenelle - 75015 Paris.
ISBN : 2 - 253 - 14594 - 7   ◊ 31/4594/3